Jan Eliasberg

Hannahs Geheimnis

Eine unmögliche Liebe,
ein unglaublicher Verdacht,
eine tödliche Gefahr

Roman

Aus dem amerikanischen Englischen von
Elvira Willems

PIPER

Mehr über unsere Autoren und Bücher:
www.piper.de

Wenn Ihnen dieser Kriminalroman gefallen hat, schreiben Sie uns unter Nennung des Titels »*Hannahs Geheimnis*« an empfehlungen@piper.de, und wir empfehlen Ihnen gerne vergleichbare Bücher.

Inhalte fremder Webseiten, auf die in diesem Buch (etwa durch Links) hingewiesen wird, macht sich der Verlag nicht zu eigen. Eine Haftung dafür übernimmt der Verlag nicht.

Unser Versprechen für mehr Nachhaltigkeit
• Klimaneutrales Produkt
• FSC®-zertifiziertes Papier
• Hergestellt in Deutschland

FSC www.fsc.org
MIX
Papier aus verantwortungsvollen Quellen
FSC® C083411

ISBN 978-3-492-492-06248-0

Titel der amerikanischen Originalausgabe:
»Hannah's War«, Back Bay Books, New York 2020

Satz: Eberl & Kœsel Studio GmbH, Altusried-Krugzell
Gesetzt aus der Adobe Garamond Pro
Druck und Bindung: CPI books GmbH, Leck
Printed in the EU

Für Ross, der mir beigebracht hat, wie man liebt

1

Sie kommen in der Morgendämmerung, um mich abzuholen. Ich habe damit gerechnet und in den Kleidern geschlafen. Ich frage, ob ich die Schuhe anziehen darf. Das erlauben sie mir, aber sonst nichts. Er sagt, ich soll hinausgehen, also gehe ich hinaus. Auf dem Sandweg zwischen meiner Baracke und dem Labor steht ein Fahrzeug, das die Amerikaner seltsamerweise *Paddy Waggon* nennen, eine absurd euphemistische Bezeichnung für das dumpfig-feuchte Transportfahrzeug, das mich von Los Alamos in das Gefängnis in Fort Leavenworth bringen wird, wo ich weiter (aber nicht für lange, fürchte ich) auf meinen Scheinprozess und meine unausweichliche Exekution warten werde.

Mein eigenes zwiegespaltenes Herz hat die Kettenreaktion, die zu meinem Tod führen wird, beschleunigt. Das sehe ich jetzt mit einer Klarheit, mit der ich es nicht sehen konnte, als alles nur Theorie war, weiße Kreide auf schwarzer Tafel, Gleichungen wie blasse Knochen, verstreut über verbrannte Erde. Der Mann, dem ich nicht hätte vertrauen dürfen, lässt die Handschelle um mein Handgelenk einrasten und verbindet sie mit einem Ring, der an der Bank festgeschweißt ist.

»Ich beschütze Sie«, sagt er mit solcher Ernsthaftigkeit, dass ich lächeln muss.

»Sie lügen schon wieder.«

Er wirft einen Blick über die Schulter. Nachdem er sich davon überzeugt hat, dass uns niemand sieht, umfasst er mein Gesicht mit beiden Händen. »Ich werde Sie beschützen, Hannah. Wenn ich kann.«

Ich denke, gleich küsst er mich, doch das wäre gefährlich – für uns beide. Er ist ein von Natur aus pedantischer und vorsichtiger Mann, erfahren im Hüten von Geheimnissen. Das sind die meisten Liebhaber. Ich könnte diese Hypothese mit wenigen empirischen Beweisen stützen. Zwar habe ich nur zwei Männer geliebt, doch beide haben die Wahrheit auf sichere Distanz gehalten. Sicher für sie, nicht für mich. Sein Versprechen, mich zu beschützen, ist gut gemeint, doch es tröstet mich nicht. Also tröste ich mich mit Gleichungen.

Die Entfernung zwischen dem Labor in Los Alamos, New Mexico, und dem Gefängnisareal in Fort Leavenworth, Kansas, beträgt 1407 Kilometer. Wir sind losgefahren, als die Dämmerung noch ein sehnsüchtiges Glühen hinter dunklen Bergen war. Unsere Durchschnittsgeschwindigkeit beträgt schätzungsweise 68 Stundenkilometer, und ich rechne Pausen mit ein …

O Gott! Werden sie anhalten? Werden sie mir diesen kleinen Komfort gewähren?

Nein, darüber denke ich nicht nach. Die Gleichungen. Bleib bei den Gleichungen! Ich trommle mit den Fingern der freien Hand, spiele auf einer unsichtbaren Tastatur auf dem Metall neben meinen Beinen. Eine dumme Angewohnheit … wenn ich rechne, trommle ich mit den Fingern auf harte Oberflächen, Schreibtische und Tische. Eine Entfernung von 1407 Kilometern bei einer Durchschnittsgeschwindigkeit von

68 Stundenkilometern ergibt eine reine Fahrtzeit von 20,6912 Stunden plus die etwa 27 Minuten, die die Militärpolizisten brauchen würden, um den Gefängniswagen an den Straßenrand zu lenken, mir einen Sack über den Kopf zu stülpen und …

Bleib bei den Gleichungen!

»Ich werde Sie beschützen, Hannah«, sagte er. »Wenn ich kann.«

Eine Entfernung von 1407 Kilometern, Abreise in der Morgendämmerung, unter Berücksichtigung der Variablen *Wenn ich kann.*

2

Die Sonne brannte ein Loch in den Dunst. Glühender Sand stob in einem Knistern aus reinstem Weiß zischend vor dem Himmel auf. Das maschinengewehrartige Knattern der Rotorblätter dröhnte über den Köpfen, und als der Hubschrauber eindrehte, um zu landen, sah Major Jack Delaney seine Maschine auf dem flachen Sand am Boden. Von einem solchen Blick konnte einem leicht schwindelig werden, doch Jack suchte das Gelände mit dem unerschütterlichen Blick eines Raubtiers ab.

Als sie zwischen Bergen, die in schartigen roten Kerben aus der Erde herausgemeißelt waren, nach unten gingen, zog ein Staubsturm langsam weiter und verdunkelte den Horizont. Sie näherten sich einem primitiven Landestreifen, zwei sich überkreuzenden, in die vertrocknete Erde geritzten Linien, und der Pilot tanzte auf den Pedalen, um den Seitenwinden gegenzusteuern. Bevor er landete, stand er eine ganze Weile in der Luft. Als der Rotor auslief, schaute er auf seine Uhr und sagte: »Sie können jetzt aussteigen, Sir.« Er reichte Jack seinen Armee-Seesack und einen schwarzen Schirm. »Für Schatten, Sir.«

Der Pilot schenkte ihm ein kesses Grinsen, keine Minute später war der R-4 unter gewaltigem Knattern verschwunden, und Jack blieb in einer wirbelnden Staubwolke zurück. Ein Rinnsal aus Schweiß und Ungeduld sickerte ihm den Nacken hinunter. Die ganze Mission mochte ja von enormer Bedeutung sein und einer extrem hohen Sicherheitsstufe unterliegen, doch es stieß Jack auf, dass sie es mit der mysteriösen Geheimhaltung dieses Ortes doch ein wenig übertrieben. Er hob eine Hand, um das Gesicht vor der Sonne zu schützen, und spähte mit zusammengekniffenen Augen auf etwas, das aussah wie eine flirrende lange Klapperschlange am fernen Horizont. Eine Reihe von Armeelastwagen, die die Wüste durchquerten und auf die fernen Berge zuhielten. Der Kopf der Klapperschlange – ein langer schwarzer Buick, flankiert von zwei leichten Nutzfahrzeugen – löste sich vom Körper und rollte den Berg herunter auf den Behelfslandeplatz zu, auf dem Jack mit seinem Seesack stand und den Mary-Poppins-Schirm öffnete, ein angesichts der unbarmherzigen Trockenheit des Ortes seltsames Accessoire. Der Buick raste durch die flirrende Hitze auf ihn zu, ein winziger schwarzer Kern in der extremen Hitze mitten im Nirgendwo. Als die Wagen sich seinem Standort näherten, warteten die Begleitfahrzeuge in respektvoller Entfernung, während der Fahrer des Buick das Fenster herunterkurbelte.

»Major Delaney?«

Jack nickte. Der Fahrer stieg aus und reichte ihm die Hand.

»Collier. First Sergeant. Ich werde mit Ihnen zusammenarbeiten. Befehl von General Groves. Er erwartet uns auf dem Stützpunkt.«

Collier warf Jacks Seesack und den Schirm in den Kofferraum. Bis der Sergeant wieder hinter dem Steuer saß, hatte Jack ihn schon sorgfältig abgeschätzt – einen hochenergetischen Stiefellecker aus dem Mittleren Westen, der eifrig nach der Pfeife seines Herrn tanzte.

»Ich habe meinen Assistenten erwartet«, sagte Jack.

»Den Juden?«

»Lieutenant Epstein.«

»Ist gestern Abend mit dem Zug gekommen«, erklärte Collier. »Sagte, er wolle die Hitze meiden.«

»Kluger Mann, Epstein.«

»Sind sie das nicht alle?« Collier schnaubte. »Jüdische Zahlenfresser. Krautfresser. Ich komme mir vor, als wäre ich gestorben und in New York City wieder aufgewacht.«

Jack lachte, vordergründig amüsiert. Nachdem er wegen des beißenden Dieselgestanks das Fenster wieder hochgekurbelt hatte, lehnte er sich auf der Rückbank nach hinten und überflog die detailliert verfasste Order, die ihm vorschrieb, sich an diesem Ort einzufinden, wann und wo, während der Grund nicht erwähnt wurde. Was auch immer das Militär in New Mexico vorhatte, es war zu strengster Geheimhaltung entschlossen. Doch es war nicht nötig, Jacks Aufgabe schriftlich festzuhalten. Er war hier, um einen Spion zu fassen.

Der Krieg hatte offengelegt, dass das FBI bei internationaler Spionage schnell an seine Grenzen kam. Das Office of Strategic Services unterlag der Zuständigkeit von William Donovan, und Donovan hatte eine handverlesene, scharfe Sammlung von Schlägern, Berechnerinnen, Millionären, Professoren, Militärangehörigen und Anwälten für Gesellschaftsrecht um sich versammelt, die alle unter extremer Hochspannung und größter Geheimhaltung arbeiteten.

Als Donovan seinen scharfsichtigen Blick über die Führungsetagen schweifen ließ, stellte er fest, dass Männer wie Jack Delaney ein mehr als gutes Auskommen hatten, indem sie sich abwechselnd gegenseitig in Gerichtssälen, Sitzungssälen und Hinterzimmern über den Tisch zogen.

»Vielleicht sollten Sie Ihr Talent einer besseren Verwendung zuführen«, hatte Donovan Jack vorgeschlagen, als sie nach einer Partie Squash verschnauft hatten.

»Welcher?«, fragte Jack.

»Das, was Sie jetzt auch tun. Nur mit höheren Einsätzen.«

»Und was tue ich Ihrer Meinung nach?«

»Ich glaube, Sie stellen die richtigen Fragen«, erwiderte Donovan. »Und Sie wissen, wann Sie nicht die richtigen Antworten bekommen. Das ist in Kriegszeiten eine gut zu vermarktende Fähigkeit.«

Er hatte recht. Es stellte sich heraus, dass Jack das ungewöhnliche Talent besaß, aus den Leuten Geschichten herauszukitzeln, die sie nicht erzählen wollten. Selbst die glatteste Lüge schnarrte in seinem Ohr wie eine leicht missgestimmte Klaviersaite. Keine zwei Jahre, und er hatte sich als ausgebuffter Vernehmer und aufsteigender Stern in der Geheimdienstwelt bewährt. Nachdem Jack verwundet worden war, hatte Donovan ihn von den europäischen Schlachtfeldern abgezogen und ihn damit getröstet, dass ihn eine noch strahlendere Zukunft erwartete, wenn ihm diese besonders sensible Mission glückte. War das Zuckerbrot oder Peitsche? Jack war sich immer noch nicht sicher, und diese Unsicherheit lag wie ein beharrliches niederfrequentes Dröhnen unter jedem Gespräch und jedem Schweigen.

»Sie vergeuden Ihre Zeit, Major«, meinte Collier vom Fahrersitz aus mit so viel verschlagener Höflichkeit, dass das Ausmaß seiner Geringschätzung ein wenig abgemildert wurde. »Groves und ich … wir haben den Laden fest im Griff.«

Angesichts der ehrgeizigen verbalen Allianz von »Groves und ich« zuckte Jacks Mundwinkel. »So fest kann's ja wohl nicht sein«, bemerkte Jack. »Zweiundsiebzig besorgte Wissenschaftler haben eine Petition unterzeichnet und fordern die ethische Kontrolle …«

Collier warf Jack im Rückspiegel einen abschätzigen Blick zu und brachte ihn damit zum Schweigen. »Ein paar von den Langhaarigen machen sich in die Hosen und wollen unbedingt ihre Meinung zur künftigen Nutzung der Früchte ihrer Arbeit äußern. Sie haben es sich von der Seele geredet, und jetzt sind sie wieder dran. Das ist alles, was für General Groves zählt.«

Der Buick holperte und schlitterte die Bergstraße hinauf, Collier zerrte bei jeder Haarnadelkurve und in jeder Serpentine am Lenkrad wie bei einem verzweifelten Tauziehen. Die Straße befand sich im Bau, so weit das Auge reichte. Die Luft war erfüllt vom Dröhnen der Presslufthämmer. Auf der halb fertigen Fahrbahn standen Bagger und Planierraupen gefährlich dicht an der Kante des steilen Abhangs. Für eine streng geheime Mission wirkte das Ganze lächerlich planlos und behelfsmäßig. Als der Buick mit seinem starken Motor die letzte Steigung erklomm, durchströmte Jack eine plötzliche Wachheit, eine Kombination aus dünner Höhenluft und dem stechenden Blau des wolkenlosen Himmels. Umfasst von mehreren Maschendrahtzäunen, erstreckte sich ein bizarres Lager aus Baracken und zusammengeschusterten Hütten über die flache Hochebene wie eine wahllos hingeworfene Handvoll Buden. Am gut bewachten Tor zeigte Collier die ordnungsgemäßen Dokumente vor und steuerte auf das Gelände.

»Dort drüben ist Ihr Büro.« Collier wies auf eine Quonsetbaracke an der Ecke einer ungepflasterten Kreuzung. Im Aufgang stand Lieutenant Aaron Epstein. Auf seiner hohen Stirn über der dicken Acetatbrille aus Armeebeständen glänzte der Schweiß. Collier fuhr an den Rand der ausgefahrenen Straße, stieg aus und öffnete den Kofferraum. »Ihre Unterkunft liegt ein Stück die Straße rauf auf der rechten Seite.«

»Ich denke, ich statte vorher dem Labor einen Besuch ab«, sagte Jack und stieg aus dem Wagen.

»Eigentlich, Sir, wünscht General Groves, Sie zu sehen, sobald Sie …«

»Sicher. Sobald ich im Labor war.«

»Sir, ja, Sir. Der Wagen steht Ihnen während Ihres Aufenthalts zur Verfügung.« Er warf Jack die Schlüssel zu. Der fing sie auf und warf sie seinerseits Epstein zu.

»Schön, Sie zu sehen, Lieutenant. Gibt's was Neues?«

Sie machten sich auf den Weg zu dem behelfsmäßigen Büro und fielen in einen entspannten Schritt.

»Allerdings«, sagte Epstein. »Die Zensur hat das hier aufgeschnappt.«

Er hielt Jack ein Western-Union-Telegramm hin. Jack nahm es besorgt. Der Name des zugedachten Empfängers war ihm von einer Liste Schweizer Wissenschaftler bekannt, die recht häufig über neutrale Grenzen hin- und herreisten. An: *Gregor Stern. Sag mir Bescheid, ob es Sabine gut geht. Stopp.*

Uneingeladen schob sich Collier mit ihnen zusammen ins Büro, die Tür prallte von der Wand ab und fiel hinter ihm ins Schloss.

»Ich habe die Telefonistin von Western Union befragt, die es gemeldet hat«, erklärte Epstein. »Sie behauptet beharrlich, ein zwölfjähriger Junge habe es aufgegeben.«

»Klingt logisch«, meinte Collier. »Wenn es hier einen Spion gibt, ist er kein Dummkopf.« Er lachte über seine Bemerkung und musterte Jack wie ein Welpe, der auf eine Belohnung wartet. Als er Jacks Miene sah, schwieg er.

»Sergeant Collier«, sagte Jack, »dieses Telegramm legt nahe, dass einer von Ihren Leuten womöglich in geheimer Kommunikation mit unseren ausländischen Gegnern steht.«

»Einer von *meinen* Leuten? Ich versichere Ihnen, Sir, dass

dem nicht so ist.« Colliers Tonfall entsprach gerade noch dem Maß an Respekt, das er Jacks höherem Rang schuldig war.

»Wir fangen mit der Befragung bei den europäischen Wissenschaftlern an, die die Petition zur ethischen Kontrolle der Operation unterzeichnet haben.«

»Es sind viertausend Wissenschaftler auf dem Hill, Sir. Zwei Drittel davon sind Europäer.«

»Dann fangen wir mit den deutschsprachigen an, die die Petition unterzeichnet haben und unmittelbar an der Bombe arbeiten.«

»Das *Gadget*«, sagte Collier. »Der Befehl lautet, dass wir es das *Gadget* nennen, Sir.«

Epstein schob seine Brille über den Nasenrücken nach oben. *»Oishe geveine lech.«*

»Ja, Sie werden sich mit den Eierköpfen gut verstehen.« Collier stieß einen Laut aus, der wie eine Mischung aus Schnauben und Kichern klang.

»Allergien, Sergeant?«, fragte Jack, doch Epstein ließ die spitze Bemerkung über sich ergehen, ohne mit der Wimper zu zucken. Jack vermutete, dass er solche Kommentare gewohnt war.

Epstein deutete auf einen beachtlichen Aktenstapel auf Jacks Tisch. »Ich habe die Personalakten sämtlicher Wissenschaftler zusammengesucht, die die Petition unterzeichnet haben. Da ist Reichl, der sie angestoßen hat …«

»Der verdammte Unruhestifter, der glaubt, ein Haufen Eierköpfe wisse mehr als die Oberen«, fiel Collier ihm ins Wort.

»Und Weiss …«

»So deutsch wie Knackwurst und Sauerkraut.«

»Österreicherin, um genau zu sein«, korrigierte Epstein ihn.

»Waren an dem Tag, an dem Atomphysik unterrichtet wurde, keine Amerikaner zugegen?«, fragte Jack.

»Nur Oppenheimer«, sagte Epstein.

»Rot wie eine gestochene Sau«, warf Collier ein. »General Groves will Sie sehen, sobald Sie sich eingerichtet haben.«

»Sicher«, sagte Jack. »Ich suche ihn auf, sobald ich im Labor war.«

»Sir, ja, Sir.«

»Keine Sorge, Sergeant, ich bin nicht hier, um jemandem auf den Schlips zu treten«, beteuerte Jack. »Wegtreten.«

»Ich bin weggetreten«, konterte Collier und zuckte zusammen. »Sie werden mich vermissen, wenn ich weg bin.«

»Das Risiko gehe ich ein.«

Jack nahm sich die erste Akte vor und stieß auf ein Foto von J. Robert Oppenheimer, das mit einer Büroklammer an einen Standard-Personalfragebogen geheftet war. Seine Augen strahlten vor außergewöhnlicher Konzentration, eine Kobra kurz vor dem Zustoßen. In seinem Blick sah Jack die Arroganz eines verwöhnten Kindes, dessen mürrische Schwermut ins Launische umschlagen konnte, wenn es seinen Willen nicht bekam.

Er überflog Oppenheimers Lebenslauf. Geboren 1904 in New York, verwöhnter, frühreifer Sohn wohlhabender jüdischer Eltern. Ein Phi-Beta-Kappa-Wunderkind, das Harvard in drei Jahren abschloss, dann nach Cambridge ging, wo es gestand, seinem Tutor einen vergifteten Apfel auf den Schreibtisch gelegt zu haben. Während er gleichzeitig in Berkeley und am California Institute of Technology lehrte, verdiente er sich den Respekt der angesehensten Physiker sowie eines Zirkels bewundernder Studenten, die seine eleganten Gesten nachahmten, die immer eine Zigarette salopp im Mundwinkel baumeln hatten und deren Kreissägen dunkle Schatten auf ihre Stirnen warfen.

Anekdotische Berichte beschrieben ihn als »genial, aber unnahbar«, »in Abstraktionen verloren«, während er zwischen seinen Gleichungen anmaßend Zitate aus Hindu-Schriften und der Bhagavad Gita einstreute. Eines schien gewiss – er war ein komischer Kauz. Kaum der Mann, dem man zugetraut hätte, für eine abenteuerliche Mission mit starken Persönlichkeiten und voller unvorhersehbarer Umstände die größten Wissenschaftler der Welt auf dieses einsame Hochplateau locken zu können.

Jack steckte die Unterlagen in seine Schultertasche, bevor er und Epstein ein paar Hundert Meter die Straße in die Technical Area hinaufgingen. Die Örtlichkeit erinnerte eher an ein Gefängnis als an ein Labor. Umgeben von bewaffneten Wächtern und Stacheldrahtrollen, standen kunstlose Bauten im harschen Kontrast zu den Felsen aus rotem Schiefer und rosafarbenem Sandstein, die dahinter aufragten.

Jacks Blick wanderte an der Hauswand hinauf, schweifte über jedes einzelne Fenster, angezogen von einem Schatten im ersten Stock. Eine Frau stand hinter der Fensterscheibe wie eine moderne Rapunzel, die die Welt von ihrem uneinnehmbaren Turm aus betrachtete. Die eleganten Linien ihres Kopfes und ihres Halses standen im Kontrast zu der Zurückhaltung ihres hohen Kragens und dem strengen Schnitt ihres Laborkittels. In dem kurzen Augenblick, bevor sie Jack entdeckte und sich entfernte, schien sie genau dort zu sein, wo sie hingehörte, vom Fenster gerahmt wie ein Porträt.

3

Dr. Hannah Weiss schob sich eine dunkle Locke aus der Stirn und blickte durch die Stacheldrahtschlingen auf die wüstenhafte Landschaft. Hinter dem Durcheinander aus rohen Hütten, Quonsetbaracken und Wachtürmen wimmelte es in der Wüste von unbemerktem Leben und uralten Geheimnissen. In Europa gab es keinen solchen Ort, vielleicht gab es auf der ganzen Welt keinen solchen Ort. Seine staubtrockene Einzigartigkeit bot ihr die Hoffnung, dass auch das, was sie hier zu erreichen suchten, einzigartig war und niemals wiederholt würde, gleichgültig, wie die Geschichte durch ihre Arbeit umgeschrieben wurde. Sie und ihre Kollegen klammerten sich an den Glauben, dass der Krieg endete, dass diese ad hoc einberufene Gemeinschaft sich wieder auflöste und Roosevelts Versprechungen eine Ära des Friedens und fortschrittlichen Denkens einleitete – sein Glaube an göttliche Gerechtigkeit und grundlegende menschliche Freiheiten, seine Zusage, Anstand und menschliche Güte zu wahren, alles, was eine gute Rede zur Lage der Nation ausmachte.

Das Gelände, das Site Y genannt wurde, war ehemals eine Ranch School für Jungen gewesen. Jetzt waren die alten Klassenzimmer voll mit Laborgeräten statt mit Schulbänken. Statt

Fakultätsessen und Kennenlernpartys mit Absolventen fanden in der imposanten, aus dicken Baumstämmen zusammengefügten Fuller Lodge wilde Partys statt, die bis in den frühen Morgen dauerten. Los Alamos hatte den Rest der Welt hinter sich gelassen und sämtliche Verhaltensmaßregeln für militärische Kräfte gleich mit. Wenige hatten gewusst, worauf sie sich einließen, als sie hergekommen waren, doch niemand sprach davon, der vor ihnen liegenden schwierigen Aufgabe den Rücken zu kehren. Alle arbeiteten an der Entwicklung der Waffe, die alle Kriege beenden würde, um einem Verrückten, der die Welt zu zerstören trachtete, mit einer Meisterleistung von unbeschreiblicher Genialität Einhalt zu gebieten. Spannungen mussten freigesetzt, Dampf abgelassen werden. Was war schon ein Fehltritt hier und da im Vergleich zu der bevorstehenden Möglichkeit des Weltfriedens einerseits und des Massensterbens andererseits?

Der Ernst der Aufgabe war Hannah stets präsent. Er sorgte dafür, dass sie sich keine Sorgen um den fehlenden Komfort machte. Wenn ihr die Waden schmerzten vom vielen Hinauf und Hinunter auf der Leiter an der hohen Tafel, stellte sie sich ihren Onkel Josua beim Appell vor, der bei jedem Wetter stundenlang Zwangsarbeit leisten musste. Sie war dankbar für seinen unbeschwerten Humor und seinen tiefen Glauben, der ihm angesichts der Schrecken, die er erdulden musste, sicher zugutekam. Wenn ihre Hände von dem trockenen Wind rissig und rau wurden, dachte sie an Sabine, wo auch immer sie sein mochte. Vielleicht beendete sie gerade ihr Studium in New York und spazierte den Broadway hinunter, während ihr die Augen vom Wind tränten. In dem Wissen, dass ein Spaziergang in bitterer Kälte das am wenigsten furchterregende Szenarium war, dem Sabine sich stellen musste, konzentrierte sich Hannah ganz auf ihre Aufgabe und kümmerte sich nicht um den Klatsch und die heimlichen Stelldicheins im Lager.

Ihr Leben in Los Alamos war einfach, und sie lebte abgeschottet. Sie war eine Frau, die unter Männern arbeitete. Die Männer erlaubten sich Freiheiten, die ihr verwehrt waren. In der Schwarzmarkthütte feilschte sie um Lippenstifte – das war unerlässlich –, doch Strümpfe waren ein Luxus der Vergangenheit. Sie standen auf der Liste wichtiger Dinge ganz weit unten. Ihre Zucker- und Mehl-Coupons hortete sie, um sie gegen Notizpapier und Bleistifte No. 2 einzutauschen.

Die Frauen der anderen Wissenschaftler ließen sich von zu Hause Pakete schicken, und einige nähten Kleider und verkauften sie. Hannah hingegen flickte sorgsam die Sachen, die sie mitgebracht hatte, drei gerade geschnittene Röcke (schwarz, grau und dunkelrot), zwei Blusen (eine weiß, eine blassrosa), ein schlichtes Kostüm mit Schößchenjacke (marineblau mit feiner, schwarzer Biese), ein Paar ochsenblutrote Pumps, die sie zu allem tragen konnte, und ein kleiner Schatz an Unterwäsche, den sie bei ihrem letzten Besuch in Wien erstanden hatte. Sie schlief in einem Leibchen, denn ihr Nachthemd hatte sie gegen eine zerlesene Kopie von Einsteins *Science and Religion* eingetauscht. Hannah kämmte ihr dickes, dunkles Haar streng aus dem Gesicht und schlang es zu einer festen Rolle, gehalten von einem edel gearbeiteten, diamantenbesetzten Haarkamm, ihr einziges Zugeständnis an Weiblichkeit, das einzige Artefakt eines Lebens, in dem man ihr – wenn auch nur für einen Augenblick – das Gefühl von Wertschätzung gegeben hatte. Mit den Fingerspitzen strich sie über die harten Kanten des Kamms, während sie die Welt draußen vor dem vertrauten Fenster betrachtete.

Auf der Straße unten sah sie zwei Männer mit der Scharfsinnigkeit von Haien, die gerade Blut riechen, auf den Laborbereich zusteuern. Sergeant Collier hatte sie abgesetzt. Sie kannte Collier, jeder kannte ihn. Er war General Groves' Lakai. Der Mann mit der Brille war Hannah schon am Abend zuvor in der Kantine aufgefallen. Er hatte eine Kakihose getragen, allein in einer Ecke gegessen und kurzsichtig den Inhalt eines braunen Schnellhefters durchgesehen, den er sich dicht vor das Gesicht gehalten hatte. Der andere Mann, dessen gut geschnittener Anzug mit Weste und fallendem breitem Revers zu elegant war für Kriegszeiten, war ein Fremder, doch Hannah war früher schon Männern wie ihm begegnet und wusste sofort, wer er war. Sie erkannte den entschlossenen Kiefer, den hageren, hungrigen Blick, die zusammengekniffenen Augen, während sein Blick wie ein Schnellkäfer die Wand hinaufkroch. Menschen wie er betraten das Gelände üblicherweise erst im Schleier des späten Abends. Am nächsten Morgen waren sie im Morgengrauen schon wieder fort, und dann überraschte es Hannah nicht, wenn auch einer ihrer Kollegen verschwunden war.

»Und was ist diesmal das Problem?« Mit einem knochigen Knöchel klopfte Oppenheimer auf die Tafel hinter ihr. »Wir können jetzt nicht unsere Zelte abbrechen. Hitler weiß, dass die Alliierten vor der Tür stehen. Wenn die Deutschen die Bombe haben … also, das muss ich nicht laut aussprechen.«

Als Hannah sich vom Fenster abwandte und gegen die grelle Sonne die Augen zusammenkniff, wurde sie wieder an den Kontrast zwischen ihrer großen Mission und ihrer unmöglichen Umgebung erinnert. Das kleine Kritikalitätsteam, dem sie angehörte, war in die Technical Area 18 eingepfercht worden, eine wackelige Holzkonstruktion, die gefährlich auf der Felszunge oberhalb des Omega Canyon errichtet worden war. Ihre Kollegen benahmen sich, als befänden sie sich in den aufgekratzten ersten Wochen eines Abenteuercamps. Wenn es abends geschneit hatte, klopften sie vor Sonnenaufgang an die Tür und riefen: »Wach auf! Lass uns Ski fahren!« Sie verpassten das Frühstück, und wenn sie zur Arbeit kamen, schlugen sie ihre Wanderstiefel zusammen, bis Schnee und Eis in kleinen Klumpen zu Boden rieselten.

Peter Reichl, dessen üppiger Bauch sich unter einer handgestrickten Wollweste wölbte, ergriff das Wort. »Wir sind so weit gegangen, wie wir gehen können, ohne tatsächlich eine atomare Explosion auszulösen. Wie wollen wir unsere Theorien beweisen, ohne … ohne …« Er machte eine weit ausholende Geste mit den Händen, unfähig, die Ausmaße des Problems in Worte zu fassen.

»Ohne die Erdatmosphäre zu entzünden?«, warf Hannah ein.

»Roosevelt hieße das wahrscheinlich nicht gut«, erklärte Oppenheimer. Mit geschmeidiger, katzenhafter Eleganz hob er seine Zigarette an die Lippen, nahm einen tiefen, theatralischen Zug und schenkte Hannah sein seltsames Lächeln, das ihn bei den Damen so beliebt machte. »Was schlägt unsere reizende Kassandra vor, wie wir das Untestbare testen sollen?«

Hannah blieb ungerührt. »Halten Sie sich an die Laborassistentinnen, Oppie! Es ist lange her, seit mich ein Mann so um den Finger gewickelt hat, dass ich getan habe, was er von mir verlangte.«

Das entlockte Alice Rivers, der einzigen anderen Frau im Raum, ein sprudelndes Kichern. Während Hannah verschlossen war, schien Alice stets an sich herumzupfen zu müssen. Ihre geflickten Strümpfe bekamen dauernd neue Laufmaschen, die Strickjacke war nicht zugeknöpft und zeigte ein wenig zu viel Dekolleté, widerspenstige Locken lösten sich aus ihrem Kopftuch. Alice verbrachte ihre Tage damit, geduldig darauf zu warten, dass die Wissenschaftler etwas Großartiges sagten, während sie pflichtbewusst alle Äußerungen – ob großartig oder nicht – in ein Notizbuch schrieb, jedes Zitat mit den Initialen des Sprechenden versehen. Ihr Kichern hatte etwas Ansteckendes, und deswegen behielt sie ihre Stelle, auch wenn andere Stenografinnen, mit mürrischen Gesichtern und schweren Halbschuhen, womöglich bessere Arbeit geleistet hätten. Oppenheimer fiel in Alice' Lachen ein, doch Hannah entging nicht, dass seine Augen noch dunkler und tiefer eingesunken waren als gewöhnlich, argwöhnischer, weniger streitlustig.

Weil Hannah immer still war, es sei denn, sie hatte etwas Substanzielles beizutragen, schenkten ihre Kollegen ihr die volle Aufmerksamkeit, als sie an die Tafel trat, die Leiter an das eine Ende schob und einige Sprossen hinaufstieg. Während sie die ersten Ziffern einer langen Gleichung hinschrieb, sprach sie die Frage aus, die sie alle quälte: »Warum genau würde eine Atomexplosion uns in Stücke reißen?«

Peter Reichl wiederholte müde, was sie bereits wussten: »Uran 235 reagiert so schnell, dass es unmöglich zu kontrollieren ist. Die Stahlhülle wird augenblicklich in einen Feuerball verwandelt.«

»Müssen wir Stahl verwenden?«, fragte Hannah.

»Sollen wir etwa eine Bombe aus Bauklötzchen herstellen?«

Hannah blickte über die Schulter und lächelte. »Ich dachte eher an Lebkuchen.«

Reichl war beschämt. Er hatte nicht so schnippisch sein wollen.

»Aber hier … oh, warten Sie …« Wie es seiner Gewohnheit entsprach, war Otto Frisch in einer Wolke aus Zigarettenqualm, die ihm durch den Raum folgte, auf und ab gegangen. Sein Westernhemd war eine Nummer zu klein, sodass Hals, Handgelenke und Hände herausragten wie bei einer Vogelscheuche. Er drückte die Hände zusammen, als wollte er seine Idee festhalten. »Was wäre, wenn wir Uran mit Schwerem Wasser mischen? Das würde die Reaktionszeit verlangsamen.«

»Nur um einige Zehnerpotenzen«, widersprach Hannah. »Immer noch zu schnell, um es zu kontrollieren.«

»Aber was ist, wenn wir die Reaktion nur für einen Sekundenbruchteil ablaufen lassen?«

»Wie?« Oppenheimer beugte sich vor, als könnte er die Gedanken mit schierer Willenskraft hervorlocken. Die anderen beugten sich ebenfalls vor. Oppenheimer war der Choreograf, und sie waren seine Tänzer.

»Indem wir den Kern durch ein Loch in Schweres Wasser fallen lassen.« Frisch wies auf Alice, die nickte, die Initialen notierte und hastig mitschrieb.

Hannah sann einen Augenblick lang darüber nach und setzte dann zu einer neuen Gleichung an. »Und das führt uns zu der unerbittlichen Frage: Wie lösen wir es aus?«

»Um das herauszufinden, sind Sie hier«, sagte Oppenheimer, erhob sich lässig von seinem Stuhl und schritt mit langen, entschlossenen Schritten zur Tür. »Wie wir den Drachen kitzeln, ohne ihn aufzuwecken. Und wie wir es schaffen, bevor die Deutschen England in Schutt und Asche legen.«

4

Feldnotiz
Vertraulich
Hauptquartier
US-Armee und Östlicher Militärbezirk
303 Militärischer Abschirmdienst
APO 403
3. April 1945
Betreff: Sicherheitsbelange Site Y
An: Donovan
Von: Delaney
Zusammenfassung: (1) Am 13. März 1945 ist uns zur Kenntnis gelangt, dass unter den Wissenschaftlern eine Petition für die ethische Kontrolle der Gadget-Realisierung kursierte. (2) Am 3. April 1945 fanden die Vertreter dieser Einheit Site Y wie erwartet vor – Sicherheitsvorkehrungen tipptopp, das Klima trockener als Hundekuchen, Kleinigkeitenkrämer, die unbehindert umherliefen – und erfuhren, dass die Zensur ein Telegramm abgefangen hatte, das adressiert war an Stern und Gregor, einen Schweizer von besonderem Interesse.
Empfehlung: Die Mitarbeiter, welche die Petition unterzeichnet haben, wurden für erweiterte Hintergrundüberprüfungen ausgewählt. Dazu gehören REICHL, Mitglied des Kritikalitätsteams, der die Petition lanciert hat, sowie Frisch, Weiss und Szillard.

5

Jack schob den Tischtennisschläger von einer Hand in die andere, während er Peter Reichl über die breite, grüne Platte hinweg beiläufig musterte. Reichl schien von streitlustiger, wetteifernder Art zu sein, also ließ Jack ihn die ersten Punkte einstreichen, nicht ohne dafür zu sorgen, dass ihm ordentlich der Schweiß ausbrach. Zu Zeiten, als in der Fuller Lodge eine Jungenschule untergebracht gewesen war, hatte die Tischtennisplatte reichlich Anklang gefunden, doch sie war immer noch gut in Schuss. Was man von Peter Reichl nicht behaupten konnte. Zahllose durchzechte Nächte, eine Vorliebe für üppige österreichische Schnitzel und Sachertorte und Unmengen von Alkohol manifestierten sich in Rettungsringen und einem Doppelkinn. Der Schweiß rann ihm in die Augenbrauen und hinter die Ohren, hinterließ feuchte Flecken auf dem Kragen. Spärliche silbergraue Haarbüschel sprossen an seinen Schläfen, und mit seinen wilden Bewegungen hatte er etwas von einem Kastenteufel. Jack spielte den gutmütigen Verlierer, zog die Jacke aus, löste den Krawattenknoten, krempelte die Hemdsärmel hoch und ließ Reichl noch ein paar weitere Punkte machen. Für Reichl musste es so aussehen, als gewänne er ein Freundschaftsspiel, bei dem die beiden Gentlemen ein freundliches Gespräch führten. Sie standen schließlich auf derselben Seite. Oder?

Als Jack den Ball hart konterte, um Reichls verirrten hohen Ball zu parieren, spürte er tief im Gewirr der Nerven und Adern seines Arms ein vertrautes Pochen und wechselte den Schläger rasch in die linke Hand. Er pfefferte seinen nächsten Return, um jegliche erkennbare Schwäche zu kompensieren. Seine Fragen waren kaum mehr als leutselige Erkundigungen, wer wer war in der Welt der Atomphysik. Aber er hörte aufmerksam zu, als Reichl abschweifte und sich über eine besonders illustre Konferenz im Kaiser-Wilhelm-Institut in Berlin ausließ. Auch ohne über die Schulter zu blicken, wusste Jack, dass Epstein sich Notizen machte für den Fall, dass das unablässige *Klack-Klack, Klack-Klack* des Tischtennisballs das Mikrofon unter der Platte störte.

»Wer nimmt an so etwas teil?«, fragte Jack.

»Alle.«

»Definieren Sie alle! Nur zum Spaß.«

»Die Fakultät, Studierende, Ehemalige, Wissenschaftler.«

»Was ist mit Kurt Diebner?«

»Selbstverständlich. Er war damals Berater des Reichswehrministeriums.«

»Dem Verteidigungsministerium«, erklärte Jack für diejenigen, die die versteckten Aufnahmegeräte abhörten.

»Diebner.« Bei der Erinnerung an ihn stieß Reichl ein verächtliches Schnauben aus. »O ja. Er war dort. Trug seinen Nobelpreis praktisch um den Hals. Er und Stefan Frei hielten Hof vor den ganzen Berühmtheiten und überschlugen sich förmlich, als sie Albert Speer drängten, ihre Forschung zu finanzieren.«

»Stefan Frei?«

»Ein richtiger Goldjunge.« Keuchend stand Reichl da

und ließ den Ball vorbeifliegen. Inzwischen tränkten die Schweißflecken sein weißes Hemd auch unter den Achseln. »Der bezaubernde Adonis mit blondem Haar, einem Profil wie eine Eisskulptur und geboren mit … ach, wie sagt man noch?«

»Mit einem silbernen Löffel?«

»Im Pferdemaul, ja. Privileg der Privilegierten.« Reichl nickte und schlug verdrießlich einen Volley. »Exzellenter theoretischer Physiker, das muss man ihm lassen. Ich möchte nur darauf hinweisen, dass er, wäre sein Vater nicht Direktor des Kaiser-Wilhelm-Instituts, vielleicht ein bisschen härter hätte arbeiten müssen, um seine Stellung zu halten … und seinen Erfolg bei den Frauen.«

»Verstehe.« Jack fing den Ball mit der Hand auf und steckte ihn in die Tasche. Er keuchte ein wenig, wischte sich zur Schau die Stirn und deutete auf zwei Lehnsessel mit rissigem Leder, die etwas dichter an einem Mikrofon standen, das, wie er wusste, unter dem Rand des Couchtischs klebte. Für den Fall, dass es jetzt interessant wurde.

»Doktor Reichl, Sie haben Deutschland erst wann verlassen?«

»Einundvierzig.«

Die Männer setzten sich. Jack schlug eine Akte auf und legte Formeln, Laborberichte und Fotografien auf dem Couchtisch aus. Auf einem Foto war eine Gruppe von Wissenschaftlern zu sehen, die in schwarzen Mänteln und Brillen auf den Stufen vor dem Kaiser-Wilhelm-Institut in Berlin standen. Darunter befanden sich vier Nobelpreisträger, und Jack wusste, dass Reichl nicht dazugehörte.

»Ich fürchte, meine jüdischen Kollegen haben vor mir gewusst, was die Stunde geschlagen hatte.« Reichl seufzte. »Die meisten waren sechsunddreißig schon emigriert. Sie waren klüger als ich, und das nicht nur in Bezug auf die Wissenschaft.«

Jack zog das Telegramm an Gregor Stern aus der Brusttasche und strich es auf dem Tisch glatt. Reichl wirkte leicht überrascht.

»Das Telegramm? Darum geht es hier?«, fragte er. »Ich hatte angenommen, es ginge um meine Petition.«

Jack blickte ihn unverwandt an und lauschte der Stille und Reichls immer noch keuchenden Atemzügen. Jack hatte begriffen, dass die Menschen die Stille verabscheuten wie die Natur das Vakuum und sich beeilten, es mit demselben unsicheren Eifer zu füllen. Seiner Erfahrung nach hatte die Macht der Stille manches ängstliche Geständnis hervorgelockt.

»Man könnte denken, ich würde agitieren, um die Regierung zu übernehmen, und nicht aus Sorge um die potenzielle Verwendung der Bombe«, sprudelte es aus Reichl heraus. »Meine Petition ist nichts anderes als eine notwendige Warnung. Jede Nation, die diese neu freigesetzten Kräfte der Natur zum Zweck der Zerstörung einsetzt, muss die Verantwortung dafür übernehmen, die Tür zu einer Ära der Zerstörung von unvorstellbaren Ausmaßen aufgestoßen zu haben.«

»Ja«, sagte Jack mit einer wohlkalkulierten Schärfe im Ton. »Aber wir reden hier über das Telegramm.«

Reichl zuckte die Achseln. »Es ist ein Telegramm.«

»Sie geben zu, dass Sie es an Gregor Stern schicken wollten?«

»Ich gebe zu, dass ich einem mexikanischen Jungen einen Vierteldollar gegeben habe, damit er es zu Western Union bringt.«

»Warum haben Sie es nicht selbst hingebracht?«

»Mit der Petition habe ich mich nicht gerade beliebt gemacht.« Reichl verschränkte die Arme über dem üppigen

Bauch. Defensiv, bemerkte Jack, doch nicht bereit, viel anzubieten.

»Das sowjetisch-schweizerische Handelsabkommen hat weiter Bestand, wie Sie sicher wissen. Ein in der Schweiz lebender Wissenschaftler könnte für die Russen eine kostbare Kontaktperson sein.«

Reichl stieß ein schnelles, nervöses Husten aus. »Die G2-Typen vermuten in jeder Ecke einen Bolschewisten. Sie interpretieren da zu viel hinein. Gregor Stern ist ein guter Freund. Ich mache mir Sorgen um seine Frau Sabine. Sie ist bei schlechter Gesundheit.«

Jack ließ zu, dass sich Reichl einen Augenblick lang darin suhlte, bevor er wieder das Wort ergriff. »Es muss hart sein für einen Physiker in der Schweiz. Sie sind hier und arbeiten mit den Geistesgrößen der modernen Wissenschaft zusammen. Stern muss sich ausgeschlossen fühlen.«

»Gregor hat sehr viel zu tun«, fuhr Reichl scharf auf. »Physik ist mehr als nur das Bauen von Waffen.«

Jack nahm den Einwand kommentarlos zur Kenntnis und wartete exakt fünf Sekunden, bevor er fortfuhr: »Und er muss sich natürlich um Sabine kümmern.«

»Natürlich.« Reichl nickte nachdrücklich.

Jack faltete das Telegramm und steckte es wieder in seine Brusttasche. Dann schob er die Unterlagen auf dem Tisch zusammen und steckte jedes einzelne Dokument behutsam zurück in den Schnellhefter.

»Das war's?«, fragte Reichl.

»Fürs Erste.«

Verdattert mühte sich Reichl aus dem Lehnstuhl hoch und entfernte sich mit einem knappen »Guten Tag, Major«.

Jack warf einen langen Blick auf das Foto mit den Wissenschaftlern auf den Stufen des Kaiser-Wilhelm-Instituts, während er den Tischtennisball gedankenverloren gegen die Wand schlug. Es war leicht gewesen, die einzige Frau auf dem Foto zu übersehen. Sie stand ganz am Rand der Gruppe, zierlich und ernst, aus der Hierarchie hinausgedrängt. An der wissenschaftlichen Hackordnung des Reichs verstand er vieles nicht, doch es war klar, dass Diebner und Frei – mitten im Bild und gewohnt, Raum zu beanspruchen – ganz an der Spitze standen.

»Der Nächste!«, rief Jack, denn er vermutete, dass Collier an der Tür lauschte.

Sergeant Collier schoss herein, bevor Epstein sich überhaupt von seinem Platz erheben konnte. Jacks Miene blieb ungerührt, doch das Schlagen des kleinen Balls steigerte sich zu einem nervösen *Kla-Klack, Kla-Klack, Kla-Klack.*

»Reichl hat zugegeben, dass er das Telegramm geschickt hat«, sagte Collier. »Das wollten wir wissen.«

Wieder dieses ambitionierte *wir,* bemerkte Jack. Er versetzte dem Ball einen resoluten Schlag, und der prallte von der Wand ab und landete in einem Papierkorb.

Epstein räusperte sich leise. »Sergeant, wussten Sie, dass Gregor Stern Maschinenbauingenieur ist und kein Physiker?«

Collier sah ihn verständnislos an.

»Sein *guter Freund* Peter Reichl auch nicht. Und wer zum Teufel ist Sabine?«, fragte Jack. »Wer ist der Nächste?«

»Weiss.«

»Holen Sie ihn rein!«

Jack entging die Selbstgefälligkeit in Colliers Miene nicht. Collier war der Typ, der in der Kneipe die Rechnung bis auf den letzten Penny genau teilte, der nie mehr bezahlen wollte als das, was er konsumiert hatte. Ein kleiner Mann, der den Augenblick zwischen der Erkenntnis, dass er etwas wusste, was man selbst nicht wusste, und den Moment, in dem er es einem unter die Nase rieb, weidlich auskostete.

Collier öffnete die Tür und sagte: »Frau Doktor Weiss.« Und dann genoss er Jacks Reaktion, als Hannah das Zimmer betrat.

Jack erhob sich von seinem Stuhl, schob die Hemdsärmel zurück und fingerte kurz an den Manschettenknöpfen, bevor er ihr die Hand reichte.

»Ich bin Major Delaney«, sagte er. »Dies ist Lieutenant Epstein. Und Sergeant Collier kennen Sie ja bereits.«

»Wir sind uns schon begegnet. Öfter, als mir lieb ist«, erwiderte Hannah.

»Nehmen Sie bitte Platz!« Jack wies auf den Stuhl neben dem verwanzten Couchtisch, doch Hannah blieb stehen. Ihre Augen waren von einem verblüffenden Hellblau, durchdringend, von fast überweltlichem Glühen, ein starker Kontrast zu ihrem glänzenden braunen Haar, das im Nacken zu einer Banane gedreht war.

»Darf ich fragen, worum es hier geht?«

»Einfache Hintergrundüberprüfungen. Wir möchten Sie kennenlernen und hören, ob Sie irgendwelche Sorgen haben.«

Hannah lächelte schief. »Haben Sie das auch Peter Reichl erzählt?«

»Ist er ein Freund von Ihnen?«

»Wir stammen beide aus Wien. Wir arbeiten zusammen«, erklärte sie. »Der arme Mann wird unablässig von Geheimdienstlern wie Ihnen gejagt.«

»Wie kommen Sie auf den Gedanken, dass ich …«

»Sie haben nicht mal Ihre Baracke aufgesucht, bevor Sie mit den Befragungen angefangen haben.« Sie warf einen Blick auf Jacks Seesack in der Ecke. »So etwas fällt mir auf.«

»Gut.« Ihr konnte er nichts vormachen, und so beschloss Jack, gleich auf den Punkt zu kommen, statt sich freundlich zu geben. Es war offensichtlich, dass Dr. Hannah Weiss – eine schöne Frau, die in einer Welt inmitten einsamer Männer arbeitete – eine Menge Anmache, Avancen und vordergründig freundliches, unterschwellig aber sexuell aufgeladenes Geplauder erlebt hatte.

»Bitte.« Er deutete noch einmal auf den Sessel, und diesmal setzte sie sich, Rücken gerade, Hände im Schoß gefaltet. Jack legte das Foto der Wissenschaftler vor sie auf den Couchtisch. »Sie haben von 1931 bis 1938 am Kaiser-Wilhelm-Institut gearbeitet?«

»Das ist richtig.«

»Erzählen Sie mir von Ihren Kollegen dort!«

»Sie haben sich nicht als meine Kollegen betrachtet.«

»Aber Ihnen ist doch gewiss das eine oder andere aufgefallen«, half Jack nach.

»Mir ist aufgefallen, dass ich, je bedeutsamer unsere Arbeit wurde, umso mehr Militäruniformen gesehen habe.« Ihr Blick schweifte ostentativ von Jacks gestärktem Kragen zu Epsteins Kakihose.

Epstein sträubte sich. »Sie wollen uns doch sicher nicht mit der Gestapo vergleichen.«

»Keineswegs«, antwortete Hannah. »Ich sage nur, achten Sie darauf, mit wem Sie arbeiten.«

»Und mit wem haben Sie gearbeitet, Frau Doktor?«, fragte Jack.

»An dem Institut gab es Hunderte von Wissenschaftlern.«

»Fangen wir doch mit Gregor Stern an!«

»Warum um alles in der Welt interessieren Sie sich für ihn?« Ihr Blick war herausfordernd. Jack erwiderte ihn kommentarlos.

»Verstehe«, sagte sie. »Sie sind nicht bereit, Fragen zu beantworten, Sie stellen hier die Fragen.«

Hannah rückte den diamantenbesetzten Kamm in ihrem

Haar zurecht, eine Geste, die Jack ein wenig zu elegant erschien, zu einstudiert. Er tippte auf das Foto, auf dem Gregor Stern neben Hannah stand. »Es scheint, als würden Stern und Sie sich ziemlich gut kennen.«

»Gregor ist ein wunderbarer Mensch.«

»Eine interessante Art, einen Kollegen zu beschreiben.«

»Ja?«, erwiderte sie. »Wie würden Ihre Kollegen Sie beschreiben, Major Delaney?«

»Stur.«

»Ah. Gut. Nehmen Sie es nicht persönlich!«

Sie schien es zu genießen, und das passte Jack gar nicht, doch dann hob sie noch einmal in einer anmutigen Bewegung die Hand, um den diamantenbesetzten Kamm in ihrem Haar festzustecken, und er wusste Bescheid. Damit verriet sie sich. Jetzt musste er nur noch aufdecken, welche Lügen sie mit dieser Geste zu verbergen trachtete. Er wusste, dass er behutsam vorgehen musste. Er lehnte sich in seinem Sessel zurück, offene Körperhaltung, die Hände entspannt im Schoß.

»Frau Doktor Weiss, erzählen Sie mir doch, was eine nette junge Frau wie Sie an einen Ort wie diesen führt!«, forderte er sie auf.

6

»Major?« Collier trat an die Tür. »General Groves.«

»Zeit, den Ring zu küssen?«, fragte Jack trocken.

»Ein einfacher Salut tut es auch.« In einer tosenden Wolke aus Zigarrenqualm und stattlicher Autorität schob sich Brigadegeneral Leslie Groves an Collier vorbei. Trotz seiner Leibesfülle bewegte er sich mit überraschender Anmut und genoss es sichtlich, der größte Mann im Raum zu sein. Jack löste das Zellophan von einem Päckchen Camel und legte die Zigaretten auf den Tisch, bevor er salutierte.

Hannah blieb sitzen, die Hände im Schoß gefaltet, bis Groves mit dem Kinn zur Tür wies und in schroffem Ton sagte: »Vielen Dank, dass Sie sich die Zeit genommen haben, Frau Doktor Weiss.«

Collier wollte Hannah hinausscheuchen, doch Jack trat dazwischen, bevor sie an der Tür war.

»Eine Frage noch, Frau Doktor Weiss.«

»Ja, Major?« Ihre Miene war weder verhalten noch übertrieben unschuldig.

»Wie lautet der Vorname von Gregor Sterns Frau?«

»Sein Privatleben ging mich nichts an«, sagte Hannah. »Und wir wissen beide, dass Sie ihn schon in Ihren Akten haben.«

»Tun Sie mir den Gefallen!«

»Anneliese.«

Jack tauschte einen kurzen Blick mit Epstein, dann reichte er ihr die Hand. »Guten Abend, Frau Doktor Weiss.«

Hannah ging, ohne die höfliche Floskel zu erwidern. Es entging Groves nicht, dass Jacks Blick ihr folgte, als sie den Flur hinunterging, und er stieß ein kehliges Lachen aus.

»Jeder Schlauch im Lager wollte ihre Petunien gießen. Erfolglos. Ihnen wird es nicht besser ergehen, Major.«

Jack zuckte die Achseln, womit er die Anspielung weder bestätigte noch ihr widersprach.

Groves richtete sich vor Epstein auf. »Lieutenant, waren Sie seit Ihrer Ankunft schon in Ashley Pond?«

»Nein, Sir«, antwortete Epstein verdattert.

»Das wollen Sie unbedingt sehen.«

»Absolut, Sir.«

»Jetzt, Lieutenant.«

»O ja. Ja, Sir.« Epstein salutierte kurz und verzog sich eilig, um der brenzligen Situation zu entkommen. In dem Augenblick, als sich die Tür schloss, stürzte sich Groves auf Jack.

»Major Delaney, ich habe Ihren Vorgesetzten doch klargemacht, dass Sie nicht herkommen und meine Wissenschaftler bei der Arbeit stören sollen.«

»Ich habe es eher als Vorschlag aufgefasst, Sir.«

»Dies ist die Armee«, knurrte Groves. »Wir tragen keine kurzen Hosen, wir spielen nicht Flohhüpfen, und wir machen keine Vorschläge.«

»Ja, Sir.«

»Wo zum Teufel haben Sie Ihre Ausbildung gemacht?«

»Harvard Law, Sir.«

Groves zuckte eine massige Schulter. »Soll ich jetzt beeindruckt sein?«

»So etwas würde ich mir niemals anmaßen, General.«

»Oppenheimer hält das Schicksal der ganzen Welt in Händen, Major Delaney. Ich habe schon Probleme genug, den Deckel auf seine kommunistischen Tendenzen zu halten, ohne dass Sie ihm auch noch zusetzen und die Loyalität seiner Kollegen infrage stellen.«

»Wenn er nicht an ihrer Loyalität zweifelt, muss es jemand anders tun.« Jack reichte Groves das Telegramm.

Groves las es skeptisch Silbe für Silbe laut vor. »*Sag mir Bescheid, ob es Sabine gut geht. Stopp.* Oh, klar, ich verstehe, dass das Anlass zu großer Sorge gibt.«

»Gregor Stern ist eine Person von besonderem Interesse.«

»Sir«, warf Collier ein, »wir haben bereits eruiert, dass Peter Reichl das Telegramm verschicken wollte.«

»Und dass Reichl gelogen hat«, fügte Jack hinzu.

»Sobald er anfing, Treffen zu organisieren und die Petition herumzureichen, haben wir seine Baracke verwanzt«, sagte Collier. »Er ist kein Spion. Er besitzt kaum genug Mumm, um die Straße zu überqueren.«

»Er deckt jemanden, General. Und ich würde gern herausfinden, wer das ist. Und warum.«

Groves dachte darüber nach, während er einen großen Kreis durch den Raum zog. Mit seinen muskulösen kurzen Beinen, auf denen ein viel zu großer Leib hockte, erinnerte er Jack an eine Bulldogge. Jack hatte gelesen, dass Bulldoggen ursprünglich für einen barbarischen Sport gezüchtet worden waren. Ein darauf trainierter Hund schnappte nach der Nase eines angebundenen Bullen und ließ erst los, wenn er den Bullen zu Boden gezerrt hatte. Groves schien eine selbstgefällige Bulldogge zu sein, bereit, mit jedem unglücklichen Tier zu spielen, das ihm über den Weg lief.

»Als ich den Laden hier übernommen habe, hat J. Edgar

Hoover mich besucht. Hat drei seiner hochtrabenden FBI-Männer mitgebracht. Die sollten mich wohl einschüchtern. Damit erreichten sie nur, dass er neben ihnen kleiner aussah.« Groves machte sich keine Mühe, sein Feixen zu verbergen. »Jedenfalls geht dem alten Judenhetzer der Arsch auf Grundeis, weil Oppenheimer die Sache leitet. Hoover zeigt mir die ganzen Geheimakten ... dass Oppenheimers Bruder ein eingetragenes Mitglied der Kommunistischen Partei ist, dass Oppies Geliebte der Hälfte der Roten Brigaden einen geblasen hat. Er will, dass ich Oppenheimer rausschmeiße und die ganzen Wissenschaftler durch Republikaner ersetze, um Himmels willen! Also verspreche ich ihm, wenn wir hier fertig sind, serviere ich Oppenheimer den Schwachköpfen auf einem Silbertablett. Aber bis dahin sollen der Kotzbrocken Hoover und seine Schläger mich verdammt noch mal in Ruhe lassen.«

»General, bei allem gebotenen Respekt ...«

»Major Delaney«, sagte Groves, als würde er ein Kind ausschimpfen, »jede Minute, die Sie meine Wissenschaftler befragen, ist eine Minute, in der sie sich nicht auf ihre Mission konzentrieren können. Glauben Sie wirklich, ich ließe mich von irgendeinem besserwisserischen G2-Typen mit einem Telegramm davon abhalten, meine Bombe zu bauen?« Groves hielt Gregor Sterns Telegramm zwischen Daumen und Zeigefinger und fuchtelte Jack damit vor der Nase herum, bevor er es langsam zu Boden flattern ließ. »Sie haben zweiundsiebzig Stunden. Finden Sie Ihren Spion oder verschwinden Sie von hier!«

»Zweiundsiebzig Stunden ist kaum ...«

»Zweiundsiebzig Stunden, Major, und wenn Sie meine Wissenschaftler bei der Arbeit stören, werden Sie es noch bereuen.« Groves blickte auf seine Uhr und watschelte aus dem Raum, als hätte er sein Revier markiert, in seinem Windschatten den Gestank der Anmaßung hinter sich herziehend.

7

Feldnotiz
Betreff: Sicherheitsverstoß Site Y
An: Donovan
Von: Delaney
Zusammenfassung: (1) Telegramm wurde von REICHL geschickt, womöglich deckt er Weiss. (2) Telegramm belegt die geheime Kommunikation zwischen Zielperson und Person von besonderem Interesse STERN, G.
Empfehlung: (1) Unterkunft von Weiss und Reichl durchsuchen. (2) Die Schweizer Regierung ersuchen, Stern befragen zu dürfen.

8

Als Jack sich mit Collier und Epstein vor Hannahs bescheidenem Zimmer in einem der zweistöckigen Wohneinheiten traf, schwang er den Generalschlüssel. Sie hatte auf ihr Recht auf Privatsphäre verzichtet, als sie als Wissenschaftlerin und nicht als Ehefrau hierhergekommen war – allerdings wurden auch die Ehefrauen abgehört, soweit die moderne Technik es ermöglichte. Collier öffnete die Tür, und Epstein durchsuchte das Zimmer methodisch. Jack ging nicht so geplant vor, nahm vielmehr sämtliche Einzelheiten in sich auf, fasziniert, wie makellos alles aufgeräumt war und wie zartsinnig Hannahs wenige unentbehrliche, aber hübsche Besitztümer im Raum verteilt waren. Er spürte ihre Präsenz im Zimmer wie einen Spuk. In der Luft hing ein zarter Duft, ein weicher, pudriger Geruch mit einem Hauch von Jasmin. Auf der Frisierkommode lagen eine Bürste, ein Kamm und ein Handspiegel parallel zu einem dunkelroten Lippenstift und einem Topf preiswerter Coldcream. Bei einem Gegenstand hielt Jack inne, einer silbernen Schatulle, in die in reich verzierter unverkennbarer Kurrentschrift *Vertraue dir selbst* eingraviert war.

»Vertraue dir selbst.«

Jack wurde erst klar, dass er die Worte laut ausgesprochen hatte, als Epstein aufblickte und »Verzeihung, Sir?« sagte.

»Nichts. Machen Sie weiter, Lieutenant!«

Jack öffnete die silberne Schatulle und betrachtete das dunkle Samtfutter mit dem deutlichen Abdruck des ungewöhnlichen Haarschmucks, der ihm bei Hannah aufgefallen war. Es war keine der üblichen praktischen Haarspangen, wie sie die Frauen der Büroarbeiter im Lager trugen. Den meisterhaft gefertigten goldenen Kamm zierten zwei Wesen, die aussahen wie Motten, mit geöffneten Flügeln, die mit rosafarbenen kleinen Diamanten und winzigen kobaltblauen Saphiren besetzt waren. Jack wog die leere Schatulle in der Hand. Im Scharnier war ein einzelnes Haar von Hannah hängen geblieben. Es fing das Licht ein wie ein schimmernder Spinnenfaden.

Epstein kniete vor einer blaugrauen Truhe am Fußende von Hannahs Bett nieder und ließ vor Unbehagen die Finger knacken, bevor er sie öffnete. Ungeduldig linste er zur Tür, wo Collier stand, steif und unbeteiligt angesichts der Invasion.

»Warten Sie auf eine Einladung, Sergeant?«

»Es sieht so aus, als hätten Sie alles unter Kontrolle«, erwiderte Collier. »Ich möchte niemandem auf den Schlips treten.«

Mit ruhiger Autorität ging Jack dazwischen, bevor Epstein reagieren konnte. »Lieutenant Epstein, ich habe Sie gebeten, die Durchsuchung zu koordinieren«, sagte er. »Koordinieren Sie die Durchsuchung!«

»Ja, Sir.« Epstein stand auf und musterte Collier mit dem harten Blick eines Mannes, der sich seines Ranges bewusst war. »Fangen Sie mit der Truhe an, Sergeant!«

Collier ließ ein widerwilliges »Ja, Sir« hören und machte sich an die Arbeit.

Jack wandte sich zu Hannahs Bücherregal um, das davon zeugte, dass sie ihre Kultur nicht vergessen hatte: Thomas Mann, Kants *Kritik der reinen Vernunft*, Newtons *Principia Mathematica.* Auf dem Nachttisch entdeckte er neben einer einfachen Leselampe aus Armeebeständen eine zerlesene Ausgabe von Goethes *Faust.* Er nahm das Buch, öffnete es dort, wo es auseinanderfiel, und überflog einige mit Bleistift unterstrichene Passagen. Besonders eine erregte seine Aufmerksamkeit: *Sobald du dir vertraust, sobald weißt du zu leben.* »Sobald du dir vertraust«, sagt Mephisto, »sobald weißt du zu leben.« Gegen das Gefühl war nichts einzuwenden, doch im Kontext einer Geschichte, in der jemand dem Teufel seine Seele verkauft, lag darin doch ein Hauch von Sarkasmus.

Zwischen den Seiten des Buches steckte ein vergilbter, eselsohriger Zeitungsausschnitt mit dem Foto einer wasserstoffblonden Schauspielerin, die an Bord eines Schiffes ging und ihren Fans auf dem Kai eine Kusshand zuwarf. Jack meinte die Filmschauspielerin mit ihren hoch gewölbten, nachgezogenen Augenbrauen aus irgendeinem zweitklassigen Film zu erkennen, in dem sie neben Luise Rainer die zweite Geige gespielt hatte. Die Überschrift über dem Foto lautete: »Diva Lotte Scheer sagt Deutschland zärtlich Lebewohl.« Des Weiteren fand Jack einen gefalteten, zerknitterten Artikel aus dem *Journal of the Royal Society of Physics*: »Thermische Neutronen und Transurane«, von Dr. Stefan Frei und Dr. Anthas Winik Sanheiser.

Neben dem Buch stand ein reich verzierter Bilderrahmen aus Zinn, in dem das Foto einer reizenden, temperamentvollen jungen Frau neben einem älteren, leicht dickwanstigen Mann mit Vollbart und breitem Lächeln steckte. Mit Langlaufskiern an den Füßen, die Schlingen der Stöcke um die Handgelenke geschlungen, standen sie an einem verschneiten

Hang, hinter ihnen bereifte Kiefern, die sich weit in die Ferne erstreckten. Neben dem Mund der jungen Frau schwebte eine flauschige Atemwolke, als hätte sie im Moment der Aufnahme etwas gesagt. Was hörte Hannah die junge Frau flüstern, wenn sie das Licht ausschaltete?

Auf dem Nachttisch stand auch ein Foto von Hannah und ihren Kollegen vor der Bibliothek der University of Chicago.

»Wie lange war sie in Chicago?«, fragte Jack.

»Ist achtunddreißig gekommen«, sagte Epstein.

»Seit sechs Jahren in Amerika«, bemerkte Jack. »Und doch ist alles deutsch, was sie besitzt.«

»Vielleicht war ihr Leben zu Ende, als sie fortging.«

»Oder ihr eigentliches Leben findet immer noch dort statt.«

Jack ging an dem Klapptisch neben der behelfsmäßigen Küchenecke vorbei und richtete seine Aufmerksamkeit auf Hannahs Kommode. Darauf stand eine weiße Kerze in einem antiken silbernen Kerzenständer, in den der Baum des Lebens eingraviert war.

»Sie ist auf der Flucht vor den Nazis und bringt einen Sabbatleuchter mit«, sinnierte er laut. »Aber nur einen.«

Epstein wirkte freudig überrascht. »Woher wussten Sie, was das ist?«

»Wir arbeiten jetzt seit drei Jahren zusammen«, sagte Jack. »Da habe ich das eine oder andere aufgeschnappt.«

Jack zog die oberste Kommodenschublade auf und fuhr mit der Hand durch Hannahs wenige Unterwäsche aus Seide und Spitze, während seine Gedanken fast unvermeidlich zu den Konturen des Körpers der Frau wanderten, die diese Sachen trug. Ein leichter Jasminduft hüllte ihn in eine stille Intimität, bis seine Finger auf etwas Festes stießen. Er schob einen ordentlich zusammengerollten Schlüpfer zur Seite und zog einen Packen Postkarten heraus, farbige Ansichten aus

Deutschland – Burg Rheinstein, Oberwesel, Grindelwald, *Hotel Continental* München –, verschnürt mit einem zarten Ripsband. Statt am Ende des Bands zu ziehen, um den Knoten zu lösen, steckte Jack das ordentlich verzurrte Päckchen in die Manteltasche. »Gehen wir«, sagte er zu Epstein.

Im Büro bereitete Collier Kaffee zu und legte den Aktenstapel über Hannah auf den Tisch. Epstein und er machten sich daran, sie zu sortieren und sich die streng geheimen Angelegenheit zuerst vorzunehmen. Es dauerte nicht lange, bis Papiere und Schnellhefter jeden Quadratzentimeter auf Tisch und Fußboden bedeckten. Die beiden steuerten durch das Labyrinth und versuchten die Hieroglyphen der höheren Mathematik mit ihren unverständlichen Zahlen, Schrägstrichen und Schnörkeln zu entziffern. Jack saß inzwischen an seinem Tisch und studierte Vorder- und Rückseite sämtlicher Postkarten, zerlegte die Silben und übersetzte den Text für Epstein.

»Wie oft habe ich mitten in der Nacht noch an diesem Tisch gesessen und auf dich geharrt. In Liebe, Sabine.«

Er sortierte die Karten nach Datum und legte sie sorgfältig in Reihen und Spalten.

»Welchen Sinn hat leichte …«, übersetzte Jack und suchte nach dem richtigen Wort, »ja, Vollendung. Welchen Sinn hat leichte Vollendung? Das Vergnügen ist nicht halb so groß, wie wenn du dir erst den Weg durch das Dickicht bahnen musst.«

»Dickicht.« Collier stieß ein schnaubendes Kichern aus, womit er den Zeilen einen lüsternen Dreh gab. Das erinnerte Jack an eine andere Bemerkung von Goethe: »Durch nichts bezeichnen die Menschen mehr ihren Charakter als durch das, was sie lächerlich finden.«

»Hier gibt es Dutzende von Postkarten, die alle Goethe zitieren, und alle sind mit ›In Liebe, Sabine‹ unterzeichnet«, berichtete Jack.

»Hören sich an wie Liebesgedichte«, kommentierte Collier. »Ich hatte das Gefühl, sie könne eine Muschileckerin sein.«

»Genau genommen sind die Zitate aus dem *Faust*. Die Geschichte eines Mannes, der dem Teufel für das Wissen über die Welt seine Seele verkauft.«

Gleichgültig zuckte Collier die Achseln und kramte weiter in den Dokumenten. »Sie hat offensichtlich Reichl gebeten, dieses Telegramm aufzugeben. Sie hat sich Sorgen gemacht, ihrem Kätzchen könne etwas passiert sein.«

Nachdenklich zog Jack das zarte, zu einem Rund verknotete Ripsband wie ein Fadenspiel durch die Finger und ließ den Blick über die Akten auf dem Tisch schweifen.

»Im Dezember 1939«, sagte er, »bekam Gregor Stern ein Visum, um an einer Konferenz über Tieftemperaturphysik teilzunehmen. Raten Sie mal, wo diese Konferenz stattfand!«

»An der Universität von Chicago«, riet Epstein korrekt. »Aber Stern ist Maschinenbauingenieur …«

»Schicken Sie eine Nachricht an Colonel Pash!«, verlangte Jack. »Haben die Stern schon gefasst?«

»Der Außenminister genehmigt keine Operation in der Schweiz«, sagte Epstein. »Das bedrohe die Neutralität des Landes.«

»Es ist mir egal, selbst wenn sich Stern im Vatikan versteckt. Wir müssen herausfinden, was er weiß.«

Jack erhob sich unvermittelt, steckte die Postkarten in seine Tasche und ging zur Tür. Ihn überkam der angenehme Kitzel eines Katz-und-Maus-Spiels. Als er in die Abendluft hinaustrat, verzog er die Lippen zu einem selbstgefälligen Lächeln.

9

Hannah Weiss saß auf einer Parkbank und las in einem dicken Buch auf Deutsch von Walter Benjamin.

»*Guten Abend*, Fräulein Weiss.«

Ohne aufzublicken, sagte Hannah: »Vorsicht, Major! Die Leute könnten denken, Sie seien ein Spion.«

Jack lachte, für einen Augenblick entwaffnet.

»Sie sprechen ziemlich gut Deutsch«, sagte sie. »Die meisten Amerikaner verhaspeln sich bei den glottalen Konsonanten.«

»Ich fand, es könne nützlich sein, falls ich mir je einen Mercedes kaufen will.«

»Es geht das Gerücht, dass Daimler-Benz jüdische Zwangsarbeiter einsetzt. Aber ich bin mir sicher, so ein Wagen fährt sich wie ein Traum.« Mit einem lauten Klappen schlug Hannah ihr Buch zu, stand auf und wollte gehen.

»Ach, bitte!«, sagte Jack. »Führen Sie mich doch herum! Man hat mir gesagt, ich müsse mir unbedingt die Felsritzungen am Tsankawi Trail ansehen.«

Er beobachtete, wie gründlich Hannah über seine Bitte nachdachte, bevor sie ihn am Arm fasste und eine Weile neben ihm herging, ohne zu reden. Für einen zufälligen Beobachter mochten sie aussehen, als fühlten sie sich so wohl miteinander wie die rund ein Dutzend anderen Paare, die Hand in Hand spazieren gingen oder am landschaftlich reizvollen Wanderweg picknickten. Doch keiner von ihnen war ein zufälliger Beobachter. Das immerhin wussten sie über die anderen.

»Darf ich Sie etwas fragen?«, begann Jack nach einer Weile.

»Jetzt bitten Sie um Erlaubnis?«

»Nicht für die«, beeilte er sich richtigzustellen. »Für mich.«

»Nur zu.«

»Woher wissen Sie, dass Sie etwas gespalten haben, wenn Sie es nicht mal sehen können?«

Hannah hob einen glatten Stein von der Größe eines Apfels auf, reichte ihn ihm und deutete auf einen Wacholder etwa sechs Meter vor ihnen. »Werfen Sie ihn! Wie einen Baseball.«

»Tennis ist mehr mein Ding. Oder Rudern.«

»Die vornehmen Sportarten«, bemerkte sie. »Als Nächstes erzählen Sie mir noch, dass Sie gern mit der Meute jagen.«

Knisternd schoss der Schmerz unter Jacks rechtem Schulterblatt hervor und fuhr ihm zischend in den Arm, als er den Stein in die dichten Äste schleuderte, worauf zahllose Tanagare aufflatterten, die gelb, orange und schwarz aufblitzten, als sie auseinanderstoben.

»Woher sind die Vögel gekommen?«, fragte sie.

»Aus dem Baum.«

»Aber Sie haben sie dort nicht gesehen.«

»Ah.« Jack nickte, denn er verstand.

»Wenn Atome gespalten werden, setzen sie eine ungeheure Energiemenge frei«, erläuterte Hannah. »Und die messen wir.«

Abendliche Schatten legten sich zwischen den Wanderweg und die unerforschten Ruinen ringsum. Mit Erleichterung spürten sie, dass die Hitze des Tages in der nach Kiefern duftenden Abenddämmerung nachließ. Je weiter sie gingen, desto einsamer wurde es, und aller Lärm blieb hinter ihnen zurück, bis sie nur noch das Schlurfen der eigenen Schuhsohlen auf dem steinigen Weg hörten.

Sie gelangten zu einem felsigen Abschnitt mit einer steilen Holzleiter, die an einem schartigen Felsvorsprung lehnte. Statt umzukehren, zog Hannah ihre Pumps aus und trug sie in der Hand. Dann erklomm sie die ausgetretenen Sprossen zu der uralten Siedlung mit den eingeritzten geometrischen Mustern, den anthropomorphen Zeichnungen und Höhlen, in denen Echos spukten, die in der Felswand widerhallten.

»Hier entlang geht's leichter!«, rief sie über die Schulter zurück.

Ihr Verhalten beeindruckte Jack, und es rührte ihn an, ihren Atem zu hören, ihrer beider Atem, fast im Gleichklang und mit leichtem Keuchen inmitten der Leere ringsum. Er nahm ihre Haut und die Wölbung ihres nackten Fußes wahr. Die vollkommen gerade Naht ihrer Strümpfe war in Wirklichkeit eine Täuschung. Die Linie war mit Henna auf die nackte Wade aufgemalt und folgte deren Kurve, bis sie unter dem Rock verschwand. Jack wappnete sich gegen das ungebetene Bild der dunklen Linie, die über die blasse Haut von Hannahs elegantem Oberschenkel nach oben kroch.

»Ziemlich ländliche Umgebung«, befand Jack. »Im Vergleich zum Kaiser-Wilhelm-Institut, meine ich.«

»Ich empfinde es als Privileg, hier zu sein«, entgegnete Hannah.

»Warum? Sie sind, soweit ich das beurteilen kann, genauso qualifiziert wie die anderen Eierköpfe.«

»Ich bin eine Frau. Es gibt Leute, denen es lieber wäre, wenn ich an dem Platz bliebe, den sie für mich als richtig erachten.«

»Sind Wissenschaftler nicht immun gegen solch antiquierte Vorurteile?«

»Wissenschaftler sind auch nur Menschen«, versetzte Hannah. »Die Arbeit hat Priorität. Sie erfordert eine gemeinsame Anstrengung. Für Eitelkeiten ist kein Platz im Labor.«

»Hat das schon mal jemand Oppenheimer gesagt?«

»Im Vergleich zu einigen anderen ist Oppie ein Fürst.«

»Im Vergleich zu wem zum Beispiel?«

Hannah weigerte sich, dies weiter auszuführen. »Was bedeutet das schon, wenn man das große Ganze betrachtet?«, fragte sie. »Kennt irgendjemand den Namen des Mannes, der das Feuer erfunden hat?«

»Nein, aber jeder geht davon aus, dass es ein Mann war. Stört Sie das nicht?«

»Mich stört sehr vieles, Major. Doch meine Gefühle haben keinerlei Auswirkungen auf die Gesetze der Physik, und dort liegen meine Interessen …« Ihre Stimme verlor sich, sie sah sich um und wirkte für einen kurzen Augenblick verunsichert. Sie stieg auf einen Felsen, als hoffe sie, von dort aus einen besseren Blick zu haben. Vielleicht musste sie sich auch neu orientieren. Das Licht des Tages war verschwunden, abgelöst von der Abendröte einer feurigen Sonne und lang gestreckter blasslilafarbener Schatten.

»Und was bedeuten die Ihrer Meinung nach?«, fragte Jack, während er die in das Tuffgestein eingeritzten feinen Bilder studierte.

»Sie sind doch derjenige, der Rätsel löst«, sagte sie.

»Vielleicht bleibt manches besser ein Rätsel.«

»Davon bin ich überzeugt.« Hannah strich mit der Hand über den Stein, dann fuhr sie mit der Fingerspitze ein Spiralmuster nach. Jack spürte, dass sie dessen geheimnisvolle Geometrie analysierte.

»Wo haben Sie Ihre Kindheit verbracht?«, fragte Hannah.

»In Lower Manhattan.« Jack gewährte ihr diese kleine Wahrheit, weil er den Verdacht hegte, dass eine Lüge ihren feinen Antennen nicht entgehen und Schweigen ihre Neugier nur weiter anheizen würde. Er sah ihr an, dass sie die Risiken und Vorteile weiteren Geplauders einschätzte.

»Wir sollten umkehren«, sagte sie. »Es wird bald dunkel.«

Jack reichte ihr die Hand, und sie ließ sich von ihm hinunterhelfen. Kurz fragte er sich, ob sie genau kalkuliert hatte, wie lange und fest ihr Griff sein würde. Sie hielt seine Hand und berührte seinen Arm gerade lange genug, um sicher auf dem Boden zu landen. Einen Sekundenbruchteil länger, und er hätte sich einbilden – hoffen – können, sie würde mit ihm flirten. Ein bisschen weniger fest, und er hätte die angenehme wie auch leicht unbehagliche Anziehung womöglich gar nicht gespürt.

Während sie zurück zum Ausgangspunkt des Wanderweges gingen, ihr Arm traulich bei ihm eingehakt, stellte Jack Fragen, wie sie auch ein eifriger Student hätte stellen können. Was ist der Unterschied zwischen kinetischer und thermischer Energie? Wie wird Energie kontrolliert? Wie ist Einstein auf die Relativitätstheorie gekommen, und was bedeutet sie?

»Wenn man bedenkt, dass es noch keine vierzig Jahre her ist, seit die Existenz des Atoms bestätigt wurde«, sagte Hannah, »dann ist Einsteins Anwendung statistischer Schwankungen …«

Sie unterbrach sich, um Luft zu holen, und blickte zu ihm auf. Offenbar wollte sie feststellen, ob er ihr zuhörte oder ob sein Gesicht jenen leeren Ausdruck zeigte, den seiner Vorstellung nach die meisten Männer irgendwann annahmen. Er lächelte bei dem Gedanken an diese Dummköpfe, die sie zu einem Spaziergang einluden, herablassend lächelten und nickten, bis sie realisierten, dass sie nicht durchblickten, worüber sie sprach, und aufhören mussten, so zu tun, als ob.

»Fahren Sie fort!«, bat Jack. »Ich tue nicht so, als könne ich Ihren Ausführungen folgen, aber ich finde sie wirklich faszinierend.«

Er hörte ihr weiter zu, und er wirkte aufmerksam und leicht amüsiert.

»Wieso wollten Sie zum OSS?«, fragte sie.

»Wieso haben Sie sich für Physik entschieden?«

»Auch ich löse gern Rätsel«, erwiderte Hannah. »Das kann ich gut. Das war mir schon als kleines Mädchen in Österreich klar.«

10

Ihre Kindheit in der Josefstadt war voller Geheimnisse und Rätsel gewesen. Warum ging ihr Vater nicht zur Kommunion? Warum war sie ein Einzelkind, während alle anderen Kinder in ihrer Schulklasse mehrere Geschwister hatten? Warum fühlte sich Hannah wohl im Labor ihres Vaters oder wenn sie ihn im Krankenhaus bei der Visite begleitete, war aber unbeholfen und unsicher, wenn ihre Mutter mit ihr einkaufen ging? Einmal, zu Weihnachten, auf dem Höhepunkt der an ländlichem Chic orientierten Mode, hatte ihre Mutter für sie beide passende Dirndl gekauft. Hannah hatte sich geweigert, ihr Kleid zu tragen, weil sie es zu eng fand.

Nachdem ihr Vater ihr die Unterteilung von Blutgruppen von Landsteiner erklärt hatte, kam Hannah zu dem Schluss, dass ihre Eltern unvereinbar sein mussten, dass sie eine toxische immunologische Reaktion aufeinander zeigten. Sie hatte die blauen Augen ihrer Mutter geerbt, eine geschätzte Farbe, *Himmelblau* genannt, sonst aber nichts. Sie besaß das wellige dunkle Haar und die kantigen Züge ihres Vaters, also hatte sie auch die Antikörper ihres Vaters geerbt. Das zu wissen war eine Erleichterung für sie, denn nun musste sie sich nicht länger um die Anerkennung ihrer Mutter bemühen, sondern konnte sich stattdessen in die komplexen Harmonien der väterlichen Welt stürzen.

Abraham Weiss prägte seiner geliebten Tochter die strikte Gewissheit der wissenschaftlichen Methode und die höhere Weisheit der Mathematik ein. Er brachte ihr das Klavierspielen bei und setzte Form, Rhythmus und Takt, Tempo und Tonlage von Mozarts Konzerten in Beziehung zu den eleganten Winkeln der Geometrie. Sie lernte, sich wohlzufühlen in einer Welt, in der sich Melodien auflösten, Fragen Antworten bekamen und Hypothesen bewiesen oder widerlegt wurden.

Ihr Vater meldete sich freiwillig als Soldat in dem Krieg, der naiv »der Krieg, der alle Kriege beendet« genannt wurde, und während seiner Abwesenheit bereitete Hannah alles für seine Rückkehr vor. Ihr gemeinsames Lieblingskonzert mit seinen Notizen und sorgfältigen Anmerkungen auf dem Notenständer; sein Labor, das sie, solange er weg war, staubfrei und sauber hielt, bereit für das nächste Experiment. Auf seinem Schreibtisch stapelten sich die Klausuren mit den besten Noten, die sie von der Schule mit nach Hause gebracht hatte, damit er sie durchsehen, die Gleichungen überprüfen und ihr sagen konnte, wie stolz er auf sie war.

Doch er kam nicht mehr nach Hause.

Das Einatmen von Senfgas führt zu Blutungen und Blasenbildung im Hals und in der Lunge. Die grausamen Wirkungen treten nicht sofort ein, folglich war ihr Vater für zwölf Stunden ein wandelnder Toter gewesen. Gleichgültig, wie gründlich Hannah die Bestandteile von Schwefellost erlernte, gleichgültig, wie verzweifelt sie nach einem Gegenmittel suchte, sie holte ihn nicht zurück.

Nach einer gesellschaftlich als angemessen erachteten Saison in schwarzer Spitze heiratete ihre Mutter zum zweiten Mal. Ihr Stiefvater Gunther war der Heim-ins-Reich-Bewegung verbunden, ein wohlhabender Kunsthändler. Sich in aristokratischen Kreisen zu bewegen war unerlässlich für sein Geschäft. Er war bereit, über die nicht ganz saubere Vergangenheit der schönen, blonden Renate hinwegzusehen, solange der Beweis dafür außer Sichtweite blieb. Ihr Kind, ein Mischling ersten Grades, war ein sichtbarer Fleck auf der ersten Seite des neuen Lebens, das ihre Mutter sich ausmalte. Und für Hannah war es leichter, eine Waise an der Universität von Berlin zu sein als ein schändliches Geheimnis in der feinen österreichischen Gesellschaft.

Hannas Onkel Josua, dessen Vollbart und dessen dröhnendes Lachen sich kaum von dem seines verstorbenen Bruders unterschied, versetzte Berge, um ihr einen Platz an der Universität zu beschaffen, wo er eine Professur für Literatur innehatte. Er brauchte Hilfe für seine Tochter Sabine, die zwölf Jahre alt, unglaublich temperamentvoll und infolge einer Tuberkulose ohne Mutter war. Die drei führten ein recht angenehmes Leben in ihrer geräumigen Wohnung in der Leichhardtstraße. Die kleine Familie gründete sich auf großen Verlusten, doch sie verfügte über Musik, lebhafte Gespräche und einen noch lebhafteren Sinn für Humor.

Bei ihrem Studienabschluss schickte Hannah ihrer Mutter einen Brief, in dem sie ihr erklärte, dass sie ihren Doktor in angewandter Physik mit summa cum laude gemacht hatte. Die Karte, die Renate zurückschickte, enthielt eine herzliche Glückwunschadresse, die mit den Worten »Liebe Freundin« begann. Sie schickte auch ein Päckchen mit einem Armband mit Diamanten im Baguetteschliff, das Hannah verkaufte, um einen Skiurlaub, neue Skier für Sabine und neue Laborausstattung für ihr Forschungsstipendium am Kaiser-Wilhelm-Institut zu finanzieren. Dies begründete ein Muster … zum Geburtstag und an christlichen Feiertagen schickte Renate ein extravagantes, aber unpersönliches Geschenk. Damit beschwichtigte die Mutter ihre Gewissensbisse, und Hannah lebte wieder in einer geordneten Welt. Sie hörte jeden Morgen beim Frühstück das Lachen ihres Vaters. Die Nachbarn tratschten, während sie glücklich durch die Zwanziger segelte, ohne zu heiraten. Sie hatte alle Hände voll damit zu tun, Sabine aufzuziehen und die faszinierenden Rätsel der Strahlungsmathematik und -physik zu lösen.

Als sie von ihren fesselnden Gleichungen aufblickte, musste sie verblüfft feststellen, dass sich die Achse des Universums in eine beängstigende Richtung geneigt hatte.

11

Am Ausgangspunkt des Wanderweges lehnte sich Hannah an das Holztor, wischte sich den Sand von den Fußsohlen und stieg in ihre Schuhe. Jack stand eine ganze Weile still da, den Blick auf den Horizont gerichtet, bevor er sich wieder Hannah zuwandte.

»Wo hält sich Sabine derzeit auf?«

»Man gewährt uns nicht den Luxus, über das Schicksal geliebter Menschen Bescheid zu wissen«, sagte Hannah. »An manchen Tagen habe ich Hoffnung. An anderen …«

»Es ist nichts Schändlicheres in der Welt, als sich auf Lügen und Märchen einzurichten!«, sagte Jack.

Sie blickte überrascht zu ihm auf. »Sie kennen Goethe.«

»Ihre Cousine offensichtlich auch.«

Jack zog eine der Postkarten aus der Brusttasche, warf sie ihr zu, und Hannahs Blick wurde eisig. Sie wappnete sich gegen den ungebetenen Gedanken, dass ihr kleines bisschen Privatsphäre von seinen alles betastenden Händen und seinem berechnenden Blick gestört worden war.

»Wenn Sie mich das nächste Mal befragen«, sagte sie, »haben Sie den Anstand, es auch so zu nennen.«

»Ich suche nur die Wahrheit, Fräulein Weiss.«

»Ehrlich? Suchen Sie die Wahrheit, Major? Oder suchen Sie das, was Sie gern als Wahrheit hätten? *Man sieht nur, was man weiß*«, erwiderte sie mit einem Goethezitat.

Hannah ging allein davon, zwang sich, sich nicht umzusehen, und als sie es schließlich doch tat, war Jack Delaney in der herabsinkenden Dämmerung verschwunden.

Die Silhouetten der Berge ringsum wurden von leuchtendem Gelb umrissen, die letzten Spuren des Sonnenuntergangs, dessen safrangelbe und scharlachrote Strahlen durch den allgegenwärtigen Staub drangen. Auf das Lager hatte sich schon die Dunkelheit herabgesenkt. Die Wege zwischen den Baracken führten alle irgendwann an den Maschendrahtzaun, der von Scheinwerfern angestrahlt wurde und den Stützpunkt von der Dunkelheit im Außenbereich trennte. Als Hannah zu ihrem Zimmer ging, verschränkte sie die Arme gegen die deutlich spürbare Kühle. Das Lager war nun in Mondschein getaucht, der die Gesichter der Soldaten und Wissenschaftler, die ihr im Vorbeigehen lächelnd zunickten, sichtlich weicher machte. Hannah lächelte und nickte zurück, doch ihr Gesicht fühlte sich an wie eine harte Maske. Statt den Bohlenweg zu ihrer Baracke zu nehmen, folgte sie weiterhin der Straße und fühlte sich einsamer, als sie sich je gefühlt hatte, wenn sie allein auf der Parkbank saß.

Sie war dumm und nicht auf der Hut gewesen. Für einen Augenblick hatte sie Jacks Gesellschaft irrtümlich als etwas Persönliches empfunden und seine Machenschaften als Respekt für ihre Ansichten missdeutet. Ein solcher Fehler war schnell begangen, denn seine Einsamkeit war so greifbar wie bei den meisten Männern, die in Los Alamos arbeiteten, selbst bei denen, die mit ihren Familien hier lebten. Vielleicht bei den Familienvätern umso mehr, denn sie mussten ihre Frauen im Dunkeln lassen und durften nicht über die Arbeit sprechen, die ihre Gedanken während des Tages beherrschten. Die Frauen, die von ihren Männern außen vor gelassen wurden, taten sich zusammen, klatschten und tratschten, während Hannah irgendwo im Dazwischen steckte. Es war, als säße sie bei einer Dinnerparty in der Mitte eines langen Tisches und wäre weder in das berufliche Gespräch zu ihrer Rechten noch in die politische Debatte zu ihrer Linken eingebunden.

Die Männer, die sich Hannah aus Gründen näherten, die nichts mit der Arbeit zu tun hatten, suchten ausnahmslos ein schnelles, verschwiegenes Rendezvous, eine Zusammenkunft, von der man sich rasch entfernte, sobald der Hosenschlitz geschlossen und der Rock glatt gestrichen war. Es gab Zeiten, da sehnte sich Hannah nach dieser Art von Erleichterung, doch nie so sehr, dass sie dem Sehnen nachgab. Ihre absolute Konzentration ermöglichte es ihr, allein im Dunkeln zu liegen und sich zum Schlafen zu zwingen, um am nächsten Tag frisch und ausgeruht zu sein. Die gleiche Isolation nahm sie bei Major Jack Delaney wahr. Sie spürte, dass ihre eigene Einsamkeit einen Widerhall in ihm fand wie parallele Saiten einer Geige. Doch sie konnte ihm nicht vertrauen, und sie würde nie wieder den Fehler begehen zu denken, er würde ihr vertrauen.

Die Fenster des Labors waren dunkel, doch in Jacks Büro brannte noch Licht, und Lieutenant Epstein war zu sehen, der an einem Tisch am Fenster über einem Aktenstapel brütete. Hannah klopfte kurz ans Fenster, und er wäre beinahe mit einem erschrockenen Aufschrei hochgefahren. Er öffnete die Tür und bat sie mit einer Geste, einzutreten, während er sich verschütteten Kaffee vom Hemd tupfte.

»Kann ich Ihnen helfen, Frau Doktor Weiss?«

»Nein, ich wollte Ihnen nur Bescheid geben, dass ich eine

Weile nicht in meiner Baracke bin«, sagte Hannah. »Falls Sie und Ihr befehlshabender Offizier noch ein wenig in meiner Unterwäsche herumwühlen möchten.«

»Wir tun nur unsere Arbeit«, entgegnete Epstein.

»Und das sehr gründlich.«

»Ich will gerade frischen Kaffee kochen«, sagte er, und Hannah beobachtete, wie er mit seiner guten Erziehung rang, die ihn nötigte, ihr eine Tasse anzubieten. »Möchten Sie eine Tasse?«

»Ist es dafür nicht ein wenig zu spät?«, fragte sie.

»Ja, aber Sie wissen doch, wie das ist. *Und Meilen Wegs noch bis zum Schlaf.*«

»Ihr Bauerndichter aus Neuengland.«

»Sie kennen Robert Frost?«

»Sie werden feststellen, dass ich voller Überraschungen stecke.« Hannah sah zu, wie er seine Tasse und Untertasse sorgfältig mit zwei Stück Zucker und einem präzisen Schuss aus einem Sahnekännchen vorbereitete. Er tat es, ohne auf seine Hände zu schauen. Sein Blick verharrte auf dem Foto einer Frau auf den felsigen Klippen eines winterlichen Strands. Ihr zu einem Bubikopf geschnittenes Haar wehte in der Salzluft. Hannah war sehr vertraut mit dem feuchten Gewirr dunkler Aschkenasilocken. Sabine und sie waren damit aufgewachsen, ihr Haar zum Gehorsam zu zwingen. Kein heißes Folterinstrument vermochte es zu zähmen.

Die Frau hielt einen kleinen Jungen umfangen, der die dunklen Augenbrauen seines Vaters besaß und eine dicke Brille trug, die mit einem Gummiband um den Kopf gehalten wurde. Hannah lächelte. »Wie alt ist er?«, fragte sie.

»Zwei, als das Foto gemacht wurde«, antwortete Epstein. »Inzwischen fünf.«

»Lange Zeit, um von zu Hause fort zu sein.«

»Über Weihnachten haben sie mir ein paar Tage freigegeben.«

»Wie rücksichtsvoll.«

»Frau Doktor Weiss, wenn es sonst nichts gibt ...«

»Vielleicht trinke ich doch einen Kaffee. Sehr freundlich von Ihnen, mir etwas anzubieten.« Hannah nahm an dem leeren Tisch Platz, wo sonst vermutlich Jack saß. Es kostete sie Mühe, sich nicht über die frische Falte zwischen Epsteins üppigen Brauen zu freuen. »Einen Würfel, bitte.«

Epstein brachte ihr eine Tasse schwarzen Kaffee mit einem kleinen amerikanischen Zuckerwürfel auf der Untertasse. Hannah hatte Europa vor vielen Jahren verlassen, doch sie hatte sich immer noch nicht an den leicht bitteren Nachgeschmack dieser traurigen Zuckerwürfel oder an den dünnen Kaffee gewöhnt, für den sie ihr würfeliges kleines Leben opferten.

»Ich habe mich auf dem Schwarzmarkt nach skandinavischem Kaffee erkundigt«, sagte sie. »Wenn ich welchen kriege, gebe ich Ihnen etwas ab.«

»Ich bleibe bei Maxwell House«, widersprach er.

»Ah, Sie bleiben also koscher? Selbst hier?«

Epstein machte eine zögernde Wippbewegung mit der Hand. »Ich versuche es.«

»Das ist schwierig, wenn die Umgebung nicht ... damit vertraut ist«, wandte sie ein.

»Major Delaney ist ziemlich im Bilde«, sagte Epstein. »In vielem.«

»Delaney«, sinnierte Hannah. »Was ist das wohl für ein Name? Was meinen Sie?«

Er zuckte die Achseln. »Ein Nachname.«

Sie wies mit einem Nicken auf Jacks leeren Arbeitsplatz, auf dem keinerlei persönliche Gegenstände zu finden waren, im

Kontrast zu Epsteins Teeservice aus Keramik und seinen Familienfotos. »Er scheint keinen Anhang zu haben. Irgendwie überrascht mich das nicht.«

»Das geht mich nichts an.« Epstein trank seinen Kaffee und beäugte Hannah über den Rand seiner Tasse hinweg.

»Hat er eine Familie?«

»Warum stochern Sie in seinem Privatleben herum?«

»Warum haben Sie in meinem herumgestochert?«

»Ich habe Ihnen doch gesagt«, versetzte er knapp, »dass wir nur unsere Arbeit erledigen.«

»Ah, die immer gleiche Ausrede.«

»Wir brauchen keine Ausrede, Frau Doktor Weiss. Sie haben gewusst, worauf Sie sich einlassen, als Sie hierherkamen.«

»Haben Sie es gewusst?«

»Ja.«

»Um die Juden zu retten?«, fragte Hannah. »Damit wir Weihnachten alle nach Hause fahren können?«

Unvermittelt erhob sich Epstein von seinem Stuhl und öffnete die Tür. »Guten Abend, Frau Doktor Weiss.«

Hannah stellte ihre Tasse und Untertasse behutsam auf ein Tablett unter dem behelfsmäßigen Teewagen.

»Lieutenant Epstein«, sagte sie, »wenn Major Delaney und Sie vielleicht über Ihre Vorurteile …«

»Mit Verlaub!«, fiel Epstein ihr ins Wort. »Sie wissen, verdammt noch mal, nicht das Geringste über das, was Major Delaney und ich gesehen haben.«

»Das stimmt«, sagte sie und betrachtete seinen seltsamen Gesichtsausdruck.

»Guten Abend, Frau Doktor Weiss«, sagte er noch einmal. »Passen Sie beim Hinausgehen auf, wohin Sie treten!«

»Guten Abend, Lieutenant Epstein.«

Bevor Hannah an ihm vorbei auf die stille Straße trat, bemerkte sie seinen Blick, der unverwandt auf das gerahmte Foto seiner Frau gerichtet war. In seinen Augen entdeckte sie den Schatten von etwas, was er vermutlich niemals mit dieser Frau teilen würde, die er ganz offensichtlich liebte. Hannah erkannte diesen vertrauten Schatten wieder. Es war die einsam machende Bürde eines schrecklichen Geheimnisses.

12

»Du hast vergessen, die Mesusa zu berühren«, schimpfte Sabine. Sie war erst zwölf und Hannah beinahe zwanzig. Sabines Mutter hatte ihr beigebracht, diese Tradition mit Stolz zu befolgen, während Renate Hannah darauf getrimmt hatte, sich diskret und unauffällig zu verhalten. Die Mesusa, die rechts am Türrahmen hing, war ungefähr acht Zentimeter lang, aus Zinn, wunderschön gefertigt, mit blauen Emaille-Intarsien und einer Blume aus winzigen weißen Perlen, die aussah wie eine Calla-Lilie.

»Sie sieht aus wie eine Lilie, jetzt, wo du es erwähnst«, sagte Onkel Josua. »Aber es ist der hebräische Buchstabe *Schin*. Für *Schalom,* Schaddai, Schma.«

»Unsere Mesusa ist die hübscheste im ganzen Haus«, erklärte Sabine. »Sie war ein Hochzeitsgeschenk der Cousine meiner Mutter.«

»Ihre Cousine muss sie sehr geliebt haben«, sagte Hannah und zog an der rosafarbenen Schleife, die Sabines widerspenstiges braunes Haar zusammenhielt.

Sabine hatte nie das Klaf gesehen – die winzige Pergamentrolle in der Mesusa –, doch sie kannte die Worte auswendig. Während sie stolz Dewarim, Kapitel 6 zitierte, versetzte die

Phrase »Häuser voller Güter« Hannah einen Stich ins Herz. Ja, sie war in ein Haus voller Güter gekommen. Hier gab es Glauben, Liebe und Zuhören. Ebenso wie Stille zum Studieren und Musik zum Tanzen. In vielerlei Weise war die Mesusa ein Tribut an Sabines Mutter, weit mehr als Spitzenvorhänge, Hochzeitsporzellan und geschmackvolle Möbel. Hannah begriff, warum es ihrem Onkel so schwerfiel, auch nur in Erwägung zu ziehen, diesen Ort zu verlassen. Er hatte die Liebe seines Lebens bei der Heirat über diese Schwelle getragen, und er hatte sie bei ihrem Tod hinausgetragen zum Wagen des Coroners.

Als Hannah in die Leichhardtstraße gezogen war, hatte an den meisten Türen eine kleine Mesusa gehangen, viele aus Zinn, so wie ihre, einige aus Porzellan und an einer besonders avantgardistischen Wohnung eine aus Bakelit. Die Nationalsozialistische Partei war stets daran interessiert, angeblich drängende Ängste zu schüren – vor Juden, vor Einwanderern, vor Kommunisten, vor Homosexuellen, vor »abartigen Künstlern«. Man konnte diese Menschen und ihren lächerlichen kleinen Anführer leicht als Ärgernis abtun, als den verrückten Rand, der in einer Gesellschaft, in der alle sprechen und glauben durften, wie es ihnen gefiel, mit Nachsicht geduldet wurde. Doch wenige Wochen nachdem der Reichstagsbrand die Parlamentsgebäude zerstört hatte, war es den Nazis bei den Wahlen im März 1933 gelungen, erstaunliche 43,9 Prozent zu erringen, und nicht lange danach war Adolf Hitler, diesem Warzenschwein von einem Mann mit seinen lächerlichen Lügen und Verschwörungstheorien, diktatorische Macht verliehen worden.

Danach verschwand eine Mesusa nach der anderen aus den Fluren des Wohnhauses. Einige wurden von den jüdischen Familien selbst entfernt, die Angst vor Entdeckung hatten. Andere wurden von den neuen Mietern entfernt, nachdem die alten Mieter rätselhafterweise verschwunden waren. 1935 waren an den meisten Türrahmen nur noch kleine Kratzer übrig, wo man dünne Nägel aus dem Holz gezogen hatte. Nachbarn, die die drei als Freunde betrachtet hatten – die Eltern von Sabines Klassenkameraden, die Dame, die ihr Klavierunterricht erteilte –, wandten jetzt den Blick ab, wenn sie ihnen begegneten.

»Sie hassen uns nicht«, sagte Onkel Josua. »Sie haben Angst, wer sie beobachten könnte.«

»Na, dann verleih ihnen unbedingt einen goldenen Stern!«, versetzte Sabine scharf. Sie war nicht so nachsichtig wie ihr Vater und reagierte mit dem für Teenager typischen Sarkasmus.

»Wir müssen nach dem Guten im Menschen suchen, Sabine. Wenn wir zulassen, dass der Hass uns verzehrt, wie wollen wir denn miteinander leben, wenn das hier vorbei ist?«

»Vorbei? Wie soll das denn je enden?«, fragte Hannah.

»Die er befehligt, handeln auf Befehl, aus Liebe nicht. Jetzt fühlt er seine Würde zu weit und lose, wie des Riesen Rock hängt um den dieb'schen Zwerg«, sagte er. »Shakespeare, *Macbeth*. Böse Männer wenden sich unvermeidlich gegeneinander. Ein Tyrann stirbt immer durch die Spitze des Dolches, der ihn an die Macht gebracht hat. So wird es auch bei Hitler sein.« Josua weigerte sich, seinen Glauben an die Nachbarn aufzugeben, die er seit fünfundzwanzig Jahren kannte. Und dann gab es auch noch welche, die heimlich zu ihm kamen und Dinge brachten, die er ihrer Meinung nach brauchen könnte: frische Blumen 1933, neue Handschuhe 1934, Milch 1935 und 1936 ein Versteck. Das waren die guten Nachbarn. Ein paar andere sprachen ihn mit weniger großherziger Gesinnung an und erboten sich, die Wohnung zu kaufen, samt Kunstwerken und Möbeln, für einen Bruchteil ihres Wertes.

Onkel Josua sprach nie über Geld, doch Hannah bemerkte, dass immer wieder kostbare Gegenstände fehlten. Zum Thema wurde Geld, als jüdische Professoren die Universitäten verlassen mussten. Onkel Josua bezeichnete es als sein »Sabbatjahr« und behauptete hartnäckig, er sei froh, endlich Zeit zu haben, deutsche Literatur ins Englische zu übersetzen. Doch es verletzte seinen Stolz, dass die Arbeit seiner Nichte im Kaiser-Wilhelm-Institut für den Unterhalt der Familie sorgte. Seine Großmut wurde auf eine harte Probe gestellt, und er machte sich auf die Suche nach einem Ausweg für Sabine und ihn. 1937 war die Warteliste für echte Papiere, selbst wenn man Geld hatte, jedoch so lang, dass sie über mehrere Jahre in eine unsichere Zukunft reichte. Vorsichtig schlug er Hannah vor, sich um eine Stelle in Cambridge zu bewerben.

»Nein«, erklärte sie ihm. »Ich lasse euch nicht allein.«

»Wir kommen zurecht«, beharrte er. »Wir bekommen die Papiere. Ich habe noch den Schmuck meiner Frau. Sie hätte gewollt, dass ich ihn verkaufe, um Sabine in Sicherheit zu bringen.«

Der Luxus eines echten Wendepunkts, eines Augenblicks, wo sich sein Weg quälend deutlich abzeichnete, wurde Josua nie zuteil. Nein, seine Hoffnung und sein Glaube wurden ihm über Jahre nach und nach ausgetrieben.

Hannahs Wendepunkt war eindeutiger. Sie hielt die Augen weit geöffnet. Sie kannte die Fakten so einfach und klar, wie sie die Elemente des Periodensystems kannte.

Doch etwas hatte sie vergessen oder vielleicht nie gelernt – Wissen und Weisheit sind nicht dasselbe. Weisheit wächst in den tiefen Winkeln der Seele und wird nicht vom Kopf bestimmt, sondern vom Herzen.

13

Die Wärme der Sonne sorgte dafür, dass die Luftfeuchtigkeit an dem nachts abgekühlten Wellblech der Quonsetbaracke kondensierte und das Kondenswasser in regelmäßigem, gleichmäßigem Rhythmus herabtropfte wie bei der chinesischen Wasserfolter. Jack setzte darauf, dass er durch diese unangenehme Feuchtigkeit die Oberhand behielt, doch bisher war Hannah übernatürlich ruhig geblieben. Sie beobachtete ihn mit argwöhnischer Reglosigkeit.

Jack schob das Mikrofon über den Tisch zu ihr hinüber.

»Nur damit Sie Bescheid wissen«, sagte er, »Sie werden vernommen.«

Hannah lachte nicht, doch sie wirkte nicht mehr so gereizt wie zu dem Zeitpunkt, als sie die Frühstücksschlange in der Kantine verlassen und ihn zu seinem Büro begleiten musste.

»Wie lange wird es dauern?«, fragte sie. »Oppie wundert sich sicher, wo ich bleibe.«

»Lieutenant Epstein, würden Sie bitte Herrn Doktor Oppenheimer Bescheid sagen, dass Frau Doktor Weiss mit mir frühstückt?«

»Ja, Sir.« Epstein überprüfte das Magnettonbandgerät, dann ging er hinaus und ließ Jack mit Hannah allein.

»Möchten Sie mir etwas mitteilen, bevor ich mit den Fragen beginne?«, wollte Jack wissen.

»Da hätte ich einiges«, erwiderte Hannah, »doch der Anstand gebietet mir, es für mich zu behalten.«

Jack räusperte sich und blätterte auf der Suche nach dem Punkt, an dem er am besten ansetzte, in seinen Notizen. »Es wird nicht lange dauern.«

»Wie kommen Sie auf den Gedanken, dass jemand auf dem Hill spioniert?«

»Bauchgefühl.« Jack zuckte mit den Achseln, bevor ihm aufging, dass er ihr nie den Grund für seine Anwesenheit genannt hatte. »Sind Sie eine Spionin, Frau Doktor Weiss? Schmuggeln Sie Geheimnisse auf pittoresken Postkarten?«

»Wie heißt es noch … Wenn man ein Hammer ist, ähnelt alles einem Nagel?«

»Ja, so sagt man«, sagte Jack. »Manchmal zu Recht.«

Sie schürzte die dunkelroten Lippen und beschloss, über die Anspielung hinwegzugehen. »Ich habe die Energie schneller Neutronen berechnet, als Oppie mich in Chicago rekrutierte. Wenn Sie ihn dort hätten sehen können, so voller Hoffnung … Da waren wir alle so sicher, dass wir das Richtige tun, so sicher, dass wir es der Wissenschaft – der Menschheit – schuldig wären, den Kern des Atoms zu finden.«

»Was hat sich verändert?«

»Alles.«

»Könnten Sie vielleicht etwas konkreter werden?«

»Oppie hatte eine Geliebte. Sie hieß Jean Tatlock, war eingetragenes Parteimitglied, der einzige Mensch, von dem er sich partout nicht lossagen wollte, als er hierherkam. Er hat große Risiken auf sich genommen. Er wurde beschattet, sein Telefon wurde angezapft, ihres ebenfalls. Eines Tages kamen sie und erklärten ihm, sie hätte in der Nacht zuvor Selbstmord begangen. Hätte zu viel Codein und Pentobarbital geschluckt, so viele Barbiturate und Schlaftabletten, dass sie in ihrer eigenen Badewanne ertrunken sei, Badewasser in der Lunge und im Magen. Sie gaben Oppie nicht mal den Tag frei, um zu ihrer Beerdigung zu gehen. Er arbeitete weiter, noch härter als zuvor, doch er wusste, dass die Arbeit nicht mehr uns gehörte. Sie gehörte den Generälen. Damals habe ich begriffen – was, wie es scheint, nur wenige andere so sehen –, dass uns die Wahrheit in den falschen Händen vernichten wird.«

»Sind alle Wissenschaftler so aufrichtig wie Oppie und Sie?«

»Das ist nicht die hypnotisierende Aufrichtigkeit, die zwanghafte Problemlöser fesselt. Es ist das doppelte Aphrodisiakum von Gefahr und Entdeckung.« Hannah stützte die Ellbogen auf den Tisch und legte das Kinn in die Hand. Ihre langen, schmalen Finger zierte keinerlei Schmuck, nicht einmal ein winziger Streifen weißer Haut, wo sonst ein Ring getragen wurde.

»Wir geben es nur ungern zu, aber unser Tun beruht auf einem tief sitzenden Nervenkitzel, und wir folgen dem vertrauten Pfad von geweckten Ahnungen über gewissenhaftes Nachgehen und zwanghaftes Wiederholen, Wiederholen, Wiederholen, bis unser Tun letztendlich Früchte trägt, ein Augenblick des Überholtwerdens, der alle bewussten Gedanken und unser ganzes gedankliches Fassungsvermögen verschlingt, das geistige Äquivalent eines körperlichen Höhepunktes.«

Während Jack ihr zuhörte, ertappte er sich bei dem Gedanken, wie sie in den dichter werdenden Schatten des Tsankawi ausgesehen hatte, wo sie ihm mit der bleichen, unbewegten Anmut der Felsen ringsum die Stirn geboten hatte.

»Am entgegengesetzten Ende«, sagte sie, »liegen die Macht

und das Vergnügen, entdeckt zu werden. Im Zentrum solchen Rätselratens zu stehen, bis man gelöst ist – das verlangt eine entsetzliche Nacktheit, das Opfern aller Geheimnisse, die unter dem Radar artigen Befolgens liegen mögen, das Entsagen des tröstlichen Schutzes der Dunkelheit. Und darin liegt die Gefahr.«

Er spürte ihren durchdringenden Blick, als könnte die Hitze ihres Blickes seine Geheimnisse Schicht um Schicht verbrennen und seine Nacktheit darunter bloßlegen. Das Tonbandgerät drehte sich mit weichem, rhythmischem Quietschen, und das *Tropf-tropf-tropf* des Kondenswassers hallte mit dissonantem Platschen nach. Er erwartete, dass Hannah herumzappeln oder um Wasser bitten würde, doch das tat sie nicht.

»Doktor Reichl hat mir von einer Konferenz im Kaiser-Wilhelm-Institut erzählt«, sagte er. »Ich würde darüber gern etwas aus Ihrer Perspektive hören.«

Hannah hob eine schmale Schulter. »Der Perspektive eines Mauerblümchens.«

»Das bezweifle ich«, entgegnete Jack. »Aber bitte, fahren Sie fort!«

Hannas blaue Augen waren unverwandt auf ihn gerichtet, während sie ihm von einem prächtigen Ballsaal erzählte, in dem sich die wissenschaftliche Crème de la Crème Deutschlands und die aristokratischen Eliten drängten, die das Geld hatten, bahnbrechende Entdeckungen zu finanzieren. Jack hörte zu und erwartete, die weiche Wolke der Erinnerung oder die starre Entschlossenheit einer geschickten Lüge zu hören. Doch er hörte etwas anderes – etwas schwer zu Deutendes –, während sie leise und bedacht einen Bericht lieferte, der reine Fiktion sein konnte oder auch nicht. Eine gemächliche, methodische Bereitwilligkeit dämpfte ihre Stimme. Die

Einzelheiten klangen einigermaßen glaubhaft, doch irgendetwas ließ sie bewusst aus. Jack spürte, dass es unter der Oberfläche lauerte wie ein Aal, der am Grund eines ruhigen Sees lag.

14

Der prächtige Ballsaal des Kaiser-Wilhelm-Instituts wurde durchflutet von reflektiertem Licht und einem schillernden Spektrum seidener Ballkleider in Lavendel, Apricot und Bernstein, alle unablässig in Bewegung, als die Paare zu einem Walzer des Henschel-Streichquartetts vorbeisegelten. Hannah stand unsicher am Rand. Solche Veranstaltungen, die zu ihrer Arbeit gehörten, gaben ihr immer das Gefühl, aus dem Gleichgewicht geraten und verzopft zu sein. Sie verabscheute das verzweifelte politische Gerangel, Männer, die sich unaufhörlich bemühten, das Gespräch zu dominieren, anderen schamlos ins Wort fielen und immer, wirklich immer darauf bestanden, dass sie recht hatten. Und dann das weibliche Pendant, das Posieren und Heischen um Aufmerksamkeit. Ihre Mutter war ihr ein gutes Beispiel für Stil und Haltung gewesen, und Hannah besaß ein angeborenes Gefühl für den Unterschied zwischen Mode und kurzlebigen Trends, doch der Rest der Welt teilte ihre ästhetischen Vorstellungen nur selten. Verkäuferinnen drängten sie immer wieder, ihre schlanke Taille zu betonen oder mehr Dekolleté zu zeigen, als sie entblößen mochte. Selbst hier und jetzt, in der bemerkenswert fortschrittlichen Umgebung von Berlin, meisterte Hannah einen Drahtseilakt, denn es war erforderlich, nach außen hin stets weiblich zu erscheinen. Wohingegen sie in ihrem beruflichen Umfeld, das sie dafür ablehnte, dass sie eine Frau war, funktionieren musste wie ein Mann. Es kostete sie viel Kraft, die Fassade aufrechtzuerhalten, und sie hätte diese Stunden lieber im Labor verbracht, wo sie sich ihrer selbst sicher war und Vertrauen in die unumstößliche Manier wissenschaftlicher Prinzipien hatte.

Gregor Stern, ein Schweizer Ingenieur, der mit einem Forschungsstipendium in Berlin lebte, tauchte aus dem Karussell auf der Tanzfläche auf und trat neben sie. Hannah freute sich, ihn zu sehen. Er küsste sie auf eine Wange und dann auf die andere. »Sie wirken so nervös wie ich bei meinem allerersten Ball.«

»Ist das so offensichtlich?« Hannah richtete sich verlegen auf.

»Keine Sorge«, meinte Gregor freundlich. »Wir Außenseiter halten zusammen.« Er war ein gut aussehender Bursche, der viel und gern lächelte und dichtes, lockiges Haar hatte, das im Nacken ausrasiert war, ihm aber tief in die Stirn fiel. In seiner Brusttasche steckte immer eine Tüte Schweizer Bonbons, die aussahen wie Obst, süß und leicht säuerlich. Jetzt steckte er sich eines in den Mund und bot Hannah auch etwas davon an, ein Stückchen heimliche Süße. Abgesehen von Max Frei, dem Direktor des Instituts, war Gregor der einzige Wissenschaftler, der sich mit Hannah unterhielt, seit sie ans Institut gekommen war. Sie musste sich nie fragen, ob es sie oder ihre Ideen waren, die ihn zu ihr führten. Er sah ihr immer in die Augen, wenn sie sprach. Niemals ein verstohlener Blick auf die Uhr an der Wand oder ein Blick, der von ihren Lippen über ihre Schlüsselbeine zur Vorderseite ihrer Bluse wanderte.

»Ah, voilà!«, sagte Gregor. »Der Goldjunge des Kaiser-Wilhelm-Instituts.«

Besorgt blickte Hannah zur Tanzfläche, wo Stefan Frei seine Tanzpartnerin zum Crescendo der Geigen fortriss. Er bewegte sich mit einem verwegenen Mangel an Gehemmtheit, ein Bonvivant, gesegnet mit der magischen Mischung aus körperlicher Attraktivität, gesellschaftlichem Status, einem üppigen Einkommen und dem Fehlen jeglicher Skrupel. Das schenkte ihm die Freiheit, alles in vollen Zügen zu genießen. Stefan Frei wurde allseits bewundert, und er gab jedem, der sich in seiner Gesellschaft befand, ob im Ballsaal, im Labor oder im Hörsaal, das Gefühl, im Scheinwerferlicht seiner Gegenwart zu strahlen.

»Möchten Sie, dass ich Sie vorstelle?«, fragte Gregor.

Hannah schüttelte den Kopf. »Er scheint anderweitig beschäftigt zu sein.«

Stefans *Tanzkarte* war voll. Diese spezielle Quadrille hatte sich Ulrike gesichert, die jüngere Schwester des angesehenen Nobelpreisträgers Kurt Diebner. Der meteoritenhafte Aufstieg ihres Bruders sowohl in der wissenschaftlichen Gemeinschaft als auch im Reich machte sie zur idealen Spielgefährtin für Stefan, die alabasterfarbene bessere Hälfte des Inbegriffs eines mächtigen, einflussreichen Paars. Und es stand ihr gut. Ulrikes modische Locken bildeten einen blonden Glorienschein. Ihre leuchtende Porzellanhaut schien von innen heraus zu strahlen, ein natürliches Biotop für Diamanten und elegant geformtes Platin. Ihr schräg geschnittenes weißes Satinkleid schmiegte sich um ihre schlanke Gestalt. Dagegen wirkten die anderen Frauen in ihren rüschenbesetzten Kleidern in aufdringlichen Pastellfarben geradezu gewöhnlich. Neben der schillernden Ulrike kam sich Hannah wie ein dunkler Schatten vor. Sie wollte nicht beim Starren ertappt werden, also richtete sie rasch den Blick zu Boden, als sie spürte, dass Ulrike sie ansah. Als sie den Kopf wieder hob, sah sie, dass Ulrike Stefan wütend musterte. Dessen unverhüllt amüsiertes Lächeln war fest auf Hannahs errötendes Unbehagen gerichtet. Der Spitzenkragen um ihren Hals fühlte sich an wie eine mit einem Perlmuttknopf geschlossene Garrotte. Sie legte eine kühle Hand auf die brennende Wange und beschloss, sich zurückzuziehen und zu verschwinden. Dass Gregor in ihrer Nähe blieb, einen Arm besitzergreifend um ihre Taille gelegt, nahm sie dankbar zur Kenntnis.

»Ob es Ihnen gefällt oder nicht, die Allianzen, die in der feinen Gesellschaft geschmiedet werden, bestimmen über die wissenschaftlichen Möglichkeiten«, rief er ihr in Erinnerung.

»Ich weiß«, sagte Hannah. »Nichts geht ohne Geld, und Geld gibt es nur nach einem gelegentlichen Foxtrott.«

»Ulrike ist genauso intelligent wie ihr Bruder, und sie besitzt um Längen bessere gesellschaftliche Umgangsformen. Sie unterstützt das Vorwärtskommen von Frauen. Es wäre gut für Sie, ihre Bekanntschaft zu machen.«

»Ulrike zieht es vor, nicht-arische Frauen wie mich nicht zu kennen«, widersprach Hannah. »Das wissen Sie, Gregor.«

»Diese antiquierten Vorurteile gegen jüdische Physiker sind blanker Unsinn. Vor allem aber sind sie äußerst unpraktisch. Das Institut hat bereits einige seiner besten Wissenschaftler verloren – Hans Bethe ist nach Amerika ausgewandert, Rudolf Peierls nach England – und mit ihnen Patente und finanzielle Mittel. Hannah, wenn Vorurteile finanziell nicht mehr förderlich sind für das Institut, dann legt sich das wieder. Es muss sich legen. Bis dahin …« Gregor wies auf eine Sitzecke, wo Kurt Diebner, dessen silberner Haarschopf mit Pomade angeklatscht war, vor einem andächtigen Kader aus Wissenschaftlern und Speichelleckern Hof hielt. »Wollen wir?«

»Ich bin noch nie einem Nobelpreisträger begegnet«, gestand Hannah.

»Das sind auch nur Menschen«, gab er zu bedenken, »obwohl es ihnen gefiele, wenn man etwas anderes glauben würde.«

Gregor nahm Hannah am Arm und führte sie ins innerste Heiligtum. Diebner war mitten in der Argumentation und erging sich über ein derzeit intensiv debattiertes Thema, über die kernmagnetische Resonanz.

»Wenn schwere Kerne mit Neutronen beschossen werden«, sagte er gerade, »müssten die Bruchstücke leichtere Elemente weiter unten im Periodensystem sein, also sind die Ergebnisse absurd. Es sei denn, man setzt sein Vertrauen in jüdische Physiker«, fügte er hinzu.

Verlegenes Schweigen. Der Name *Einstein* hing greifbar in der Luft, doch niemand wagte ihn auszusprechen. Hannah war entsetzt, als Gregor das Wort ergriff. »Kurt, Frau Doktor Weiss hat an Gammaquant-Absorption mit Niels Bohr gearbeitet.«

»Wie gewagt!«, bemerkte Diebner, ohne sie anzusehen.

Hannah spürte die kalte Geringschätzung Diebners und seiner Verehrer, doch Gregor schob sie mit zarter Hand im Rücken nach vorn. »Frau Doktor Weiss, vielleicht könnten Sie uns etwas über die Ergebnisse Ihrer Experimente mit Beryllium erzählen?«

Ein Zucken in Diebners Augenbraue verriet seine Verärgerung. »Ein äußerst verfeinertes und komplexes Verfahren«, kommentierte er.

Ein warmer Atem strich Hannah über den Nacken, als ihr jemand leise ins Ohr sprach: »Achten Sie gar nicht auf Kurt! Er behauptet immer noch, Einstein hätte seine Ideen gestohlen.«

Verdutzt drehte Hannah sich um. »Herr Doktor Frei.«

»Frau Doktor Weiss, es freut mich sehr, Sie endlich kennenzulernen«, sagte Stefan. »Gregor singt ein Loblied auf Sie, seit Sie am Institut tätig sind. Man sagt, Sie seien doppelt so geistreich und würden nur halb so viele Probleme machen wie die Männer an unserer Fakultät.«

»Keine Probleme, hoffe ich.«

»Nicht wenigstens ein paar? Wo bleibt denn da der Spaß?« Stefan neckte sie mit dem Selbstbewusstsein eines Mannes, der genau wusste, wie charmant er war und dass sein Charisma dafür sorgte, dass er überall damit durchkam. Hannah wusste, dass sie rot wurde, doch sie zwang sich, ihm weiter offen in die Augen zu sehen.

»Ich interessiere mich weniger für Spaß als für Spaltung«, erklärte sie.

»Dann müssen wir die Gelegenheit für ein langes, privates Tête-à-Tête finden.« Stefan beugte sich vor, und sie atmete den Bergamotteduft seines teuren Rasierwassers ein. »Womöglich ergeben sich interessante Gelegenheiten.«

Diesmal war sein Ton weniger scherzhaft, und Hannah entdeckte nichts Respektloses oder Herablassendes in seinen Zügen.

»Mein Schatz«, sagte Ulrike und zog ihn am Arm.

Erst als die beiden davonwirbelten, merkte Hannah, dass sie die Luft angehalten hatte. Sie hatte hoch erhobenen Hauptes dagestanden, eine ganz natürliche Haltung, denn sie hatte sich anstrengen müssen, Stefans weiche Tenorstimme im Lärm des Ballsaals zu verstehen. Als er nun fortging, spürte sie, dass sie ein wenig kleiner wurde. Das rief ihr ins Bewusstsein, dass viele ihrer jüdischen Kollegen sich in letzter Zeit eine schützende Körperhaltung angewöhnt hatten, ein defensives Krümmen der Schultern, ein ehrerbietiges Senken des Kopfes, geboren aus dem Wunsch, ihrer Arbeit nachzugehen, ohne weiter aufzufallen. Es war der genaue Gegensatz zu Ulrike Diebners beeindruckend statuesker Haltung. Bewundernde Blicke folgten ihr durch den Saal. Hannah sagte zu Gregor, was alle zu denken schienen. »Sie ist sehr schön, nicht wahr?«

Gregor fasste Hannah am Ellbogen und führte sie auf die Tanzfläche. »Man muss kein Atomphysiker sein, um zu sehen, wer auf diesem Fest die wahre Schönheit ist.« Er verneigte sich leicht und bot ihr die Hand dar.

»Es tut mir leid. Ich tanze nicht …«

»Selbstverständlich tanzen Sie.«

Bevor Hannah einen sinnvollen Einwand vorbringen konnte, hatte Gregor sie in die Arme genommen, und schon schwebten sie zu einem Strauss-Walzer über das Parkett. Hannah spürte die vielen Blicke, die ihr galten, allerdings ohne die Bewunderung, die Ulrike genoss. Das Gemurmel folgte ihnen über die Tanzfläche wie das Kielwasser eines Schiffes. Ein Nichtjude, der mit einer Jüdin tanzte? Als Gregor mit ihr an der Sitzecke vorbeiglitt, spürte Hannah deutlich Kurt Diebners eiskalten Blick.

»Sie starren uns alle an«, flüsterte sie nervös.

»Weil sie neidisch sind«, raunte Gregor zurück.

Hannah hob den Blick, als Stefan Frei ihren Weg kreuzte. Ulrike hatte ihm die schmuckbehangenen Arme um den Hals geschlungen, doch sein kühler, abschätzender Blick war unverwandt auf sie gerichtet.

15

Feldnotiz
Betreff: Sicherheitsverstoß Site Y
An: Donovan
Von: Delaney
Zusammenfassung: Durchsuchung des Zimmers von Weiss erbrachte Postkarten mit kryptischem Inhalt.
Empfehlungen: (1) Weiss aus dem Kritikalitätsteam entfernen. (2) Menschliche Aufklärung bei Weiss mit aller Eile und mit allem Feingefühl fortsetzen.
(3) Wo zum Teufel ist Gregor Stern?

16

Die in Blockbauweise errichtete Fuller Lodge war die Nabe, von der alle Speichen in Los Alamos ausgingen: Ashley Pond und die Post im Süden, die so wichtige Technical Area im Südwesten, das Krankenhaus im Westen. Im Norden lag die »Badewannen-Zeile«, so genannt, weil es in den Cottages für Oppenheimer und seine Elitekollegen dort tatsächlich Badewannen gab und nicht die undichten, notdürftigen Duschen, mit denen sich die Leute mit nicht ganz so hohem IQ behelfen mussten. Tagsüber war die Lodge ein riesiger Speisesaal, wo in gigantischen Steinkaminen offene Feuer loderten und wuchtige Elchköpfe majestätisch auf das Treiben herabblickten. Am Abend wurden Tische und Stühle zur Seite geschoben, und sie wurde zum Tanzsaal.

Jack sah die Lichtstreifen, die aus den offenen Türen über die Veranda und auf den Rasen vor der Lodge fielen. Er hörte schrilles weibliches Lachen und Musik, den unwiderstehlichen Elan eines Swings auf dem Klavier und die pulsierende Interpunktion durch Bass, Schlagzeug und Blechbläser. Zwei Frauen aus dem Stenografinnen-Pool erteilten unter dem Dachvorsprung Tanzunterricht, und in der Luft lag der Geruch nach Holzrauch und Kiefer, Tabak und dem Parfüm der Frauen.

Die Armee hatte diese klugen Köpfe mit Stacheldraht eingezäunt, um den Rest der Welt draußen zu halten, und irgendwie hatte es bislang funktioniert. Trotz zensierter Briefe, holpriger Straßen und der Unbequemlichkeiten der Militärbaracken schienen diese aufgedrehten Wissenschaftler in einem Zustand ständigen Hochgefühls zu leben und sich mit demselben Eifer auf die Laborarbeit zu stürzen wie auf den Lindy Hop.

Durch dichte Rauchschwaden trat Jack in den lauten Saal, wo sich die Feiernden über die Musik hinweg verständlich zu machen suchten. Er steuerte auf die Bowlenschüssel zu, denn er wollte sich ein Glas genehmigen, bevor er zu Bett ging. Von der Höhe war ihm schwindelig, und er war sich bewusst, dass Groves' Uhr tickte. Er suchte in der Menschenmenge nach Hannah, vielleicht versteckt in einer Ecke, von einem Rauchschleier vor Blicken geschützt.

Auf der Tanzfläche entdeckte er Peter Reichl. Fest entschlossen, kein Spielverderber zu sein, stolperte Reichl durch die Schritte von Count Basies *Splanky*. Ein jüngerer Wissenschaftler in Cowboystiefeln und mit türkisfarbenem Bolo Tie befolgte die Schritte mit derselben konzentrierten Präzision, mit der er ein Experiment durchführte, immer ein oder zwei Schläge daneben. Tanzbewegungen, die eigentlich weltmännisch aussehen sollten, erinnerten an die abgehackten Zuckungen einer Marionette. Je komplizierter die Manöver, desto unvermeidlicher seine Fehlschritte und desto lauter das aufmunternde, fröhliche Johlen der Zuschauer.

Die ganze Versammlung wirkte irgendwie lächerlich. Die Jazzcombo auf der Bühne bestand vermutlich aus einem Quantenmathematiker, einem Metallurgen und einem analytischen Chemiker. Der junge Mann mit den Cowboystiefeln und dem Bolo Tie, dessen Hemd inzwischen schweißnass war, mochte der weltweit führende Experte für Rohrlegierungen sein.

»Guten Abend, Major. Ich hatte gehofft, wir könnten uns kurz unterhalten.«

Als Jack sich umdrehte, ragte J. Robert Oppenheimer hinter ihm auf, ein Martiniglas in der einen Hand, eine Zigarette in der anderen.

Oppenheimer bestand fast nur aus Haut und Knochen und wirkte gebrechlich. Sein magerer Schädel und seine papierdünne Haut verhinderten jede Ablenkung von seinen Augen. Den bohrenden Blick hatte Jack erwartet, doch er hatte nicht mit der abgrundtiefen Müdigkeit gerechnet, die dem glasigen Schimmern der Augen etwas Fiebriges verlieh. Das Brummen des Saals schien sich rings um Oppenheimer zusammenzuziehen und einen Kokon der Komplizenschaft zu spinnen.

»Lassen Sie sich von diesem ausgelassenen Rummel nicht täuschen«, sagte Oppenheimer. »Morgen früh um sieben sind alle wieder bei der Arbeit und in guter Verfassung. Zwei Tassen Kaffee machen alles wieder möglich.«

Oppenheimers Stimme war tief und melodiös und klang so weich und flüsternd, dass Jack sich vorbeugen musste, um ihn zu verstehen. Das schuf eine verschwörerische Intimität, ein Gefühl von Gemeinsamkeit. Oppenheimers intensive Konzentration gab Jack das Gefühl, er sei der einzige Mensch im Saal, zumindest der einzige, der zählte. Jetzt begriff Jack, dass ein großer Teil von Oppenheimers viel gepriesenem Charme im Ausschluss lag. Oppenheimer wurde immer von allen Seiten bedrängt, viele wollten ihn etwas fragen, etwas von seiner kostbaren Zeit in Anspruch nehmen. Doch sein aufmerksam prüfender Blick verriet einem, dass ihn im Augenblick niemand anders interessierte als der jeweilige Gesprächspartner. Was konnte schmeichelhafter sein als dieser berauschende Suchscheinwerfer der Aufmerksamkeit von einem der weltweit größten Genies?

Oppenheimer neigte den Kopf in einer spöttisch orientierenden Geste und bewegte sich in Richtung Tür. Jack folgte ihm in eine relativ ruhige Ecke am Ende der Veranda. Dort setzten sie sich auf zwei Adirondack-Stühle, von wo aus sie einen ungehinderten Blick über die Schar der Mathematikerinnen hatten, die auf der gekiesten Einfahrt den Lindy Hop tanzten. Am Rand der beleuchteten Fläche umschlangen sich anonyme Paare, Hände umklammerten Schultern, Finger zerrten hektisch an Stoffen.

»Wie mir scheint, haben Sie hier ein ungewöhnliches Arbeitsumfeld geschaffen«, bemerkte Jack.

»Ja, wir spielen fast so hart, wie wir arbeiten. Es ist wie Fahrradfahren. Solange wir in Bewegung bleiben, halten wir die Balance. Wir arbeiten, als hätten wir keine Zeit mehr. Wissen Sie, wie weit die Deutschen mit ihrem Atomforschungsprojekt sind?«

»Nein«, sagte Jack, überrascht von der Frage.

»Sie waren beim Alsos-Team in Europa, nicht wahr?«

»Ja«, antwortete Jack, »aber ich bin nur bis Paris gekommen, bevor ich verwundet und in die Staaten zurücktransportiert wurde.«

»Vor einem Jahr hat der Nachrichtendienst der Alliierten vorhergesagt, London würde nicht noch einmal bombardiert werden. Dann hat Wernher von Braun uns alle zum Narren gehalten, indem er seine V2-Rakete entwickelte. Wir dürfen die Deutschen niemals, niemals unterschätzen.«

»Herr Doktor Oppenheimer, wenn ich das so sagen darf …«

»Oh, Sie dürfen«, sagte Oppie. »Unbedingt. Raus damit!«

»Geht es hier um Frau Doktor Weiss?«

»Wenn jemand kommt und uns die Arbeit erschwert, erweckt das die Glucke in mir zum Leben.« Oppies plötzliches Lächeln war entwaffnend, doch seine Zähne blitzten nur ganz kurz auf, bevor es mit der Endgültigkeit eines gesenkten Vorhangs fallen gelassen wurde. »Ich kann nicht zulassen, dass Sie sie dermaßen mit Beschlag belegen wie heute Morgen. Und jetzt erzählt Collier mir, Sie wollen, dass ihr die Sicherheitsfreigabe entzogen wird. Das ist nicht annehmbar, Major. Sie ist ein wichtiges Mitglied meines Teams.«

»Das ist ein Problem, Herr Doktor Oppenheimer.«

»Sie sind fest entschlossen, Frau Doktor Weiss als Femme fatale aus einem Raymond-Chandler-Roman darzustellen. Glauben Sie mir, ich verstehe genau, warum es pläsierlich ist, sich auf sie zu konzentrieren, doch wir Wissenschaftler arbeiten nicht mit Ahnungen. Wir arbeiten mit Fakten.«

»Ich dachte, Sie arbeiten mit Theorien.«

»Ich arbeite bald mit gar nichts mehr, wenn Sie mir meine wichtigsten Leute wegnehmen.« Oppenheimer musterte Jack eine ganze Weile, als könnte sein Blick die polierte Oberfläche von dessen Rüstung durchdringen und unter seinem perfekt geschnittenen Anzug einen Hauch Arglist entdecken.

»Doktor, haben Sie eine Vorstellung davon, was Frau Doktor Weiss im Schilde führen könnte?«

»*Im Schilde führen?* Das klingt doch ein bisschen zu sehr nach Mantel und Degen, Major, finden Sie nicht? Nicht die Raffinesse, die ich von einem Harvard-Absolventen erwarten würde.«

»Betrachten Sie sie als Freundin?«

»Ich brauche Physiker dringender als Freunde«, erklärte Oppenheimer. »Und ich kenne Frau Doktor Weiss immerhin gut genug, um zu wissen, dass wir das gemeinsam haben.«

»Warum ist sie so wichtig für das Projekt?«

»Erst als es uns gelang, eine Kettenreaktion aufrechtzuerhalten, konnten wir sicher sein, dass Einsteins Theorien richtig waren.« Oppenheimers Blick wanderte von den Tanzenden zu den Fenstern des Labors, die im Dunkeln wie Spiegel wirkten. »Die Arbeit, die sie in Berlin geleistet hat, die Arbeit, die sie nach Chicago mitgebracht hat, ist die Entdeckung, die das Gadget erst realisierbar gemacht hat.«

Oppenheimers Miene verriet nicht das geringste Fünkchen Zweifel oder Unbehagen, doch an einer Ader unter der Haut, die sich straff über seinen Adamsapfel spannte, entdeckte Jack das Flattern des Pulses.

»Die Wissenschaft, wissen Sie, das ist der einfache Teil. Das Team zusammenzuhalten, das zehrt mich auf. Groves hat angeordnet, dass die Wissenschaftler Uniform tragen, aber Bethe hat sich geweigert. Er würde die Bombe bauen, sagte er, aber nur als Professor, nicht als Oberst. Robert Serbers Frau Charlotte hat in einem Brief das Wort *Proletariat* verwendet. Ganz plötzlich waren die Serbers Gesinnungsgenossen, und ich musste fünf meiner besten Doktoranden hergeben, damit sie hierbleiben konnten. Und Edward Teller, der da drüben an der Tür steht und darauf wartet, mich zu behelligen …«

Jack sah hinüber und bemerkte einen trotzigen kleinen Mann, dessen Körpermasse in einem glänzenden zweireihigen Anzug steckte. Mit seinen dichten, dunklen Augenbrauen sah er aus, als blickte er unablässig finster drein.

»Teller findet, die Arbeit, die er verrichtet, ist unter seiner Würde. Beschwert sich, dass in seinen Gleichungen weder Schönheit noch Eleganz steckt.«

Oppenheimer rieb sich mit Daumen und Zeigefinger über den Nasenrücken und schloss für einen Moment die Augen, um die Spannung zu lockern. Er streckte zuerst ein langes Bein aus, dann das andere.

»Wenn Sie auf dem Hill einen Spion finden müssen, Major, dann sehen Sie sich Teller genauer an. Aber lassen Sie Frau Doktor Weiss in Ruhe. Wenn Sie mich jetzt bitte entschuldigen. Ich gelte als Stimmungskanone, und sicher wundern sich schon alle, wo ich bleibe.« Oppenheimer stand auf und bewegte sich in Richtung des Gedränges. An der Tür wurde er von Teller aufgehalten, der wie vorhergesagt eine Tirade über ihn ergoss. Dabei kniff er die dunklen Brauen zusammen, während er mit seinen Wurstfingern wild vor Oppenheimers Gesicht herumfuchtelte.

Jack war genauso frustriert wie Teller, doch seine Frustration kollabierte nach innen, rollte sich gereizt um den dumpfen, eingekeilten Schmerz des Geschosses neben seiner Wirbelsäule. Es war klar, dass Hannah Weiss ihn angelogen hatte. Er hatte den Verdacht, dass sie noch öfter gelogen hatte, als ihm bekannt war. Dennoch schienen Groves und jetzt auch Oppenheimer sie unbedingt schützen zu wollen. Vielleicht hatte sie Oppie sogar bezirzt, damit er sich für sie einsetzte.

Drehen wir den Spieß doch einfach um, dachte er. Voller aufsässiger Energie drückte sich Jack aus dem tiefen Adirondack-Stuhl hoch und achtete nicht auf den stechenden Schmerz im Rücken. Besser, ein Schachspiel zu verlieren, als dass alles in einem Patt endete. Er nickte Oppenheimer zum Abschied kurz zu und begab sich wieder in die Fuller Lodge, um seine Jagd fortzusetzen.

17

In den fünf Jahren seit Hitlers Ernennung zum Reichskanzler waren mehr als hundert Kollegen von Hannah aus den prächtigen Fluren und makellosen Laboren des Kaiser-Wilhelm-Instituts verschwunden. Dem Gesetz zur Wiederherstellung des Berufsbeamtentums zufolge waren alle nicht-arischen Wissenschaftler entlassen worden. Die berühmtesten der vertriebenen Wissenschaftler wurden mittels Forschungsgeldern an große Universitäten gelockt – Cambridge, Princeton, die Sorbonne. Die weniger berühmten waren angesichts der Richtung, in die das Land schwenkte, besorgt und flohen, um sich anderswo niederzulassen. Die Jahre, die eigentlich ihre produktivsten hätten sein sollen, verbrachten sie mit dem Wischen von Böden und dem Auffüllen von Regalen. Andere, die zu alt oder zu müde waren, um neu anzufangen, zogen sich in ihre Wohnungen zurück, um ein möglichst unauffälliges Leben zu führen. Jene, die gegen die neue Politik das Wort erhoben, wurden rasch und stillschweigend zusammen mit ihren Familien in jüdische Gettos verbracht und von dort in die Lager oder zur Zwangsarbeit in die Fabriken der Nationalsozialisten geschickt. Ein hastig formulierter Zusatzartikel gestattete denjenigen, die einen Vater, einen Bruder oder einen Sohn im großen Krieg verloren hatten, ihren Posten zu behalten, und Hannah wurde unverhofft eine Ausnahme gewährt. Als sie die Nachricht verkündete, legte Onkel Josua die Hände aneinander. »Dein Vater starb, damit du leben und die Arbeit leisten kannst, die du liebst«, versicherte er ihr.

»Papa!« Sabine schlug ihm auf den Arm. »Wie kannst du nur so etwas sagen?«

»Bereitwillig gäbe ich mein Leben für dich, Sabine, und mein Bruder hätte seines bereitwillig für Hannah gegeben. Und jetzt scheint es, als hätte er es getan. Mir schenkt das Trost.«

»Schön für dich«, spottete Sabine und legte ihrer Cousine einen Arm beschützend um die Schultern. »Aber du hast nicht das Recht, Hannah eine solche Last aufzubürden.«

Aber Josua blieb eisern bei seiner Meinung. »Verstehst du das denn nicht, Hannah? Auf diese Weise war sein Tod nicht sinnlos.«

Hannah schüttelte den Kopf, ihr wurde übel von der schrecklichen Ironie.

»Der Tod unschuldiger Menschen ist immer sinnlos«, erklärte Sabine. »Ich werde niemals hinnehmen, dass wir um eines höheren Zieles willen vertrieben und getötet werden, für Gottes geheimnisvollen großen Plan. Dann kannst du ja gleich sagen, es ist zum Wohl des Vaterlandes.«

»Das ist nicht dasselbe.« Josuas Tonfall war freundlich, aber unnachgiebig. »Und ich ermahne dich, nicht so mit mir zu sprechen, meine Liebe.«

»Ach ja, wir dürfen ja nicht die Stimme erheben«, sagte Sabine. »Wenn man uns hört, könnte die Welt in Stücke brechen.«

Hannah, die den Duft von Hefe in der Nase hatte, kniff die drei Teigstreifen zusammen und schob sie ordentlich unter den geflochtenen Zopf. »Ich muss zurück ins Labor.« Sie löste die Bänder ihrer Schürze.

»Hannah, geh nicht!«, bat Sabine. »Es tut ihm leid. Papa, sag ihr, dass es dir leidtut!«

Onkel Josua musste Hannah nicht zum hundertsten Mal sagen, wie sehr er es missbilligte, dass sie am Sabbat arbeitete. »Bleib wenigstens noch, bis wir die Kerzen anzünden!«, verlangte er.

»Ich kann nicht.« Hannah holte ihre Sachen vom Garderobenständer im Flur. »Wenn ich mich beeile, bin ich noch vor der Sperrstunde dort.«

»Aber wie kommst du nach Hause?«

»Vorsichtig«, erwiderte Hannah und drückte ihm einen Kuss auf die Wange. Dann küsste sie auch Sabine auf die Wange. »Ich hoffe, du liegst brav in deinem Bett, wenn ich zurückkomme.«

Auf dem Weg zum Labor zog Hannah einen gemusterten Schal eng um die Schultern und hielt den Blick gesenkt. Sie zählte jeden Riss im Trottoir. Das seltsame Gespräch beim Mittagessen ging ihr nicht aus dem Kopf. Wenn ihre Arbeit etwas bedeuten sollte, dann musste sie – wie die Arbeit ihres Vaters – Leben retten. Das, was sie jetzt tat, besaß dieses Potenzial. Sie würde womöglich das Ende aller Kriege erleben. Bergarbeiter mit Staublungen könnten die Kohlebergwerke verlassen. Eine neue Ära des Friedens und des Wohlstands könnte eingeläutet werden. Weltreisen in Fahrzeugen, die man sich heute noch nicht erträumen konnte, würden so alltäglich sein, wie mit einem Auto eine Straße hinunterzufahren. In ihrer Kindheit waren Autos etwas Erschreckendes und Neues gewesen, jetzt waren sie so alltäglich wie der Milchwagen.

Hannahs eigene Neugier und Ehrgeiz fanden Widerhall in Deutschlands großzügig finanziertem Hunger nach Neuerungen. Stolz und Dankbarkeit hoben ihre Stimmung, als sie die kupfernen Spitzen des Kaiser-Wilhelm-Instituts erblickte. Als sie ankam, verließen die meisten anderen Wissenschaftler – elegante Männer in maßgeschneiderten Anzügen mit ledernen Aktentaschen und Stahlbrillen – das Gebäude zum Feierabend. Hannah nickte, ohne ihnen in die Augen zu sehen, und achtete darauf, dass ihr langes Haar den gelben Stern an ihrer Jacke verdeckte. Während der letzten fünf Jahre war sie für diese Arbeit jeden Tag dankbar gewesen, selbst als man sie in ein winziges Behelfslabor im Keller verbannt hatte. Es war eher ein Lagerraum und diente den Hausmeistern auch als Holzwerkstatt, doch Hannah hielt es sauber und aufgeräumt.

Wenn sie nachts allein war, schloss sie oft die Rollos und reduzierte die Beleuchtung auf ein Minimum, doch an diesem Abend holte sie, bevor sie den Laborkittel anzog, die beiden silbernen Kerzenständer ihrer Großmutter heraus und stellte sie mitten auf den Arbeitstisch. Sie nahm das Feuerzeug aus einer Schublade unter dem Bunsenbrenner und ließ die Flamme aufzucken. *»Baruch ata adonoj eloheinu – melech haolam, ascher kideschanu bemizwotaw weziwanu lehadlik ner schel schabbat«,* flüsterte sie.

Als sie die winzige Flamme an die erste Kerze hielt, flackerte diese auf und tauchte die Silhouette des Mannes, der in der Tür stand, plötzlich in helles Licht. Erschrocken taumelte sie nach hinten, stieß gegen einen Eisenhocker, der umfiel und laut auf den Fliesenboden knallte. »Wer ist da?«

»Frau Doktor Weiss, ich bin es, Stefan Frei.« Er trat in den warmen Kreis des Kerzenlichts. »Es tut mir leid. Ich wollte Sie nicht erschrecken.«

»Sie müssen sich nicht entschuldigen.«

»Ich habe nicht damit gerechnet, Sie noch so spät hier anzutreffen.«

Hannah stellte den Hocker wieder auf die Beine und kam sich ungemein dumm vor. Plötzlich wurde sie sich auch ihrer ärmlichen Umgebung bewusst. Dr. Frei war gekleidet, als wollte er am Abend ausgehen. Er trug eine Ascotkrawatte aus Seide und einen perfekt geschnittenen Frack, in dem Fred Astaire hätte tanzen können. Seine goldene Uhrenkette funkelte im Kerzenschein. Das Schimmern in seinen Augen sprach von seinem Amüsement, aber auch von Raubgier.

»Kerzenlicht steht Ihnen gut«, sagte er. »Aber Sie dürfen ruhig die eine oder andere Lampe einschalten, selbst nach Feierabend.«

»Es ist Freitag«, sagte Hannah. »Zeit, die Arbeit ruhen zu lassen und den Sabbat mit der Familie zu ehren.«

»Ah.« Stefan nickte. »Und warum tun Sie es nicht?«

»Ich ehre Gott mit meiner Arbeit.«

Hannah zündete die zweite Kerze an und erwartete, dass er eine kesse Bemerkung machen würde, doch das tat er nicht. Er schob die Hände in die Hosentaschen und richtete den Blick auf den gefliesten Boden.

»Keine Sorge«, sagte Hannah. »Auch wenn Ihr Führer etwas anderes behauptet, es ist nicht ansteckend.«

Stefan tat den Gedanken mit einer Handbewegung ab. »Ich interessiere mich nicht für Politik. Und das Anstecken überlasse ich unserem biomedizinischen Fachbereich.«

»Wo es hingehört.«

»Es würde mich interessieren, Frau Doktor Weiss, wie eine Wissenschaftlerin, die ihr Leben der Suche nach empirischen Beweisen widmet, ihre Arbeit mit ihrem Glauben an Gott in Einklang bringt.«

»Ich versuche nicht zu beweisen, dass es einen Gott gibt. Ich will nur wissen, wie er wirkt.«

»Seine Wege sind unergründlich, heißt es doch.«

»Nicht unergründlicher als die der Männer.«

Aus einer Innentasche holte Stefan ein silbernes Zigarettenetui hervor. Auf der Suche nach einem Feuerzeug klopfte er seine andere Tasche ab, und als er keines fand, grub Hannah die Fingernägel in die Handteller, denn sie wusste nicht, wie sie reagieren würde, falls er sich vorbeugte, um die Zigarette an einer der Kerzen anzuzünden. Doch er nahm sie aus dem Mund und schob sie behutsam zurück ins Päckchen.

»Ich habe viel über Ihre Arbeit gehört«, sagte er. Da war es wieder in seinen Augen, dieses Amüsement und … noch etwas anderes. »Die schöne und kluge Frau Doktor Weiss, von meinem Vater ins Exil in den Keller geschickt.«

»Ich betrachte es als großes Privileg, hier zu sein«, sagte Hannah, doch die Worte klangen einstudiert, selbst in den eigenen Ohren.

»Freut mich, zu hören.« Stefan lächelte sein breites Bonvivantlächeln. »Trotzdem, es wäre nicht gut, wenn Sie sich wegen der Feuchtigkeit erkälten würden.«

»Das ist wohl kaum meine dringendste Sorge.«

»Nein, vermutlich nicht.« Sein Lächeln verblasste.

»Wenn sonst nichts ist, Herr Doktor Frei …«

»Sie sollten mich Stefan nennen.«

»Nein«, erwiderte Hannah. »Das sollte ich nicht.«

»Darf ich Sie Hannah nennen?«

»Es wäre mir lieber, wenn Sie es nicht täten, aber ich kann es Ihnen nicht verbieten.« Ungeduldig trommelte Hannah mit den Fingern auf den Labortisch. »Kann ich sonst noch etwas für Sie tun, Herr Doktor Frei? Bevor Sie gehen?«

»Ja, allerdings.« Er zog einen Schnellhefter aus dem Posteingangsfach vor Hannahs Bürotür, legte ihn offen auf den Tisch und blätterte einige Seiten um. »Ich bin gekommen, um Ihnen das hier zu bringen. Bei einigen Gleichungen waren wir oben mit unserer Weisheit am Ende. Heute Nachmittag standen wir herum und kratzten uns am Kopf. Ich fragte mich …« Er schloss den Schnellhefter und schob ihn mit seinen eleganten langen Fingern über den Tisch. Seine Fingernägel mit ihren perfekten weißen Halbmonden waren poliert und glatt. »Würde es Ihnen etwas ausmachen, einmal alles nachzurechnen?«

»Gewiss! Also, ich meine … nein, es würde mir nichts ausmachen. Nicht das Geringste. Ich mache das sehr gern.« Sie griff nach dem Schnellhefter und hoffte, dass er ihr nicht ansah, wie stolz und entzückt sie war. Er bat sie um Hilfe und schien sie auf diese Weise anzuerkennen und zu schätzen.

»Bis Montag«, sagte er.

Sein barscher Tonfall strafte sein gewinnendes Lächeln Lügen. Hannah wurde an ihren Platz verwiesen, und sie merkte, wie mühelos er sie manipuliert hatte. Für einen kurzen Augenblick hatte sie sich eingebildet, er würde sie als Kollegin oder gar als ebenbürtig betrachten.

»Ja, *Herr Doktor*«, sagte sie. »Montag. Sicher.«

»Guten Abend, Frau Doktor Weiss.«

Sie presste den Schnellhefter an die Brust und erwartete, dass er ging, doch er stand da, den Blick unverwandt auf sie gerichtet. »Guten Abend, Herr Doktor Frei«, sagte sie schließlich.

Hannah rührte sich nicht, bis er im spärlich beleuchteten Flur verschwunden war. Dann schritt sie, die Papiere noch immer an die Brust gedrückt, durch den Raum und schloss die Tür so schnell und so leise wie möglich. In der Luft lag nach wie vor der leichte Duft eines teuren Rasierwassers, die Aromen von Bergamotte, Cognac und Sandelholz.

Sie setzte sich an ihren Tisch, schlug den Schnellhefter auf und überprüfte die komplexen Gleichungen. Die Zahlen fügten sich zusammen wie eine Sinfonie. Es gab keine einzige falsche Note. Hannah blätterte die Seiten noch einmal durch. Sie stand auf, um hin und her zu gehen, die Hände hinter dem Rücken zu verschränken und die Schultern zu dehnen. Es musste einen Grund dafür geben, warum sie keine höhere Strahlungsintensität erreichten. Zwischen den Zeilen und Ziffern – einige sorgfältig hingeschrieben und korrigiert, andere in der Hitze der Inspiration hingekritzelt – spürte Hannah die flüchtige Essenz einer Hypothese, auf die sie hinarbeiteten. Würde man ihr je erlauben, an einem solchen kollektiven Bewusstsein teilzuhaben, in dem die Ideen kreisten wie ein Wirbelwind, würde sie womöglich einen Schimmer dessen erkennen, was sie jetzt nicht sah. Wenn sie doch nur in diesem Raum sein könnte …

Doch wenn sie solchen Gedanken nachhing, vergeudete sie die Gelegenheit, sich zu beweisen. Hannah setzte sich und ging die Zahlen noch einmal durch. Und noch einmal. Und noch einmal. Dass sie darüber eingeschlafen war, wurde ihr erst klar, als sie durch ein Rütteln an der Türklinke geweckt wurde. Der Augenblick zwischen Bewusstlosigkeit und Bewusstheit fühlte sich an wie ein Stürzen, wie das Flackern einer tropfenden Kerze, die schreckliche Schatten warf. *Sie sind hier.* Mit wild pochendem Herzen setzte Hannah sich kerzengerade auf und drückte den Rücken durch.

Die Tür öffnete sich, und ihre Assistentin Karin Hoenig trat ein. Karin war eine zaghafte und leicht unbeholfene Doktorandin mit rotem Haar und Sommersprossen, die das einzig Besondere an ihrem reizlosen, langen Gesicht waren.

»Karin«, flüsterte Hannah. »Was machen Sie hier?«

»Sie sind früh bei der Arbeit«, stellte Karin fest.

»Wie spät ist es?«, fragte Hanna und massierte sich den verspannten Nacken.

»Sie waren schon wieder die ganze Nacht hier. Was kann denn nur so wichtig sein?«

»Stefan Frei hat mir diese Gleichungen gebracht.«

»Er ist hier heruntergekommen?« Karins Augen wurden groß wie Untertassen.

Hannah bemühte sich, nicht zu lächeln. Es war offensichtlich, dass Karin, genau wie alle anderen jungen Frauen in Berlin, in Dr. Frei verschossen war. Er besaß genau das reine Blut und die gute Kinderstube, die bei jungen deutschen Frauen gerade hoch im Kurs standen. »Herr Doktor Frei hat mich gebeten, ein paar Berechnungen durchzuführen.«

»Kommt er noch einmal her?«

»Das weiß ich nicht«, antwortete Hannah. Erst jetzt wurde ihr klar, dass sie gar nicht wusste, ob er die Ergebnisse selbst abholen wollte oder ob er erwartete, dass sie sie ihm brachte. »Ich bringe die Unterlagen wohl besser in sein Labor.«

»Das könnte ich auch«, sagte Karin. »Ich meine … ich übernehme das gern. Wenn es Ihnen dienlich ist.«

Nachdem Karin ihr zugeteilt worden war, hatte sich Hannah als Mentorin versucht, hatte keine Mühen gescheut, ihr Zusammenhänge zu erklären und nützliche Abkürzungen zu zeigen. Doch rasch war sie auf den Trotz der jungen Frau gestoßen, auf deren Verärgerung darüber, dass sie arbeiten musste, und ihren Groll, noch keinen Ehemann gefunden zu haben. Hannah hatte Verständnis für Karins Sehnsüchte. Sie sah die Propagandaplakate mit jungen Müttern, die ihre Kinder stillten, und Familien in idyllischen weichgezeichneten Situationen. Man hatte Karin, die jung und leicht zu beeindrucken war, wohl eingetrichtert, das einzige wirklich edle Ziel für eine Frau sei das Gebären von Kindern, und je mehr Kinder, desto besser. Karins kaum maskierter Groll trug nicht dazu bei, die rauen Kanten ihrer Beziehung zu glätten.

»Vielen Dank, Karin. Das ist nicht nötig.« Hannah schob Stefans Unterlagen zurück in den Schnellhefter. Die Gleichungen waren korrekt. Und mehr gab es daran nicht zu tun, begriff sie, denn sie hatte die Zahlen überprüfen sollen, und die Zahlen waren nicht das Thema. Sie nahm einen roten Stift aus einem Becher auf ihrem Tisch und schrieb vorn auf den Schnellhefter: *Sie gehen es falsch an.* Da sie nicht wusste, wie Dr. Frei darauf reagieren würde, erklärte sie es Karin. »Vielleicht ist es das Beste, wenn ich die Akte unter seiner Tür durchschiebe, dann findet er sie am Montagmorgen.«

»Oh. Ja, vermutlich.« Karin wirkte enttäuscht.

»Ich gehe jetzt, Karin. Schließen Sie hinter mir ab?« Hannah hätte gern eine kleine Geste gemacht, Karin kurz die Hand auf den Arm gelegt, doch sie spürte, dass Karin die freundliche Absicht nicht erkennen würde, und so zog sie ihren Mantel an und legte sich den Schal um die Schultern.

»Selbstverständlich. Ich wünsche Ihnen ein schönes Wochenende, Frau Doktor Weiss.«

Hannah stieg die verlassene Treppe ins Erdgeschoss hinauf und war überrascht, dass die Tür zu Dr. Freis Labor offen stand. Der Kontrast zwischen ihrem und seinem Arbeitsplatz war beachtlich. Sie wagte sich kaum vorzustellen, wie es wäre, die Tage in einem geräumigen Labor zu verbringen, wo auf langen Mahagonitischen die neueste Ausrüstung zur Verfügung stand und hohe Fenster Licht und Luft hereinließen. Als sie sich der geöffneten Tür näherte, hörte sie vom Grammofon das Tremolo der Streicher in der 4. Sinfonie von Anton Bruckner. Und darüber das trällernde Lachen einer Frau.

»Stefan, du bist unverbesserlich!«

Ulrike Diebner. Hannah zog sich in den Schatten hinter der Tür zurück, nicht weil sie sich fürchtete, sondern weil sie neugierig war, worüber die beiden sprachen.

»Wir verpassen noch den Vortrag«, drängte Ulrike. »Doktor Speer ist sicher auch schon da.«

»Tut mir leid, Schatz. Vater sitzt mir im Nacken, die Sache hier abzuschließen. Zum Teufel, wenn …«

Seine Worte gingen in Bruckners stürmischen Hörnern und dem Kratzen der Kreide auf der Tafel unter. Am liebsten hätte Hannah zugesehen, wie die Zahlen von seinen Fingern flogen, die Gleichungen Form annahmen und die physikalische Welt mit einem bislang ungesehenen Universum voller Ideen und Möglichkeiten verbanden.

»… bis Montag«, sagte Dr. Frei. »Ich muss die Zahlen noch einmal durchgehen.«

»Hast du dafür nicht deine jüdische Sklavin?«, fragte Ulrike.

Hannah keuchte auf, als wäre sie geohrfeigt worden. Sie drückte sich an die Wand, hin- und hergerissen zwischen dem Wunsch zu hören, was er als Nächstes sagte, und dem Wunsch, ihm die Gleichungen um die Ohren zu hauen.

»Sie kann nützlich sein«, sagte er. »Sie ist eine hochrangige Strahlungsphysikerin.«

»Nun, wie mir scheint, sind sie darin gut.« Und dann war nur noch das Klackern teurer Absätze zu hören, als Ulrike den Raum durchquerte, offensichtlich, um das Grammofon lauter zu drehen, denn Bruckners triadische Jagdrufe erhoben sich und übertönten alles, was noch gesagt wurde. Hannah steckte den Schnellhefter in das Posteingangsfach an der Wand und eilte den Flur hinunter. Sie wollte nur noch nach Hause gehen und schlafen.

Auf dem Weg zur Wohnung kam sie an der Bäckerei vorbei, wo sie erst vor ein paar Monaten spendabel gewesen war und Sabine ihren Lieblingskuchen zum Frühstück gekauft hatte, Himbeer-Schmand-Kuchen. Jetzt starrte sie in die beleuchteten Ladenfenster. Alles sah aus wie immer, die junge Frau mit ihrer weißen Haube, die glänzenden Brotlaibe und Backwaren in der prächtigen Glastheke, die goldene Patina der polierten Gasleuchten. Doch jetzt hing im Fenster ein kleiner, aber unübersehbarer Aushang, dass Juden nicht willkommen seien. Hannah sehnte sich nach den einfachen Tagen, an denen sie den langen Fußweg zur Bushaltestelle genossen hatte, vorbei an dem Blumenladen mit blauem und gelbem Enzian, Kornblumen und Feuerlilien, an der Apotheke, wo sie sich die Auslagen in den Schaufenstern ansehen oder den Apotheker bezüglich gewisser Kräuterarzneien um Rat fragen konnte. Jetzt wusste sie nicht, welche Läden sie an einem Samstagmorgen betreten durfte, und sie wappnete sich für den sehr langen Fußmarsch nach Hause, denn sie wusste nicht, welche Busse sie noch besteigen durfte. Es gab so viele Regeln. Fast vierhundert einzelne Erlasse waren von nationalen und regionalen Mächten ergangen, die sämtlich die *Verordnung zur Ausschaltung der Juden aus dem deutschen Wirtschaftsleben* stützten.

Es war Juden verboten, vor 16.30 Uhr Brot von Nichtjuden zu kaufen, Juden durften kein Brot an Nichtjuden verkaufen, zu keiner Zeit. Ein Gesetz verbot Nichtjuden, Brot für Juden zu kaufen, und ein anderes Gesetz verbot Nichtjuden, Juden Zutaten für Brot zu schenken, und Juden Nichtjuden, die Brot für sie backen könnten, und Juden anderen Juden. Die Zahl der Zigaretten, die an Juden verkauft werden durften, war beschränkt, genau wie die der Feuerzeuge. Weitere Einschränkungen galten bezüglich der Tage und Stunden, an denen Juden Aspirin, Schuhe, Briefmarken, Butter und Wein kaufen durften. Gesetze verboten Juden, Luxusgüter zu erwerben; Gesetze sollten verhindern, dass Juden den Kaschrut folgen konnten, den jüdischen Speisegesetzen, und natürlich schrieb ein Gesetz jedem Juden vor, den gelben Stern zu tragen, damit kein Händler behaupten konnte, er habe nicht gewusst, dass er an einem Donnerstag vor 18.00 Uhr einem jüdischen Kind zwei Unzen Lakritze abgewogen hatte.

Hannah entschied sich dagegen, irgendwo irgendetwas einkaufen zu wollen, und machte sich müde auf den Weg in das schöne Viertel, in dem sie lebte, eine elegante Enklave der oberen Mittelschicht mit gepflegten Häusern, behaglich dicht beieinander in einer ruhigen Straße. Die Erkerfenster, das facettierte Glas und die kunstvollen Zierleisten erzählten von einer Zeit, da Berlin ein jüngerer, anständigerer Ort gewesen war, dessen Bewohner etwas für Kunst und Architektur übriggehabt hatten. Die hohen Eichen hatten die prächtigen Herbstfarben schon abgelegt. Trockene Blätter segelten auf die Gehwege und trieben golden in den Rinnsteinen. Als Hannah die Treppe zum Hauseingang erreichte, fühlte sie sich fast wieder normal, fast so, als würde sie in einer gesunden und stabilen Welt leben, in der sie immer noch in ihrem Lieblingscafé sitzen und ein Schälchen Eiscreme genießen konnte.

18

»Jack! Major Delaney!«, rief Alice Rivers, die auf ihren hochhackigen Pumps leicht schwankte, quer über die Tanzfläche. Sie hatte sich eindeutig schon großzügig am Punsch bedient und schlürfte jetzt aus einer Tasse, die gefährlich an ihrem Zeigefinger baumelte. »Ich dachte, die ließen Sie Jungs nie raus zum Spielen.«

»Hallo, Miss Rivers!« Jack lächelte freundlich, schüttelte aber den Kopf, als sie ihm ihre Tasse anbot. »Immer noch im Dienst. Danke.«

»Ach, komm'n Sie«, schnurrte Alice und schlang ihm einen Arm um den Hals. »Der ist mit reinem Ethanol versetzt!«

»Später vielleicht.«

Alice' Kichern erstarb, als sie bemerkte, dass Jack über ihre Schulter hinweg zu einem Ledersessel blickte, wo Hannah Weiss mit einer Tasse Tee und dem Buch saß, in dem sie vorhin gelesen hatte.

»Sie ist nicht zu haben«, flüsterte Alice mit Verschwörermiene. »Ich glaube, sie hat eine Affäre mit einem der verheirateten Männer.«

Jack beugte sich vor und schlug ebenfalls einen verschwörerischen Ton an. »Hat sie jemand Speziellen erwähnt?«

»Einmal. Witziger Name. Fing mit G an, glaube ich.«

»Gregor?«

»Ja, vielleicht. Sie sagt ›Bla, bla, bla Gregor‹ und dann keinen Pieps mehr. Nicht sonderlich gesellig.«

»Im Gegensatz zu Ihnen.«

»Ganz im Gegensatz zu mir!« Alice strich mit einem Finger über Jacks Kinn. »Ich bin keine Klatschbase. Ich unterstütze nur die Anstrengungen, so gut ich kann.«

»Ich weiß Ihre Hingabe zu schätzen, Miss Rivers. Vielleicht finde sogar ich einen Platz in meinem Team für Sie.«

»Und wenn Sie ein lieber Junge sind ... reserviere ich Ihnen vielleicht einen Tanz.«

»Bitte, tun Sie das!«, bat Jack, während er sich behutsam, aber entschlossen aus ihrer Umarmung befreite. »Ein andermal.«

Schmollend schob Alice die Unterlippe vor. Sie war auf die gesunde, gute Art hübsch, mit der man Kriegsanleihen verkaufte. Jack aber war kein Mann, der auf flüchtige Reize reagierte, und er ließ sich ganz bestimmt nicht hier in Los Alamos in eine romantische Intrige hineinziehen. Dieser Ort war eine Petrischale für Stelldicheins, verbotene Techtelmechtel und exklusive Indiskretionen, die sich ergaben, wenn Menschen von den Zwängen der feinen Gesellschaft befreit wurden. Jack hatte mitbekommen, dass besonders die alleinstehenden arbeitenden Frauen diese Freiheiten weidlich auskosteten. Einige verhielten sich wie Matrosen auf Landurlaub, und in Anbetracht dessen, in welcher Umgebung sie aufgewachsen waren – nachviktorianisches Festhalten am Überlieferten mit einem Klecks Weltwirtschaftskrise –, erkannte Jack die schiefe Logik in der Art und Weise, wie sie ihre persönliche Emanzipation feierten.

Hannah Weiss' formelle Selbstbestimmung war etwas anderes. Ihre Zurückhaltung reizte ihn und machte ihn gegen seinen Willen neugierig, weckte in ihm den Wunsch, ihre Schale zu durchbrechen, um die weiche Verletzlichkeit darunter zu entdecken. Jack wusste, dass mehr dahintersteckte als das, was Groves und Oppenheimer darüber gesagt hatten. Es hatte keinen Sinn, sich raffiniert oder lässig zu geben. Dies war ein Tennisspiel, bei dem die Kontrahenten ebenbürtig waren und bei dem jeder hoffte, dass der andere kurz ausrutschte und einen strategisch gut gesetzten Schlag erlaubte.

»Ich bin überrascht, Sie hier zu sehen«, sagte Jack und zog einen Holzstuhl an den Tisch neben ihrem Sessel. »Ich hätte nicht gedacht, dass Sie gern auf Partys gehen.«

»Hier ist es nicht so voll wie in meiner Baracke.«

»Jetzt sagen Sie nicht, dass Sie immer noch sauer sind!«

Hannah verschränkte die Hände vor dem Körper und legte ihre schlanken Handgelenke auf dem offenen Buch ab. Jack studierte das Gekritzel und die Gleichungen, die die Seitenränder füllten.

»Hören Sie je auf, zu arbeiten?«, fragte er.

»Sie?«

»Nein.« Jack seufzte schwer. »Ich muss Sie nach den Postkarten fragen.«

»Selbstverständlich. Sie glauben, dass sie etwas bedeuten, was nicht der Fall ist, also fangen Sie immer wieder davon an.«

»Erzählen Sie mir, was sie bedeuten! Vielleicht gebe ich dann Ruhe.«

Mit undurchdringlicher Miene saß Hannah da und schwieg. Jack wartete, dass die Stille ihr die Geschichte entlockte, und nach einem langen Augenblick war sie schließlich bereit zu reden.

19

Am frühen Montagmorgen nach Stefan Freis Besuch am Sabbat zogen Hannah und Sabine ihre Wollmäntel an und achteten darauf, dass die gelben Sterne ordentlich an der richtigen Stelle befestigt waren. Ein Mädchen aus Sabines Schule war vor Kurzem in eine Gasse gezerrt und vergewaltigt worden, und die Angreifer waren mit der Behauptung davongekommen, sie hätten ihr nur eine Lektion erteilen wollen, weil ihr Stern nicht dort befestigt war, wo er hätte sein sollen. Für Hannah war dies ein warnendes Beispiel dafür, was passieren konnte, wenn man sich nicht an die Regeln hielt. Für die siebzehnjährige Sabine war es ein warnendes Beispiel dafür, wie abgrundtief dumm Erwachsene waren und wie ungerecht das Leben im Allgemeinen sein konnte. Josua versuchte bis zur Erschöpfung, wenigstens so viel zu vermitteln, dass sie in Frieden frühstücken konnten. Wenn Sabine in den Bus zur Schule steigen wollte, musste sie den gelben Stern tragen. Mehr gab es dazu nicht zu sagen.

Als sie stehen blieben, um die Mesusa zu berühren, sagte Hannah: »Sabine, falls du eines Tages von der Schule nach Hause kommst und feststellst, dass die Mesusa kaputt ist, in irgendeiner Weise mutwillig beschädigt wurde …«

»Ich weiß, ich weiß«, stöhnte Sabine. »Dann laufe ich so schnell wie möglich zu Frau Wutke. Geheimtür hinten im Schrank. Das hast du mir schon tausendmal erklärt.«

Sie unterhielten sich, als sie die Treppe hinunterstiegen, doch als sie zu einem schmalen Fenster kamen, das zur Straße blickte, packte Hannah Sabine am Arm. »Warte!«

Auf der Straße vor dem Haus stand ein schwarzer Mercedes, ein seltener Anblick in ihrem Viertel. Auf dem runden Heckkotflügel saß ein Mann, rauchte eine Zigarette und hatte einen Fuß auf die hintere Stoßstange gestellt. Er trug einen langen, schwarzen Mantel, und sein Gesicht war unter einem elegant schräg aufgesetzten Fedora verborgen.

»Was ist?«, fragte Sabine. »Wer ist das?«

Hannah nahm ihre Cousine an der Hand. »Wenn wir unten sind, gehe ich zuerst hinaus. Allein. Du wartest bei den Briefkästen und zählst bis hundert, dann kommst du heraus, gehst zur Bushaltestelle und fährst in die Schule. Sieh mich nicht an, dreh dich nicht um, gleichgültig, was geschieht!«

»Nein! Hannah, ich bleibe bei dir.«

»Du tust, was ich dir sage. Ausnahmsweise, bitte! Zum Streiten haben wir keine Zeit.« Hannah nahm Sabine in die Arme und drückte sie fest. »Ich bin mir sicher, es passiert nichts. In Ordnung? Alles wird gut.«

»Hör auf, so etwas zu sagen!« Sabine wollte sich aus der Umarmung lösen, wollte Hannah auf Armeslänge von sich wegstoßen.

»Die klügsten Menschen, die ich kenne, sagen mir immer wieder, es geht vorüber. Es ist bald vorbei, und dann gibt es wieder richtige Wahlen, und alles wird so sein wie früher. Sie sind sich sicher. Aber um dich nicht in Gefahr zu bringen, tu bitte, was ich dir sage.«

Sabine spähte durch das Fenster, schluckte schwer und

nickte. Sie hielten sich fest an der Hand, als sie zu den Messingbriefkästen am Fuß der Treppe hinunterstiegen.

»Wir sehen uns beim Mittagessen. Richtig?«

»Ja, richtig.« Sabine nickte nachdrücklich. »Mittagessen.«

Hannah gelang ein Lächeln, als sie sich abwandte, um die Eingangshalle zu durchqueren. Sie ging zur Haustür hinaus, schaute nach links und nach rechts, ob jemand auf der Straße war, warf einen Blick auf die Fenster der Nachbarn und fragte sich, wo überall jemand hinter den Spitzenvorhängen stand und sie beobachtete. Der Mann am Mercedes ließ seine Zigarette auf den Gehweg fallen, trat sie mit der Schuhsohle aus, hob die Kippe auf und steckte sie in die Manteltasche. Als er sich wieder aufrichtete und Hannah sein Gesicht sah, durchflutete sie Erleichterung, dann Vorsicht, ein Anflug von Angst und die Frage, was seine Anwesenheit zu bedeuten hatte.

»Herr Doktor Frei …«

»Wenn ich es falsch angehe«, sagte er, »warum haben Sie sich überhaupt die Mühe gemacht?«

»Weil Sie die richtigen Fragen gestellt haben.«

Hannah wandte sich wieder zur Haustür um und fingerte am Schloss herum, bis sie ihre zitternden Finger unter Kontrolle hatte und das wilde Pochen ihres Herzens sich zu einem gleichmäßigen, ruhigen Schlagen verlangsamt hatte. Dies war das zweite Mal in achtundvierzig Stunden, dass er ihren Tag durcheinanderbrachte und dabei so sorglos lächelte, als wäre er gekommen, um sie zu einer Tanzveranstaltung zu begleiten. Entweder ahnte er nicht, welcher Drahtseilakt ihr Leben war, oder es interessierte ihn nicht. Für Hannah spielte es schlicht keine Rolle, ob es so war oder nicht. Sie stieg die Stufen hinunter und schlug den Weg in Richtung Bushaltestelle ein. Stefan Frei fiel in ihre Schritte ein.

»Kurt dachte, es müsse Actinium sein«, sagte er.

»Kurt interessiert nur die praktische Anwendbarkeit«, erklärte Hannah. »Sie sollten Atome spalten, die mehr als nur ein einziges Neutron enthalten.«

»Aber das hat von Laue doch schon versucht, und die resultierende …«

»Seine Arbeit war unvollständig«, fiel Hannah ihm ins Wort. »Ich kann Ihnen keine einfache Antwort geben, Herr Doktor Frei, insbesondere nicht, wenn ich nicht an den Experimenten mitwirken darf. Doch damit würde ich an Ihrer Stelle meine jüdischen Sklaven betrauen.«

»Hannah …«

Er blieb stehen, und als Hannah sich umwandte, wirkte er ehrlich beschämt. Statt es mit einer Entschuldigung zu versuchen, schlug er vor: »Erlauben Sie mir, Sie zu fahren!«

»Nein, vielen Dank.«

»Seien Sie nicht so stur! Es fängt an zu regnen.«

»Sie wollen doch nicht mit mir im Wagen vor dem Institut vorfahren.«

»Hannah.«

Diesmal sah sie sich nicht noch einmal um. Sie ging zur Bushaltestelle, setzte einen Fuß bewusst vor den anderen, und als ihr Bus kam, stieg sie ein und zeigte die Karte vor, die ihr als österreichischer Bürgerin erlaubte, ihn zu benutzen.

Im Lauf der nächsten Wochen fand sie gelegentlich Akten von Dr. Frei im Posteingangsfach an der Wand neben der Tür. Hannah amüsierte sich damit, sie als etwas Ähnliches wie eine Mesusa zu betrachten. Sie rechnete nach, schrieb Notizen und gelegentlich Vorschläge an den Rand, und Karin war mehr als gewillt, die Akten in Dr. Freis Büro zurückzubringen. Im Spätherbst bekam Hannah schließlich eines Morgens die Aufforderung, an einer Zusammenkunft im Hörsaal teilzunehmen. Sie war früh dort, suchte sich einen Platz ziemlich weit hinten und beobachtete die anderen Zuhörer, die nach und nach hereinkamen.

Die Wissenschaftler gruppierten sich wie von selbst entsprechend persönlicher Freundschaften und beruflicher Fraktionen zu Cliquen. Einige versuchten, Plätze in dem Bereich, den Gregor Stern scherzhaft das Nobelgetto nannte, in der Nähe von Kurt Diebner und Stefan Frei zu finden. Max Frei war der Letzte, der hereinkam, begleitet von Kommandant Gerhard Scholl in voller militärischer Aufmachung. Eine kollektive Unruhe breitete sich im Saal aus, leise, aber unüberhörbar. Die versammelten Wissenschaftler hatten angenommen, sie würden unter der Trennung von Wissenschaft und Staat arbeiten. Natürlich hatte es Geflüster gegeben, doch es war ein Schock, eine Armbinde und ein Hakenkreuz so auffallend in der ersten Reihe zu sehen. Zum ersten Mal erlebte Hannah, wie ihre Kollegen steif die Arme hoben und wie aus einem Mund »Heil Hitler« riefen. Hannah hatte sich daran gewöhnt, diese Worte in der Post und im Delikatessenladen zu hören. Kinder sagten es auf der Straße. Der Busfahrer sagte »Heil Hitler«, bevor er den Hebel umlegte, mit dem er die Türen schloss. Der Kellner sagte »Heil Hitler«, wenn er einem Gast die Rechnung reichte. Doch hier, an ihrem heiligen Arbeitsplatz, beschwor der Ruf ungute Vorahnungen herauf.

»Guten Morgen, Hannah.« Gregor ließ sich auf den Platz neben ihr fallen und bot ihr ein Bonbon an. Dann legte er den Finger unter die Nase, um einen Schnurrbart anzudeuten, und sagte mit gekünstelter Stimme: »Heil Hitler!«

Hannah fegte ihm die Hand vom Gesicht. »Seien Sie kein Narr, Gregor!«

»Ich bin in Zürich geboren«, sagte er. »Die können mich an meinem Schweizer Arsch lecken.«

»Bitte, lenken Sie keine Aufmerksamkeit auf sich!«

»Wie ich so höre, sind die da diejenigen, die heutzutage Aufmerksamkeit auf sich lenken.«

Hannah hielt den Blick nach vorn gerichtet. »Ich weiß nicht, was Sie meinen.«

Gregor sprach leise weiter, doch jeder Spaß war aus seiner Stimme verschwunden. »Verpassen Sie nicht die Gelegenheit, Hannah!« Er tippte mit dem Zeigefinger an Hannahs Schläfe. »Das da, Fräulein, ist Ihre Fahrkarte.«

»Wohin?«

»Egal. Wohin Sie müssen«, sagte Gregor. »Ich meine ja nur ...«

»Was?« Hannah verschränkte abwehrend die Arme. »Sie meinen nur *was?*«

»Dass Sie etwas haben, was die brauchen. Und solange Sie nicht zu hochnäsig werden, können Sie und die Ihren sich in Sicherheit wiegen.«

»Gregor«, sagte Hannah, »wenn ich Hilfe bei etwas Persönlichem brauche, wenn zum Beispiel jemand Papiere bräuchte ... Glauben Sie, dann könnte ich Hilfe bekommen und die Warteliste umgehen?«

»Gut möglich.« Er sah über die Schulter zu einer kleinen Gruppe von Kollegen hinüber, die zwei Reihen hinter ihnen saßen. »Also, ziehen Sie den Kopf ein! Tun Sie, was die verlangen! Ich hole diskrete Erkundigungen ein ... Oh. Los geht's!« Gregor drückte ihr die Hand. »Schließen Sie den Sicherheitsgurt, meine Liebe!«

»Meine Herren, guten Morgen.« Stefan Frei trat aufs Podium. »Wenn Sie bitte alle Platz nehmen würden. Ja, vielen Dank. Danke, dass Sie gekommen sind.«

Er bedeutete Kurt Diebner mit einer Geste, zu ihm auf die Bühne zu kommen, während im Saal Ruhe einkehrte.

»Guten Morgen, meine Herren«, sagte Diebner. »Ich habe

sehr aufregende Neuigkeiten. Herr Doktor Frei und mir ist ein großer Durchbruch gelungen. In dem Augenblick, in dem wir begriffen, dass wir Atome spalten sollten, die mehr als nur ein einziges Neutron enthalten, haben wir die Arbeit von Laues auf die nächste Stufe gehoben.«

Begeisterter Applaus erhob sich, und dann erläuterte Diebner detailliert die Arbeit, die Hannah sehr vertraut war. Sie hielt den Blick auf Dr. Frei gerichtet, der die Hände hinter dem Rücken verschränkt hatte. Sie fragte sich, ob er wenigstens einen anerkennenden Blick in ihre Richtung warf, doch das tat er nicht.

»Das Röntgenphoton kollidiert mit mehreren Elektronen«, schloss Diebner schließlich, »was die erhöhte Radioaktivität erklärt.«

Er verneigte sich ein wenig steif, und die Zuhörerschaft brach noch einmal in Beifall aus, der erst endete, als Kommandant Scholl aufstand und die Hand hob, damit Ruhe einkehrte.

»Herr Doktor Diebner«, fragte er, »gibt es militärische Anwendungsbereiche für diese Arbeit?«

Stefan Frei trat vor. »Herr Kommandant, wir haben noch nicht angefangen ...«

»Wenn die erhöhte Energie unter Kontrolle gebracht werden kann«, fiel Diebner ihm ins Wort, »werden die Ergebnisse die moderne Kriegsführung verändern. Wir haben vor, unseren Schwerpunkt darauf zu setzen.«

Zum ersten Mal, seit er den Hörsaal betreten hatte, hob Stefan Frei den Kopf und sah Hannah in die Augen. Sie kramte ihre Sachen zusammen, um zu gehen.

20

Hannah saß an einem kleinen Tisch in der Nähe des Fensters, blickte hinaus auf das kalte, feuchte Kopfsteinpflaster des Ku'damms und wünschte sich, ihre Cousine wäre still, würde ihren heißen Kakao trinken und – wenigstens dieses eine Mal – tun, was sie ihr sagte, ohne zu widersprechen.

»Ich bin kein Kind mehr«, protestierte Sabine. »In wenigen Monaten werde ich achtzehn. Du willst nicht, dass ich erwachsen werde, Hannah, aber ich werde erwachsen, auch wenn du mir am liebsten immer noch eine rosarote Schleife ins Haar binden möchtest.«

Hannah stieß einen langen Seufzer aus, obwohl sie wusste, dass Sabine das schrecklich fand, doch sie waren sechzehn Häuserblocks durch den kalten Nieselregen gegangen, bevor sie ein Café gefunden hatten, das bereit war, sie zu bedienen, und Hannah war am Ende mit ihrer Geduld. »Ich will durchaus, dass du erwachsen wirst. Deswegen ist es ja so wichtig, dass du zu Miriam, der Cousine deiner Mutter, nach Chicago ziehst.«

»Ohne dich? Ohne Papa?«

»Wir bekommen keine Visa für uns alle drei. Für deinen Vater gibt es andere Möglichkeiten. Gestern habe ich von einem Programm gehört, mit dem jüdische Professoren an Universitäten in den Südstaaten arbeiten können. Er ist ein exzellenter Kandidat.«

»Und was ist mit dir, Hannah?«

»Ich habe einen Plan«, erklärte Hannah ihr. »Um mich musst du dir keine Sorgen machen. Ich habe hier noch etwas zu erledigen, bevor ich gehe, aber ich komme zu dir, so schnell ich kann. Oder das hier ist bald zu Ende, und dann kommst du zurück nach Berlin. Bis dahin nimmt Miriam dich auf. Du kannst in Chicago die Schule beenden. Oder in New York. Möchtest du nicht die Freiheitsstatue sehen? Den Grand Canyon?«

»Nein. Das eine interessiert mich so wenig wie das andere.«

»Du könntest in einen Laden gehen und dir ein Kleid kaufen. In jedem Café, wo es dir gefällt, könntest du etwas essen. Wieder ins Kino gehen. Dir im Kino den *Zauberer von Oz* ansehen.«

»Das ist ein Film für Kinder.« Entrüstet verdrehte Sabine die Augen. »Damit beweist du doch, dass ich recht habe mit meinen Worten.«

»Dann eben *Vom Winde verweht, Opfer einer großen Liebe* oder *Sturmhöhe* oder einen der anderen Filme, über die wir nur in Zeitschriften lesen können. Dein Vater und ich wollen nur dein Bestes …«

Am Fenster klopfte es leise. Auf dem Gehweg stand ein junger Mann. Er sah aus, als wäre er ungefähr in Sabines Alter, vielleicht ein wenig älter, hatte dunkle Augen und lockiges Haar sowie den ungemein hoffnungslosen Gesichtsausdruck eines verliebten Jungen. Um den Hals trug er einen Schal, den Sabine ein paar Wochen zuvor gestrickt hatte. Hannah musste sich beherrschen, damit sie nicht die Brauen hob. Sabine sah sie nicht an.

»Ich bin gleich wieder da.«

Sie lief zu der messinggefassten Glastür des Cafés und tauchte kurz darauf auf dem Gehweg auf. Der junge Mann und sie führten eine kurze, angeregte Unterhaltung, bei der ihre aufgeregten Atemzüge als weiße Dampfwolken aufstiegen. Sabine zog ihn am Ärmel, um ihn von dem Fenster wegzuführen, hinter dem Hannah saß. Unter einem Laternenpfahl blieben sie stehen und unterhielten sich noch einige Minuten. Er reichte ihr ein gefaltetes Blatt Papier, dann beugte er sich vor und küsste sie. Sabine blinzelte in Hannahs Richtung und erlaubte seinen Lippen, ihre Wange zu streifen, wich seinem Mund jedoch aus. Sie zog spielerisch an dem Schal und winkte ihm hinterher, als er ging. Als Sabine zu ihrem Stuhl im Café zurückkehrte, hatte sie gerötete Wangen und konnte ein Lächeln nicht unterdrücken.

»Was ist hier los?«, stichelte Hannah in der Annahme, er hätte ihr einen Liebesbrief zugesteckt. »Notizen für die Prüfungen?«

»Nicht«, sagte Sabine.

»Willst du mir nicht mal seinen Namen nennen?«

»Daniel«, antwortete Sabine, und wie sie es sagte, verriet Hannah alles, was sie wissen musste.

»Er ist süß. Hat er dir ein Gedicht geschrieben? Zeig doch mal!«

»Das ist privat.«

Hannah kannte die großen Augen und die trotzig geschürzten Lippen. Diese Miene hatte sie bei Sabine schon tausendmal gesehen. Ihre Cousine verheimlichte ihr etwas. »Sabine?«

Sabine gab nichts freiwillig preis, aber sie versuchte auch nicht, ihre Cousine daran zu hindern, ihr das Blatt aus der Hand zu nehmen und aufzuschlagen. Unter einer grotesken

Karikatur von Adolf Hitler stand in großen fetten Buchstaben: *Studenten! Ihr müsst Euch entscheiden!*

Hannah steckte das Flugblatt rasch in ihre Handtasche. »Hast du eine Ahnung, wie gefährlich das ist?«

»Ist es sicherer, sich in deinem Labor zu vergraben und nichts zu tun?«

»Ja! Ich bin keine Kämpferin wie du.«

»Mit geschlossenen Augen kämpft sich's auch schwer.«

Das saß. Hannah richtete sich auf und ließ schweigend den Blick durch den Raum schweifen. Ein Herr an einem Tisch in der Nähe linste über den Rand seiner Zeitung zu ihnen herüber.

»Ich versuche, Probleme zu lösen«, sagte Hannah, »statt in naivem Idealismus um mich zu schlagen. Statt mich und meine Familie in Gefahr zu bringen.«

»Lass uns einfach den Mund halten und unseren Kakao trinken!«

Sie schwiegen, bis Hannah schließlich sagte: »Wir sollten nach Hause gehen.« Schweigend gingen sie die sechzehn Häuserblocks zurück zur Wohnung. Als sie in der Eingangshalle stehen blieben, um nach der Post zu schauen, entdeckte Hannah oben auf den Messingbriefkästen ein Päckchen, auf dem ihr Name stand. Es war in braunes Papier eingeschlagen und mit einem hellblauen Band verschnürt.

»Von wem ist das?«, fragte Sabine.

»Woher soll ich das wissen?«, versetzte Hannah gereizt. Sie löste das Band, entfernte das Papier und öffnete die silberne Schatulle. Sie war innen mit Samt ausgeschlagen, und darin lag ein ungewöhnlicher Haarschmuck, ein diamantenbesetzter Kamm, in dessen Gestaltung zwei Motten von atemberaubender Schönheit eingearbeitet waren. Ihre zierlichen Körper waren aus Pâte de verre gearbeitet, die ausgestreckten Flügel beinahe durchsichtig, aus Onyx und Roségold gefertigt und mit winzigen rosafarbenen Diamanten und Saphiren besetzt. Die Motten sahen aus, als wollten sie jeden Augenblick losflattern. Ihre Sinnlichkeit und dunkle Eleganz verblüfften Hannah derart, dass sie die Schatulle rasch schloss und in ihre Tasche steckte. Sabine durfte sie nicht so ungeschützt sehen, so hingerissen über ein verbotenes Geschenk.

21

»Doktor Frei weiß, dass ich das nicht annehme.«

Entschlossen drückte Hannah Gregor die Schatulle mit dem Samtfutter in die Hand.

»Warum nicht?«

»Er kann meine Arbeit und meine Ideen nicht für den Preis eines Schmuckstücks kaufen, und sei es noch so ausgefallen.«

Gregor drückte die Schatulle an sich. »Als ich Annalise kennenlernte, wollte ich ihr etwas schenken. Einer meiner Professoren sagte: ›Schenken Sie ihr einen Hut. Frauen lieben Hüte.‹ Also kaufte ich ihr den elegantesten Hut, den ich mir leisten konnte, und sie trug ihn überall. Bis zum Tag unserer Hochzeit. Da gestand sie mir, dass sie ihn vom ersten Tag an verabscheut hatte. Sie fand, sie sehe darin aus wie ein Vogel Strauß. Doch sie trug ihn, denn sie wusste, dass ich ihr nur auf diese Weise sagen konnte, wie sehr ich sie liebte. Für uns Männer lassen sich Gefühle nicht immer in Worte fassen.«

Er hielt ihr die Schatulle wieder hin, doch Hannah schob die Hände noch tiefer in die Taschen ihres Laborkittels.

»Man muss auch praktisch denken, Hannah. Schließlich herrscht Krieg.«

»Ich lasse mich nicht kaufen.«

Mit einem Achselzucken und einem Seufzer schob Gregor die Schatulle in die Tasche. Er drückte Hannah einen Kuss auf die eine, dann auf die andere Wange. »Ich bin dann weg. Kehren Sie vor der Sperrstunde nach Hause zurück!«

»Versprochen«, sagte Hannah. Sie hatte die besten Absichten, doch als der Nachmittag in den Abend überging, war sie noch immer tief in ihre Arbeit versunken. Als sie merkte, dass sie die Sperrstunde verpasst hatte, kramte sie in ihrem Schreibtisch nach einer kleinen Dose mit Nüssen und Trockenfrüchten und wanderte mit ihrem Festmahl in einen abgelegenen Raum, den sie manchmal aufsuchte, wenn sie nachdenken wollte.

Das Labor, in dem Einstein die Feldgleichungen entdeckt hatte, versteckte sich in einem beinahe vergessenen alten Teil des Gebäudes. Sie schaltete eine Bogenlampe ein, deren helles Licht auf die Tafel fiel. Dann schrieb sie die Gleichung darauf, die sie den ganzen Nachmittag verwirrt hatte. Sie dachte eine Weile darüber nach, bis sie im Flur leise Schritte hörte. Diesmal war es Stefan, der unvorbereitet hereinkam und erschrak.

»Hallo«, sagte er. »Mir war nicht klar, dass außer mir noch jemand von diesem Raum weiß.«

»Ich komme oft her, wenn ich feststecke«, sagte Hannah. »Dann hoffe ich, dass noch ein bisschen was von Einsteins Genie in der Luft liegt.«

»Mein Vater hat ihn nach einem Vortrag zu uns nach Hause zum Abendessen eingeladen«, erzählte Stefan. »Da war ich acht Jahre alt. Er trug einen Cutaway, Halbschuhe und eine gestreifte Hose, an der ein Knopf fehlte. Ich fand seinen Aufzug prachtvoll.«

»Ja, nicht wahr?«

»Nach dem Abendessen las er mir aus seinem liebsten Kinderbuch vor. ›Denn es gibt hier ein schreckliches Gesetz – es wurde aus Versehen gemacht, aber da ist es nun –, wonach jeder, der sich eine Maschine wünscht …‹«

»›… sie bekommen und dauerhaft benutzen muss‹«, warf Hannah ein. »Die magische Stadt.«

»Ja. Sie kennen sie?«

»Mein Vater – *alav hashalom* – hat es mir vorgelesen. Ich frage mich gerade, ob wir auf der Suche nach der Wahrheit eine schreckliche Maschine herstellen, und die Welt muss sie dann benutzen und immer weiter benutzen.«

Stefan trat an die Tafel. »Da stecken Sie fest?«

»Das tut nichts zur Sache.« Hannah nahm den Filzwischer aus einer Mulde unter der Tafel, doch er hielt ihre Hand umklammert. Seine Berührung war fester, als sie erwartet hatte, vielleicht auch fester, als er es selbst beabsichtigt hatte. Die Berührung dauerte so lange, dass sie seine Haut spürte, die sich weich, glatt und warm anfühlte.

»Haben Sie Angst, ich könnte Ihnen die Ideen stehlen?«

Hannah bedachte ihn wortlos mit einem aufgebrachten Blick.

»Es wird Sie nicht trösten«, sagte Stefan, »aber es tut mir wirklich leid.«

»Und was ist mit Kurt? Tut es ihm auch leid?«

»Ich maße mir nicht an, für ihn zu sprechen.«

»Ein wahrer Wissenschaftler nutzt andere nicht aus«, stellte Hannah fest und entzog ihm die Hand. »Er arbeitet mit anderen zusammen.«

»Dann lassen Sie mich ein wahrer Wissenschaftler sein.« Stefan trat einige Schritte nach hinten, um die Gleichung im Ganzen zu erfassen. Er nahm ein Stückchen Kreide und ließ es in der Hand tanzen, als wollte er Würfel werfen. »Versuchen wir es mit x hoch fünf und schauen, was passiert.«

Er drosch mit der Kreide auf die Tafel ein wie eine Maschinengewehrsalve, als schlüge er einen Feuerstein an, um Funken zu erzeugen. Als die Gleichung umgewandelt war, rang Hannah scharf nach Luft.

»Ja!« Sie klatschte in die Hände. »Ja, das ist es.«

»Vielleicht liegt ja tatsächlich noch ein bisschen Einstein in der Luft.« Stefan schenkte ihr das großspurige Grinsen eines stolzen Schülers, doch es verblasste, als er Hannahs niedergeschlagene Miene bemerkte. »Was ist? Löst das Ihr Problem nicht?«

»Vergessen Sie es!«, verlangte Hannah.

»Bitte, ich habe mich entschuldigt. Mehr kann ich nicht …«

»Darum geht es nicht«, sagte Hannah.

»Worum dann?«

»Ich schlage mich seit drei Tagen mit einem Problem herum, das Sie in weniger als drei Minuten zwischen Abendessen und Theater gelöst haben.« Sie kopierte die Gleichung in ihr Labornotizbuch und freute sich über ihre Eleganz. »Was ist aus dem kleinen Jungen geworden, der Einstein geliebt hat?«

»Er ist immer noch genau der, der er immer war«, beteuerte Stefan. »Max Freis unreifer Sohn, der immer noch grün ist hinter den Ohren und weit hinter seinen Möglichkeiten zurückbleibt.«

»Vielleicht ist es Zeit, dass er erwachsen wird.« Hannah klappte das Notizbuch zu und steckte den Bleistift in den Knoten an ihrem Hinterkopf.

»Das wäre überaus gefährlich«, sagte Stefan, während sein Blick über die Gleichung an der Tafel schweifte.

»Was meinen Sie damit?«

»Nichts.« Er rieb sich die Hände, um den Kreidestaub loszuwerden. »Schauen wir, ob es funktioniert.«

22

Nachdem sie zehn Tage lang im Labor Sätze aufgestellt und überarbeitet, Hypothesen geprüft und noch einmal überprüft hatten, trat Stefan hinter Hanna und umfasste ihre Hände mit einer entspannten Zuneigung, die sich allmählich so natürlich anfühlte wie Zahlen, die sich aus einer zwingenden Formel ergaben.

»Es ist so weit«, sagte er. Hannah setzte die Neutronenquelle ein, und sie sahen zu, wie die Probe lebhaft grün fluoreszierte. Sie blickte auf den Sekundenzeiger der Wanduhr und zählte jedes Ticken, als die Farbe schwächer und schwächer wurde, fast verschwunden war und dann ganz erstarb. Stefan überprüfte die Daten und trug die angepasste Gleichung in sein teures ledergebundenes Laborbuch ein.

»Wie wäre es mit einem Proportionalverstärker?«, fragte er.

»Theoretisch gut«, sagte Hannah. »Wir müssen nur dafür sorgen, dass es funktioniert.«

»Also, genauer gesagt, Sie müssen dafür sorgen, dass es funktioniert. Ich muss nur die Lorbeeren dafür einstreichen.«

»Sehr witzig.« Hannah schlug ihm mit dem Handrücken auf den Arm. »Egal, Sie dürfen gern jedes verfügbare Lob einstreichen. Allein hätte ich das nie geschafft.«

»Ich auch nicht«, gestand Stefan. »Oben in meinem eigenen Labor kann ich nicht so gut denken.«

»Vielleicht ist es die geringere Höhe.«

»Ich wollte Sie schon die ganze Zeit etwas fragen«, setzte Stefan an, doch Hannah räusperte sich und wies mit einem Nicken zur Tür. Im Flur war das scharfe *Klack-Klack, Klack-Klack* teurer Absätze zu hören.

»Stefan?« Es war Ulrike. »Stefan Frei, bist du dort unten?«

Hannah zog sich hinter den Labortisch zurück. Stefan nahm Haltung an. »Hier!«, rief er.

In der Türöffnung tauchte Ulrike auf, sie trug ein schwarzes Seidenkleid, das mit kupferfarbenen Perlen besetzt war. Sie drehte sich leicht, um eine gewagte Seidenschleppe zu zeigen, die ihr über den Rücken fiel und die schlanken Muskeln unter der gepuderten weißen Haut betonten. Ulrikes Haar war mit Pomade nach hinten gekämmt, was ihre schrägen Wangenknochen und ihre ebenmäßigen Züge betonte. »Was hast du bloß in diesem Verlies hier unten verloren?« Sie warf einen flüchtigen, verächtlichen Blick in Hannahs Richtung. »Witzig, schließlich hast du dich doch nie sonderlich für deine Arbeit interessiert.«

»Ich habe mich nie für irgendetwas besonders interessiert«, sagte Stefan. »Liebst du nicht genau das an mir?«

Bei dem Wort *liebst* bemerkte Hannah ein leichtes Zucken in Ulrikes Mundwinkeln.

»Hast du vergessen? Heute Abend sehen wir *Die Walküre*. Lotte hat ihr Debüt. Wir sind sowieso schon zu spät, und nun müssen wir noch bei dir vorbeifahren, damit du die passende Abendgarderobe anziehen kannst.«

»Das habe ich nicht vergessen. Ich bin mir nur nicht sicher, ob ich im Augenblick überhaupt Zeit für einen Opernbesuch habe.«

»Aber ich habe Lotte versprochen, dass wir kommen.«

Hannah beobachtete, wie Stefan mit dem Daumen über die Kante des Arbeitstisches fuhr, das alte Holz abtastete, als suchte er Runen oder einen in Stein gehauenen alten Text. Er vermied es bewusst, Hannah anzusehen, und sie spürte, wie ihr vor Gereiztheit die Hitze ins Gesicht stieg. Er benahm sich wie ein verwöhntes Kind, das keine Wahl treffen und keine Verantwortung für seine Entscheidung tragen will.

Ulrike trat auf ihn zu und zupfte ihm einen unsichtbaren Faden vom Revers. Dann senkte sie die Stimme zu einem leisen Murmeln. »Henry Ford und seine Frau werden auch dort sein. Er und seine Leute möchten dich gern treffen, Stefan. Er kommt mit einem Angebot, die deutsche Produktionslinie von Ford für militärische Zwecke umzubauen. Sie erwarten uns in zwanzig Minuten zu einem Cocktail. Kurt hat sich um eine Privatsuite im französischen Restaurant gekümmert.«

»Ja, richtig.« Stefans Tonfall war seltsam ausdruckslos. »Ford.«

»Stefan, Schatz, hier steht sehr viel Geld auf dem Spiel. Kurt verlässt sich darauf, dass du dabei bist. Du hast fünf Minuten, um zu mir in den Wagen zu steigen. Wenn du dich entscheidest, bei *ihr* zu bleiben, kann ich für nichts garantieren.« Sie drehte sich auf dem Absatz um und fegte zur Tür hinaus.

Stefan fluchte leise. »Lassen Sie uns morgen weitermachen!«

»Selbstverständlich«, stimmte Hannah zu. »Man darf nicht vergessen, was wirklich wichtig ist. Schließlich sind wir im Krieg.«

Sie unternahm keinen Versuch, ihren beißenden Tonfall zu mildern. Allerdings kannte sie ihn inzwischen gut genug und wusste, dass er nicht auf ihre Provokation eingehen würde. Dazu wäre ein gewisses Maß an Prinzipien erforderlich, das

Bemühen, einen anderen Weg als den des geringsten Widerstands zu gehen. Und dazu war er nach Hannahs Überzeugung nicht in der Lage.

»Warum gehen Sie nicht nach Hause und schlafen ein wenig?«, fragte er, während er seinen Laborkittel auszog und einen Überrock vom Haken nahm. »Wir sind seit Tagen am Arbeiten und haben eine Pause verdient.«

»Wie wollen Sie das wissen? Ihr ganzes bisheriges Leben war eine einzige Pause«, spottete sie und wandte sich von ihm ab.

»Und Ihr ganzes Leben spielt sich in diesem Keller ab.«

»Sie sagen das, als hätte ich eine Wahl.«

»Hannah.« Er legte ihr die Hände auf die Schulter und drehte sie zu sich um. In seinen Augen lag eine seltsame Mischung aus Dringlichkeit und Unentschlossenheit. »Vertrauen Sie mir?«

»Wie bitte?«

»Eine ganz einfache Frage: Vertrauen Sie mir? Wir waren zehn Tage hintereinander sechzehn Stunden am Tag zusammen in diesem Labor. Wir haben zusammen Fortschritte und Rückschläge erlebt und über Wissenschaft, Ehrgeiz und unsere Kindheit gesprochen. Habe ich nicht auf irgendeiner Ebene Ihr Vertrauen verdient?«

Hannah wunderte sich, warum er ihr diese Frage stellte, und wusste nicht, was sie antworten sollte. »Guten Abend, Herr Doktor Frei. Viel Spaß in der Oper.«

Er ließ sie in der Stille und Einsamkeit des Labors stehen, das ihre Zuflucht gewesen war. Das hatte er ihr geraubt, wie sie jetzt erkannte. Die Tafeln waren voll von seinen Hieroglyphen, und in der Luft hing der Duft nach Cognac, Bergamotte und Tabak. Ihre Schultern schmerzten, obwohl seine Berührung federleicht gewesen war. Es verunsicherte sie, als sie begriff, dass sie gegen seinen Charme genauso wenig immun war wie Karin. Die hatte sich in den letzten Tagen zum Narren gemacht, war früh gekommen und lange geblieben und hatte an Stefans Lippen gehangen. Sie hatte ihm Strudel mitgebracht, den ihre Mutter gebacken hatte, und dafür gesorgt, dass sein Kaffee ordentlich heiß und süß war. Wenn Stefan sie am Abend für ihr Engagement lobte und darauf bestand, sie müsse jetzt nach Hause gehen und sich ausruhen, glühte Karin wie ein Röntgenstrahl. Hannah erstarrte bei dem Gedanken, dass er sie genauso manipulierte, indem er ihr das Gefühl gab, unersetzlich und genial zu sein. Er appellierte an ihre Sehnsucht nach professionellem Respekt und ließ gerade so viel Persönliches und körperliche Zuneigung ins Gespräch einfließen, dass sie glauben konnte, sie kämen einander näher.

Die Antwort auf seine Frage lautete also: Nein, sie vertraute ihm nicht. Doch sie mochte ihn. Das konnte sie nicht leugnen. Sie freute sich, wenn er morgens kam, denn sie wusste, dass die gemeinsame Arbeit in ihrem Gehirn einen Gewittersturm entfachen würde. Vorher war der Raum still, feucht und trist gewesen, jetzt knisterte er vor Ideen, Lachen und genialen Geistesblitzen. Sie tanzten leichtfüßig, fast euphorisch um den Labortisch. Die Chemie zwischen ihnen stimmte. Doch das Beste an Stefan war nicht das Strahlen, das er in den Raum brachte, sondern das Strahlen, das er aus ihr hervorlockte. Hannah hatte sich noch nie so lebendig und so sehr am richtigen Platz gefühlt. Wenn er über die Möglichkeiten der Fission sprach, war sie sich jedes einzelnen Kreidestaubmoleküls an ihren Fingerspitzen bewusst. Schon als Kind hatte sie gewusst, dass etwas Schlafendes, Unsicheres und Beglückendes in ihr steckte, das jetzt endlich einen Kontext bekommen hatte. Wenn sie die Augen schloss und Stefans Stimme lauschte, unterlegt vom Kratzen der Kreide auf der Tafel, hatte sie das Gefühl, am Rand eines neu geordneten Universums zu stehen. Das Theoretische wurde greifbar. Endlich waren alle seit Langem vorgestellten Möglichkeiten, die in der Nutzbarmachung der Atomenergie lagen, die Anwendungen ihrer wildesten Träume, alles, wofür ihr Vater sie aufgezogen hatte, in unmittelbare Reichweite. Diese Klarheit, so greifbar, erschreckte sie, doch vor allem erregte sie dieses Wissen bis ins Innerste.

23

Das Fest hatte sich bis auf einige versprengte Nachzügler aufgelöst. Der Typ mit den Cowboystiefeln tanzte jetzt mit einer Flasche Jim Beam. Jack zündete sich die dritte Camel an und bot Hannah eine der Zigaretten an. Sie lehnte ab und nahm stattdessen einen Schluck von ihrem Eistee.

»Nur damit ich es recht verstehe, Frau Doktor Weiss: Ich soll Ihnen glauben, dass Sie kurz vor der wichtigsten wissenschaftlichen Entdeckung unserer Zeit standen, doch als Stefan Frei in die Oper fuhr, gingen Sie einfach nach Hause? ›Meinetwegen, dann gehe ich eben heim und schaue, was im alten Volksempfänger gesendet wird.‹ Jetzt kommen Sie schon!«

»Major Delaney«, sagte Hannah voll aufrichtiger Bewunderung, »Sie beeindrucken mich immer wieder mit Ihren Kenntnissen der deutschen Kultur. Es sei denn, das lustige Wort gefällt Ihnen einfach. Wissen Sie überhaupt, was das ist?«

»Ein Volksempfänger ist ein kleiner Mittelwellenrundfunkempfänger, der den Deutschen als billige Unterhaltung verkauft wurde. Er erwies sich als stärkstes Propagandainstrument, das je erdacht wurde.«

»Beeindruckend.«

»Bei uns im Büro nennen wir es Goebbels-Schnauze.«

»Ja! Wegen der großen, runden Nase«, sagte sie. »Die Vorstellung von einem Radio in jedem Heim, das war neu, und die Konstruktion war pfiffig, kompakt, ziemlich verlässlich und in einem ansprechenden Bakelitgehäuse. Man konnte es in allen möglichen Farben haben. Oder Schildpatt. Das gefiel mir am besten. Sabine flehte mich an, mit ihr ins ... oh, wie nennt man einen Laden für Kleinkram?«

»Five-and-dime?«

»Ja, *Fivandime*«, wiederholte sie den Begriff, um ihn sich einzuprägen, auch wenn sie nur ahnte, was er bedeutete. »Ich habe ihr einen knallblauen gekauft. Sie hat sich Nagellack von mir ausgeliehen und kleine rote Blumen daraufgemalt.«

»Erzählen Sie mir von Sabine!«, bat Jack.

»Das wissen Sie doch schon.« Hannah holte eine Puderdose aus ihrer Handtasche und frischte ihren dunkelroten Lippenstift auf. »Sie schickt die Postkarten.«

»Das glaube ich genauso wenig, wie ich glaube, dass Sie von Ihrer Arbeit mit Doktor Frei nach Hause gegangen sind. Wir sind uns ähnlicher, als Sie sich vorstellen können, Hannah, Sie und ich. Wir sind beide extrem ehrgeizig, gefährlich ehrgeizig. Bei einer Sache, auf die ich mein Leben lang hingearbeitet habe, gebe ich niemals auf. Genauso wenig wie Sie.«

»Ich habe sie nicht aufgegeben«, sagte Hannah. »Sie wurde mir genommen.«

»Sie konnten sich doch sicher vorstellen, wohin diese aufregenden Entdeckungen führen würden, in welche Hände diese Maschine gegeben würde. Sie wussten von den Lagern.«

»Ich glaubte mich in Sicherheit«, erklärte Hannah. »Mein Dienstherr beteuerte, ich sei sicher, weil ich für die Klärung entscheidender offener Punkte gebraucht wurde. Ich war österreichische Staatsbürgerin und die Tochter eines deutschen Kriegshelden, wodurch ich nicht ...«

»Aber Ihr Onkel und Ihre Cousine …«

»Ich dachte, ich könne sie beschützen.«

»Wie? Indem Sie mit den Nazis kooperieren?«

»Wir haben es nicht als Kooperation mit den Nazis betrachtet, Brot nach halb sechs kaufen zu müssen. Wir haben uns an die Gesetze gehalten und unser Möglichstes getan, um zu überleben.«

»Was für ein Leben ist das, mit einem Knobelbecher im Nacken durch den Tag zu kriechen?«

»Sie klingen genauso naiv wie Sabine«, befand Hannah, und der Anflug eines Lächelns umspielte ihre Mundwinkel.

»Ich hätte niemals so leben können. Ich hätte mich gewehrt.«

»Ihr Amerikaner«, schnaubte Hannah, »ihr seid so verdammt selbstgefällig. ›Gebt mir Freiheit, oder gebt mir den Tod!‹ Ihr sagt das so leicht, weil ihr nie zwischen Würde und Tod wählen musstet. Zwischen Liebe und Brot. Ihr gebt den Juden die Schuld für ihre eigene Auslöschung, weil ihr es nicht über euch bringt zu sagen: ›Es hätte auch mich erwischen können.‹«

»Ich verstehe«, lenkte Jack ein. »Aber die Menschen in den Vereinigten Staaten würden niemals zulassen, dass so etwas geschieht. Wir glauben an das Prinzip, dass alle Menschen gleich sind …« Als er bemerkte, dass sie ihn auslachte, behielt er den Rest für sich.

»Oh, wurde der Alice-Paul-Zusatzartikel beschlossen, der Frauen gleiche Rechte einräumt? Irgendwie habe ich das nicht mitbekommen«, sagte sie. »Ich bin verwirrt. Gibt es nicht besondere Eingänge und Trinkwasserbrunnen exklusiv für Menschen arischer Abstammung? Japanische Familien in Lagern ein paar Hundert Meilen von hier? Country Clubs und Colleges, zu denen Juden keinen Zutritt haben?«

Jacks Miene wurde zu Stein. Er stützte die Ellbogen auf die Knie und legte die Fingerspitzen aneinander, während er über die nächste Frage nachdachte. »Warum sind Sie dann hier, Frau Doktor Weiss? Warum wollen Sie, dass die Vereinigten Staaten, dieses schreckliche, despotische Land, einen Krieg gewinnt, wenn wir ziemlich verlässlich dafür sorgen, dass die Nation zur Supermacht wird, die über Generationen die ganze Welt beherrschen wird?«

»Hätte ich so tun sollen, als empfände ich tiefe Loyalität meiner Wahlheimat gegenüber, Major Delaney? So tun sollen, als hätte ich der Heimat, die ich geliebt habe, freiwillig den Rücken gekehrt? Wir wissen beide, dass Sie das augenblicklich durchschaut und angenommen hätten, ich sei eine Spionin. Also habe ich uns beiden die Mühe erspart. Aber jetzt nehmen Sie an, ich wäre eine Spionin, weil ich *nicht* so getan habe.«

»Ich nehme nichts an, Frau Doktor Weiss. Ich grabe Fakten aus und ziehe Schlussfolgerungen, genau wie Sie. Meine Loyalität gilt der Wahrheit.«

»Wahrheit! Freiheit! Hochtrabende Ideale. Und doch sehe ich eine gewisse ...«

»Was?«, hakte Jack nach, als sie ihren Satz unvollendet ließ.

»Ich bin mir nicht sicher«, sagte sie. »Traurigkeit vielleicht. Einsamkeit auf jeden Fall. Und vielleicht auch Desillusionierung.«

»Kommen wir zurück zu den Fakten!«

»Ja, unbedingt.«

»Mit allen erforderlichen Mitteln, falls nötig«, bestätigte Jack.

Hannah bemerkte, dass sein Tonfall nicht drohend war, sondern ruhig und entschlossen, als wären sie an einem Bahnübergang angelangt und er wollte sie warnen, dass ein Güterzug heranrollen könnte.

»Erzählen Sie mir noch den Rest über die Gleichungen!«, bat er.

»Sie haben es falsch angefangen«, sagte Hannah. »Sie waren blinde Männer mit einem Elefanten, und die meisten wollten keine Jüdin um Rat fragen.«

Jack beugte sich vor. »Die meisten?«

»Es gab einige Ausnahmen.«

»Als da wären …«

»Gregor Stern«, sagte Hannah, »wie Sie bereits herausgefunden haben.«

»Und Stefan Frei.«

»Der arische Goldjunge?« Sie steckte eine widerspenstige Locke zurück unter ihren diamantenbesetzten Haarkamm. »Er war der Nächste in der Reihe derer, die das Institut leiteten, stand kurz vor einem Geschäftsabschluss mit Henry Ford und hatte vielleicht sogar Aussichten auf den Nobelpreis.«

»Frau Doktor Weiss«, sagte Jack leise, doch mit großer Dringlichkeit und nicht dem geringsten Anflug von Nachgiebigkeit, »begreifen Sie, was hier auf dem Spiel steht? Sie haben mit dem Architekten von Hitlers Atombombenprogramm zusammengearbeitet.«

»Stefan Frei hat mit niemandem zusammengearbeitet. Er hat nur Leute gefunden, die er benutzen konnte.«

»Wenn Sie so nützlich waren, warum ließ er Sie dann gehen?«

»Das müssen Sie ihn fragen.«

»Ich frage aber Sie«, insistierte er. »Ich will wissen, warum Sie, eine Jüdin, mit den Nazis kooperiert haben.«

»Wir haben alle unser Möglichstes getan, um zu überleben.«

»Nicht alle. Also, warum?«

»Regierungen kommen und gehen«, wehrte sie ab. »Einige

der Schikanen fühlten sich bloß an wie ein weiteres Schwingen des Pendels.«

»Zuerst.«

Hannah nickte. »Die Nazis hassen Juden. Da sind sie nicht die Ersten in der Geschichte. Sie sind nur außergewöhnlich erfolgreich darin.«

»Sie müssen sich für eine Seite entscheiden, Hannah.«

»Muss ich das? Muss ich das wirklich? Kriegszeiten sind Zeiten verstärkter Verbindungen und Trennungen. Unsere Loyalität gegenüber allem, was wir lieben, bekommt eine gefährliche Vorrangstellung, und unsere Angst vor allem, was wir hassen, hüllt sich in den Schafspelz der Rechtschaffenheit.«

»Und Sie glauben nicht, dass die Liebe den Hass überwinden wird?«

»Warum sollte jemand dieses Gefühl tröstlich finden?« Hannah lachte. »Durch die Geschichte hindurch wurde mehr Zerstörung durch Liebe motiviert, als Hass jemals entfachen könnte. *In Kriegszeiten,* Major Delaney, ist Liebe gefährlich. In Kriegszeiten wird Anziehung unbeständig. Es entspricht der menschlichen Natur, Anziehung zu sexualisieren, und es ist die Natur der Natur, Anziehung zu bilden. In gewisser Weise ist es einfacher als Atomphysik.«

»Hannah.« Jack seufzte. »Hätte ich Zeit, hier zu sitzen und mir so etwas anzuhören, bliebe ich gern die ganze Nacht lang. Aber ich habe keine Zeit, ebenso wenig wie Sie. Sie haben hier eine Chance, mir die Wahrheit zu sagen, und ich meine die ganze Wahrheit. Andernfalls befinden Sie sich in einer extrem schwierigen Lage.«

Als Hannah nicht zusammenzuckte, legte er noch einen Gang zu.

»Wissen Sie, was die in Leavenworth mit Spionen machen,

Fräulein? Spione sind keine normalen Inhaftierten, die den Schutz durch die Genfer Konventionen genießen, oder amerikanische Bürger, die durch die Konstitution geschützt sind. In Kriegszeiten gelten Spione als Staatsfeinde. Sie werden *verhört.*« Er artikulierte das Wort sorgfältig und gewährte ihr einen Augenblick Zeit, sich die Bedeutung des Wortes auszumalen. »Und dann kommen sie vor ein Militärgericht. Ohne Geschworene. Ohne die Möglichkeit, in Berufung zu gehen. Meiner Erfahrung nach werden Urteile gnadenlos und rasch gesprochen. Die einzige Hoffnung, die Sie haben ...«

»Sie haben sich deutlich ausgedrückt«, fiel Hannah ihm ins Wort. Ihr Blick schweifte über die Reste einer Party, zu der sie nie gehören würde, und über die tanzenden Betrunkenen und Paare, die in dunklen Ecken knutschten. »*In Kriegszeiten*. Dieser Ausdruck geht mir durch und durch. Ich habe keine Zeit erlebt, in der nicht Krieg herrschte, und viel zu oft habe ich gehört, wie dieser Ausdruck als einziger Grund für die Schrecken heraufbeschworen wurde, die man rechtfertigen wollte.«

Als sie sich zurücklehnte, wirkte ihr zierlicher Körper zwergenhaft in dem Lehnstuhl. Für einen Augenblick dachte Jack, er hätte ihr Angst eingejagt, doch sie begegnete seinem Blick ohne Rechtfertigung, entschlossen, so weiterzumachen. Dann schrieb Hannah, immer noch schweigend, etwas auf eine Serviette, schob diese über den Tisch, stand auf und ging.

White's Diner
Santa Fe
Morgen um fünf.

24

Feldnotiz
10.April 1945
Betreff: Gefährdung der Belegschaft von Site Y
An: Donovan
Von: Delaney
Zusammenfassung: (1) Nachdem die über 70 unentbehrlichen und entbehrlichen Mitarbeiter von Site Y entlassen wurden, die Reichls Petition unterzeichnet haben, können wir mit recht großer Gewissheit schließen, dass die Loyalität mager, die Verpflegung schlecht und es leichtsinnig ist, europäischen Wissenschaftlern darüber hinaus, was für ihre Tätigkeit unerlässlich ist, sensible Informationen anzuvertrauen. (2) Weiss ist alles andere als mitteilsam, was ihre Beziehung zu Stern angeht – der Verbindungsmann für denjenigen, der tatsächlich an der Dose am anderen Ende der Schnur sitzt. Der Verdacht weist deutlich auf Frei, S.
Empfehlung: Weiss ist an wechselnden Orten weiter zu vernehmen.

25

In der Quonsetbaracke, in der sein Büro untergebracht war, ging Jack vor einem Fenster auf und ab, warf einen Gummiball von einer Hand in die andere und drückte ihn mit aller Kraft zusammen. Blutorangerot versank die Sonne hinter dem zahnlückigen Gebirgskamm hinter Los Alamos und tauchte die Berge in Bernstein, Violett und Rot. Jack freute sich über die atemberaubende Aussicht, doch der heilige Gleichmut des Ortes drang nicht zu ihm durch. Er bevorzugte die hektische Klaustrophobie des Stützpunktes mit den Telefonkabeln, die sich überkreuzten, den Leinen voller Wäsche, die im Wind flatterte, und den notdürftig verlegten Elektroleitungen. Er war Raster gewöhnt: Stahl, Wolkenkratzer, Mietskasernen, die schrägen Schatten der Hochbahnen. In New York City sah man den Horizont nur selten; hier gab es nichts als Horizont. Der Himmel, von einem pulsierenden Türkis, erstreckte sich meilenweit, was in Jack ein unbehagliches Gefühl von Ausgesetztsein aufkommen ließ.

»Wollten Sie nicht in das Diner nach Santa Fe, um sich mit, Sie-wissen-schon, zu treffen?«, fragte Epstein.

»Ich dachte, ich lasse sie eine Weile sitzen und schmoren. Sie muss endlich begreifen, dass sie unbedingt mit mir reden sollte.«

»Sind Sie sicher, dass es nicht umgekehrt ist?«

Jack ließ den Ball fallen, und Epstein stürzte sich darauf.

»Tut mir leid, Sir«, sagte Epstein und reichte ihm den Ball. »So etwas zu sagen steht mir nicht zu.«

»Sagen Sie nur offen, was Sie denken, Lieutenant!«

»Sir, mit Verlaub, soweit ich beobachten konnte, hat Frau Doktor Weiss eine gewisse Wirkung auf bestimmte Menschen. Damit meine ich nicht Sie, aber nehmen Sie zum Beispiel Peter Reichl. Er ist schon eine Weile von seiner Frau getrennt und womöglich ein wenig …«

»… einsam«, sagte Jack.

»So kann man es auch nennen.«

»Sie meinen, ich schaue mir Frau Doktor Weiss nicht gründlich genug an?«

»Im Gegenteil«, sagte Epstein. »Sie sind so auf sie als Verdächtige fixiert, dass Sie möglicherweise das große Ganze nicht mehr sehen.«

Epstein überprüfte den Fernschreiber. Es war später Nachmittag, und so ratterte er gerade die Tagesliste der Toten heraus, ein schier endloser Marsch, der sie mit jedem Trommelschlag daran erinnerte, wie wichtig ihre Aufgabe war.

»Interessant«, meinte Dr. Epstein. »In Chicago hat Frau Doktor Weiss ihre Cousine als nächste Verwandte angegeben, aber hier in Los Alamos nicht.«

»Wie will man einer Toten auch Postkarten schicken?«, fragte Jack.

Er mochte es nicht, wenn er angelogen wurde, und noch weniger gefiel es ihm, dass Oppenheimer und Groves – und jetzt auch noch Epstein – ihn mit Andeutungen piesackten, eine flüchtige Attraktion für Hannah Weiss könne seine Ermittlungen beeinflussen. Seine Reaktion war übertrieben heftig, doch er war stolz darauf, schwer zu durchschauen zu sein, und Groves gehörte zu jenen, die nur zu gern jede kleine Pikanterie in die Akten aufnahmen, um sie womöglich irgendwann einmal als Druckmittel einzusetzen. Wer würde sich in einer Welt der Laborkittel, Westen und olivgrauen Uniformen nicht zu einer schönen Frau hingezogen fühlen? Vielleicht dachte Groves dasselbe, was auch Jack durch den Kopf gegangen war – dass sie reizend war, dass ihre Anwesenheit an diesem Wüstenort ein wenig zu sehr wie die unberührbare Blüte eines Senitakaktus war, geschützt von gefährlichen grauen Stacheln. Was sie umso reizvoller machte.

Das Telefon klingelte, und Epstein stürzte sich darauf. »Büro von Major Delaney.« Er hörte zu und machte sich an dem großen Chefschreibtisch, den er immer benutzte, eifrig Notizen. Wie ein Pennäler. Doch Jack mochte seine Schrullen. Der Lieutenant legte die Hand über die Sprechmuschel und sagte: »Sie haben Gregor Stern.«

»Ausgezeichnet!«, rief Jack, doch ein eifersüchtiges Flattern machte sich in seinem Innern bemerkbar. Er sollte dort sein, in Europa, nicht hier in der Wüste, um unter einem Fels nach Skorpionen zu stochern. Trotzdem, es waren gute Nachrichten. Epstein freute sich, als wären Chanukka, ein Blowjob und Käsekuchen zum Nachtisch in der Kantine auf einen Tag gefallen. Schwungvoll legte er den Hörer auf und rief: »Steck es dir in deine Bratwurst, und rauch's!«

»Gut, Gladys, geben Sie mir nur die Informationen!«

»Colonel Pash und die Alsos-Spione haben den ganzen Abend die Post in Zürich überwacht. Vor zwei Stunden, was sagt man dazu, taucht Gregor auf. Geht geradewegs zum Postfach. Schaut nicht mal über die Schulter. Sie beobachten, wie er etwas in seine Brusttasche steckt, und *Zack!*, greifen sie zu. Sehr schön. Mit eindeutigen Beweisen, da konnte der Schweizer nichts machen. Und Sie kennen Pash.«

»Allerdings.«

Colonel Boris Pash, gebürtiger Weißrusse, war gebaut wie ein Hydrant. Als fanatischer Kommunistenhetzer wartete er auf den Tag, an dem die Romanows wieder den Thron bestiegen und er in sein Heimatland zurückkehren konnte. Wenn er sich etwas in den Kopf gesetzt hatte, stellte man sich ihm besser nicht in den Weg; es scherte ihn nicht, wenn dabei jemand zu Schaden kam. Das wusste Jack aus eigener Erfahrung. Er drückte den Gummiball in der rechten Hand und folgte dem Brennen des verletzten Nervs vom Handgelenk den Arm hinauf bis in den Nacken.

»Es war einiges an Überzeugungsarbeit vonnöten«, berichtete Epstein, »doch nach einigen Stunden wurde Stern fromm.«

»Und?«

»Die Postkarten waren für unseren arischen Freund Stefan Frei.«

Das war der Beweis. Hannah Weiss arbeitete direkt mit dem Physiker zusammen, der jetzt das Team deutscher Nobelpreisträger anführte, die die Bombe bauten. Entgegen ihren Beteuerungen hatten sie ihre Gespräche und vielleicht auch ihre Arbeit fortgesetzt, nachdem sie Deutschland verlassen hatte. Jack spürte, wie die tickende Uhr weiterrückte.

»Sterns Postkarte, was stand darauf?«

Epstein reichte Jack einige hastig hingekritzelte Zeilen.

Bewund'rung von Kindern und Affen,
Wenn euch darnach der Gaumen steht;
Doch werdet ihr nie Herz zu Herzen schaffen,
Wenn es euch nicht von Herzen geht.

Jack faltete die Verse, steckte sie in seine Tasche, seinerseits begierig auf ein vertrauliches Gespräch *Herz zu Herze.* »Wenn Sie mich jetzt entschuldigen, Lieutenant. Ich habe eine Verabredung.«

26

»Es erinnert mich an die Festungen, die Ulrike und ich im Wald gebaut haben«, sagte Stefan angesichts des primitiven Prototyps eines Reaktors, den sie auf dem Boden in Hannahs Kellerlabor zusammengeschustert hatten. »Wir haben stundenlang gebaut und wollten draußen kampieren, doch am Ende kam immer unweigerlich Kurt und hat alles eingerissen.«

»Interessant«, kommentierte Hannah abwesend. Sie war mit ihrem Notizbuch befasst, in das sie die genaue Entfernung zwischen dem Wassertank auf dem Boden und der Aluminiumkugel notierte, die darüber hing.

»Interessant?« Stefan lachte. »Eindeutig nicht.«

»Ich habe zugehört«, beharrte Hannah. »Ulrike, Wald, kampieren, Kurt, eingerissen. Lassen Sie uns hoffen, dass er hier nicht dasselbe anstellt.«

Stefan verstellte die Kette, und Hannah reichte ihm das Notizbuch, damit er seine Notizen neben ihre Anmerkungen setzen konnte. »Je weniger er von mir sieht, desto misstrauischer wird er. Die letzten paar Wochen … er weiß, dass ich an etwas arbeite.«

»Bereit?«

Stefan nickte. Hannah drehte eine schwere Kurbel, womit sie die Kugel ins Wasser absenkte.

»Wenn die Abschirmung funktioniert wie vorhergesagt, müsste das Wasser innerhalb von wenigen Tagen warm werden und blubbern. Wenn nicht …«

Das Ticken des Neutronenzählers erhob sich zu einem aufgeregten Geschnatter und wurde dann zu einem Dröhnen. Dampf stieg aus dem aufgewühlten Wasser auf.

»Der Zähler übersteuert. Er kann die Intensität nicht mehr erfassen«, sagte Stefan.

»Ich schalte auf den Messschreiber um.« Hannah drehte den Schalter, und die Schreibfeder an ihrem Drahtschwingarm schlug kräftig aus. »Holen Sie die Probe heraus, schnell!«

Stefan drehte die Kurbel und zog die Kugel wieder hoch in die Luft. Einen Augenblick lang standen beide da und sahen sie an, als würden sie an derselben Stahlkette hängen. Auf den plötzlichen Ausbruch der blauen Flamme waren sie nicht vorbereitet. Hannah schrie auf und bedeckte die Augen, während Stefan sie zur Seite zog und mit seinem Körper abschirmte. Es gab ein gespenstisches Poltern, ein Becherglas zerbrach mit schrillem Klirren. Die Luft schien in Flammen zu stehen, erfüllt vom Knistern und Schimmern blauer Aureolen. Die Probe war in Flammen gehüllt, die in einem ansteigenden Diskant sangen, während Gas austrat. Hannah goss einen Eimer Wasser darüber, doch die Flammen brannten höher und heller. Stefan hastete zum Labortisch, um das chemische Löschmittel zu holen.

»Hannah, gehen Sie raus! Das explodiert gleich!«

»Nein! Das Notizbuch …«

Hannah tastete im Rauch nach dem Notizbuch, und Stefan warf das Pulver über die zischenden Flammen. Das Feuer reduzierte sich auf einen seidigen schwarzen Kern. Einen

Augenblick lang standen sie reglos da, und dann brachen sie einvernehmlich in schallendes nervöses Gelächter aus.

»Mist!« Stefan hustete. »Geht es Ihnen gut?«

Hannah nickte, denn sie hatte Mühe, in dem beißenden Nebel zu atmen. Sie öffneten die Fenster, und frische Winterluft fegte herein.

»Wie wäre es mit einem Spaziergang?«, krächzte Stefan, und Hannah nickte noch einmal.

Sie zogen warme Mäntel an und verließen das Labor durch die Seitentür, die in die Gasse führte. Hannah beeilte sich, mit Stefans langen Schritten mitzuhalten, bis sie die Ecke des Gebäudes erreichte und stehen blieb. Dort wartete sie, bis er merkte, dass sie nicht mehr an seiner Seite war. Amüsiert sah sie zu, wie er den halben Häuserblock weiterging und angeregt eine Geschichte erzählte, während sein Atem in kleinen Wolken über seinen ausholenden Gesten aufstieg. Schließlich hielt er inne, fuhr herum und kehrte zu ihr zurück. »Stimmt etwas nicht?«

»Das ist wohl eine Frage der Perspektive.«

»Tut mir leid. Sperrstunde. Ich habe nicht nachgedacht.«

»Es muss schön sein«, sagte Hannah, »spazieren zu gehen, wann und wohin man will, ohne sich Gedanken machen zu müssen. Wenn das hier vorbei ist, werde ich diese Vorzüge nie wieder als selbstverständlich erachten.«

»Sie klingen wie mein Vater.« Stefan bot Hannah eine Zigarette an, dann hielt er ihr das Feuerzeug hin. »Ich weiß nicht, wie intelligente und hochgebildete Menschen auf den Gedanken kommen, wir würden eines Morgens aufwachen und feststellen, dass die Uhr zehn Jahre zurückgedreht wurde. *Guten Morgen! Hitler ist immer noch Kunstmaler in Wien. Es wird freie Wahlen geben. Und wir sind alle wieder achtzehn.*«

»Aber die klügsten Menschen – Max und Gregor und auch

mein Onkel – sagen, dass die Dinge sich ändern. Selbst Sabine ist überzeugt, wenn nur genügend Menschen darauf drängen …«

»Sie wissen nicht alles, was es zu wissen gibt.«

»Aber Sie?«

Er antwortete nicht, sah ihr nicht in die Augen.

»Stefan? Was wissen Sie?«

»Wenn es so verdammt leicht ist, die Welt zu verändern«, meinte er, »warum passiert es dann nicht öfter?«

»Weil die Menschen alle viel zu tun haben, und hin und her hetzen oder weil es ihnen schlicht gleichgültig ist, aber sie … oh!« Hannah drückte die Fingerspitzen an die Schläfen. »Aber natürlich! Ich verstehe nicht, warum wir es nicht gesehen haben, Stefan. Es war die ganze Zeit direkt vor unserer Nase!«

»Was nicht gesehen haben?«

»Das! Das!« Hannah fasste ihn am Ellbogen und zog ihn in ein breites Rechteck aus Licht unter der Gaslampe. Sie sank auf die Knie und kritzelte hektisch in den flachen Schnee. »Eins erzeugt zwei, zwei erzeugen vier … und? Und?« Sie blickte zu ihm auf und zog ungeduldig einen Kreis in die Luft. »Kommen Sie schon!«

»Eine Kettenreaktion.«

»Also, Ihre Frage … Das ist die Antwort. Warum geschieht es nicht öfter? Oder, noch wichtiger: *Wann* geschieht es? Es gibt zwei Möglichkeiten.« Sie stand wieder auf und hakte sich bei ihm unter. »Wir gehen an einem sonnigen Tag in Berlin die Straße hinunter. Die Menschen haben es eilig, wollen schnell an ihr Ziel. Sie bemerken kaum die Menschen neben sich. Doch jetzt, jetzt gehen wir die Straße hinunter, und es schneit … *stapf, stapf* … wir trappen dahin.«

»Hannah, ich kann Ihnen nicht folgen.«

»Fremde grüßen sich, bleiben vielleicht sogar stehen und

plaudern. Denken Sie nach!« Sie sah zu, wie es ihm dämmerte.

»Der Schnee verlangsamt die Reaktion; der Schnee ist quasi eine Bremssubstanz«, schloss Stefan aus Hannahs Worten. »Wie schweres Wasser für Neutronen.«

»Genau! Jetzt nehmen Sie eine andere Gruppe, nicht Fremde, sondern Nachbarn. Sagen wir, es ist keine geschäftige Großstadt wie Berlin, sondern eine kleine Stadt wie Rothenberg. Wenn jemand in dieser kleinen Stadt eine Tragödie erlebt, wie lange dauert es, bis alle davon wissen?«

»Nur so lange wie ein paar Anrufe.«

»Ein paar Generationen Telefonanrufe«, korrigierte Hannah. »Eine weitere Kettenreaktion.«

»Aber für die eine braucht man einen Moderator und für die andere nicht.«

»Eine ist langsam ... vielleicht dauert es den ganzen Tag, bis alle durch den Schnee gegangen sind.« Hannah kniete noch einmal nieder und zeichnete eine aufsteigende Kurve in den Schnee. Stefan ging neben ihr in die Hocke. »Die andere ist schnell ... die Menschen kennen sich. Also verbreitet sich die Nachricht, sie zieht immer größere Kreise. Eine ist ein Reaktor ...«

»Und die andere ist eine Bombe.« Stefan zog von ihrem Bogen eine gerade Linie nach oben.

»Wir haben alle versucht, aus einem durchgehenden Reaktor eine Bombe zu machen ...«

»... und das wird nicht gelingen«, sagte Stefan, »weil es zwei verschiedene ... Was? Warum sehen Sie mich so an?«

»Weil ich ihn endlich sehe«, sagte Hannah. »Den Jungen, der Einstein liebte.«

»Das waren Sie. Sie haben das vollbracht.« Stefans Blick war unverwandt auf sie gerichtet, doch sie sah darin weder das kalkulierte Amüsement noch das Kalte, Räuberische, das sie inzwischen so gut kannte. In seinem Blick lagen Klarheit und offene Bewunderung, und er schaute ihr direkt in die Augen. In diesem Moment konnte sie sich nicht ihrem angelernten, in Jahren des Selbstzweifels kultivierten Verhaltensmuster unterwerfen und den Kopf senken, um Blickkontakt zu vermeiden. Sie spürte, dass er sie sah, dass er sie ganz sah, ohne Filter und ohne Urteil.

Hannah zitterte, ihre Zähne schlugen aufeinander. Stefan legte ihr beschützend den Arm um die Schultern und zog sie an sich. Sie lehnte sich an ihn, spürte sich sicher umfangen, raue Wolle und weicher Kaschmir an ihrer Wange. Nur ihre verheißungsvollen Gleichungen, in die dünne weiße Schicht auf die Platten des Gehwegs geschrieben und schon wieder halb unter frisch gefallenem Schnee verborgen, bremsten ihren Wunsch, in seiner Umarmung Vergessen zu finden.

»Kommen Sie!«

Sie sprang hoch und zog ihn auf die Füße, und dann liefen sie die Gasse hinunter zur Kellertür. Im Labor setzte Hannah die Neutronenquelle ein. Die Probe erblühte grün, wurde immer grüner und dann smaragdgrün. Hannah überprüfte die Daten mit einem Neutronenzähler, dessen grillenartiges Knacken rasch anstieg, sich zu einem Brausen erhob und dann erstarb.

»Was ist das höchste Ergebnis, das Sie je bekommen haben?«, fragte sie.

»Drei Generationen.«

»Wir hatten gerade neunzig.«

»Ha!« Stefan jauchzte, schlang die Arme um Hannah und hob sie hoch, bevor er sich umdrehte, um das Spektrometer neu einzustellen. »Gut. Also. Wenn wir eine Möglichkeit finden, die Kerne in die Probe zurückzulenken …«

»Stefan«, sagte sie, »wir haben es getan.«

Einen Augenblick lang standen sie in dem fluoreszierenden Glühen. Durch Hannahs Körper fuhr ein elektrisches Zittern.

Stefan berührte sie am Arm. »Da kommt jemand.«

Er steckte das Notizbuch in die Tasche, während Hannah rasch die Gleichungen an der Tafel auswischte. Als einen Augenblick später die Tür aufging, saß sie auf dem Hocker des Laborassistenten, und Stefan lehnte am Tisch und zündete sich eine Zigarette an.

»Guten Abend, Herr Doktor Diebner«, sagte er. Mit weit ausholender Geste wies er auf den schwelenden Haufen und fügte hinzu: »Wir wollten gerade eine Grillparty feiern.«

»Was zum Teufel ...« Kurt Diebner wedelte mit einer Hand vor dem Gesicht herum und schnupperte wie ein Bluthund. Im Flur hinter ihm stand Scholl.

»Kommandant Scholl, welche Freude, Sie zu sehen«, sagte Stefan.

Scholl schlug die Hacken zusammen. »Heil Hitler.«

»In der Tat.« Stefan lächelte mit starrem Kinn.

»Was ist hier los?«, fragte Scholl.

»Ich muss nur einen Laborkittel anziehen, und schon werde ich zur Brandgefahr.«

Diebner deutete mit dem Finger auf die Kugel. »Sie haben mit LEU oder schwach angereichertem Uran gearbeitet?«

»Ja. Also. Alles, was mir unter die Finger kommt. Eine Prise Pfeffer. Ein bisschen Thymian.«

»Und Sie konnten ein solches Ausmaß an Kernspaltung erreichen?«, fragte Diebner. »Gütiger Himmel, Mann!«

»Kernspaltung«, wiederholte Scholl und wurde augenblicklich munterer, weil das eine Sprache war, die er verstand. »Ausgezeichnet, meine Herren. Genau darauf hat der Reichsforschungsrat gehofft.«

»Wir können nicht …«, setzte Hannah an, doch Stefan fiel ihr ins Wort.

»Selbstverständlich«, sagte er. »Das war die ganze Zeit mein Ziel, aber noch ist es ohne Frage nur Theorie … noch nicht bereit für eine offizielle Vorführung.«

Diebner kramte in den Papieren auf Hannahs Tisch. »Kann ich das Laborbuch sehen?«

Stefan wies auf das schwelende Durcheinander. »Sagen Sie mir Bescheid, wenn Sie es finden!«

»Wir beide sollten in dieser Sache zusammenarbeiten.« Diebner wirkte gekränkt. »Oben. Mit ordentlichen Geräten.«

»Und einem richtigen Laborassistenten.« Scholl warf einen herablassenden Blick in Hannahs Richtung.

»Selbstverständlich, Kurt. Es wäre mir eine Ehre«, sagte Stefan. »Wie immer.«

Nachdem er Hannahs Unterlagen durchgegangen war, wählte Diebner mehrere Papiere aus, faltete sie und schob sie in die Tasche seines Laborkittels. »Gut. Ich bin gleich morgen früh im Labor.«

Scholl folgte ihm mit einem brüsken »Guten Abend« nach draußen.

»Ebenso, mein Herr.« Stefan schloss die Tür hinter ihnen und flüsterte dann: »Wie viel Uran war da drin?«

»Achtzig Mikrogramm.«

»Und wie viel davon würde in einen Gotha-Bomber passen?«

»So viel angereichertes Uran gibt es auf der ganzen Welt nicht.«

»Aber es wäre möglich«, sagte Stefan, »sofern jemand nur fest genug entschlossen wäre, es herzustellen.«

Hannah schwieg einen Augenblick lang, dumpf angesichts der plötzlichen Erkenntnis, dem Gewicht der Konsequenzen, das sich auf ihre Schultern herabsenkte. »*Jedenfalls bin ich überzeugt, dass der nicht würfelt.* Also, Gott.«

»*Faust?*«, fragte Stefan.

Hannah schüttelte den Kopf. »Einstein.«

»Vielleicht braucht Gott manchmal ein bisschen menschliche Hilfe.«

»Was wollen Sie damit sagen?«

»Das weiß ich noch nicht«, antwortete Stefan. »Aber man darf uns nicht mehr zusammen sehen. Das ist zu gefährlich. Was auch immer wir von jetzt an tun, wir müssen es unbedingt vor Kurt geheimhalten.« Er wischte mit dem Daumen einen Rußstreifen von Hannahs Kinn. »Wir dürfen nicht zulassen, dass er unsere kleine Festung einreißt.«

27

Jack beobachtete Hannah Weiss, die in einer Ecknische im *White's Diner,* einem unscheinbaren Speiselokal mit handgeschriebener Speisekarte und selbst gebackenem Nachtisch, ihm gegenüber am Tisch saß. Er fand es interessant, dass sie dieses Lokal ausgewählt hatte, denn es war durch und durch amerikanisch, mit schmierigen Resopaltischen und klebrigen Kunstlederstühlen. Doch dieses Stück klassisches Amerika versteckte sich im Säulengang der uralten Plaza gegenüber dem Hotel *La Fonda,* dessen rosafarbene und korallenrote Lehmziegel eins wurden mit der Erde. Hannah kam ihm nicht unbedingt wie der Typ vor, der auf paniertes Beefsteak oder Mach-dein-eigenes-Omelett stand. Sie hatte die Speisekarte nur rasch überflogen, ohne sie wirklich zu lesen, und sich ein Stück Apfelkuchen bestellt. Zusammen mit dem Sahneklecks, den die Kellnerin ihnen zum Kaffee serviert hatte, hatte sie ungefähr ein Drittel des Kuchenstücks gegessen – die Mitte. Sie war schon einmal hier gewesen. Davon war er überzeugt, und er fragte sich, mit wem. Er hatte Gerüchte über einen geheimen Unterschlupf der Russen in Santa Fe gehört, vielleicht traf sie sich hier mit ihrer Kontaktperson.

»Warum wollte Frei Diebner aus der Sache heraushalten?«, fragte er.

»Diebner hatte schon einen Nobelpreis«, sagte Hannah. »Ich vermute, Doktor Frei hatte keine große Lust, seinen mit ihm zu teilen.«

»Aber ohne Sie hätte er keinen Nobelpreis verliehen bekommen, nicht wahr?«

»Ich will mir nichts einbilden.«

Unbehaglich rutschte Jack auf seiner Seite der Nische hin und her. Wenn er lange saß, hatte er manchmal das Gefühl, eine Kolonne Feuerameisen würde eine brennende Spur über seinen Rücken ziehen.

»Stimmt etwas nicht, Major?«

»Was soll denn nicht stimmen?« Jack öffnete die Hände auf dem Tisch. »Hier sitze ich an einem wunderschönen Frühlingsabend mit einer schönen Frau und esse ein Dessert. Kaffee und Apfelkuchen. Vögel zwitschern. Draußen gibt es einen prachtvollen Sonnenuntergang. Ich meine, wenn die Welt wirklich untergeht … hey, welch toller Abgang!«

»Schlimmere gibt es vermutlich immer.«

»Und einige, die schlimmer sind, als Sie sich vorstellen können.«

Hannah seufzte, müde des Spiels, das sie inzwischen seit fast zwei Stunden spielten. Die Kellnerin hatte ihnen schon vor zwanzig Minuten mit einem spitzen »Fahren Sie vorsichtig, ja?« die Rechnung gebracht.

»Lassen Sie mich eine Frage stellen, Major!«

»Raus damit!«

»Waren Sie je verheiratet?«

»Ich war nie verliebt.«

»Das ist nicht dasselbe, oder?«

»In meinem Fall schon.«

»Und was meinen Sie, warum Sie sich nie verliebt haben?«

»Die Menschen enttäuschen mich oft«, sagte Jack. »Bin ich jetzt dran?«

Hannah nickte.

»Warum haben Sie sich so große Mühe gegeben, mich glauben zu lassen, Sie hätten ein Verhältnis mit Gregor Stern?«, fragte er.

»Wieso glauben Sie, wir hätten keins?«, versetzte sie in flirtendem Tonfall.

»Sie beantworten gern Fragen mit Fragen, wie?«

»Das machen Juden doch so, oder? Talmudische Tradition.«

Jack beugte sich vor und sprach leise weiter: »Nicht zu auffällig, aber sehen Sie sich mal den Typ an der Theke an!«

Ohne das Kinn auch nur einen Millimeter zu neigen, ließ Hannah den Blick durch den Raum schweifen. »Er sitzt da, seit Sie gekommen sind. Sieht aus wie ein Handelsreisender. Vielleicht auch Buchhalter.«

»Was macht er hier?«

Hannah zuckte die Achseln. »Trinkt einen Kaffee. Liest die Zeitung.«

»Er ist versetzt worden«, stellte Jack fest. »Seit wir hier sitzen, hat die Kellnerin mehrmals angeboten, ihm nachzuschenken. Und er hat das Kreuzworträtsel schon gelöst, was die meisten Menschen erst machen, wenn sie mit Zeitunglesen fertig sind.«

Hannah ließ heimlich noch einmal den Blick durch den Raum schweifen.

»Es gibt Muster in der Art, wie Menschen etwas verbergen«, erläuterte Jack. »Erkennt man das Muster, gelangt man bald an die Wahrheit.«

»Worauf wollen Sie hinaus?«

»Sie sind keine so gute Lügnerin, wie Sie glauben.« Jack

wartete darauf, dass sie protestierte – oder zu sehr protestierte –, doch sie sah ihm weiter in die Augen, ohne dass ihr Atem sich veränderte. »Ich zeige es Ihnen. Ich stelle Ihnen drei Fragen, und ich will, dass Sie bei einer lügen. Bereit?«

Hannah nickte und lächelte ein wenig ironisch. »Schießen Sie los!«

»Was haben Sie heute zum Frühstück gegessen?«

»Haferbrei.«

»Woher haben Sie den diamantenbesetzten Haarkamm, den Sie immer tragen?«

»Ein Geschenk von meiner Cousine.«

»Was ist das Letzte, woran Sie denken, bevor Sie einschlafen?«

»Das Klavier, das nebenan spielt.« Hannah trank einen Schluck Kaffee und stellte fest, dass er kalt geworden war. »Und? Welche ist es?«

»Frühstück.«

»Korrekt«, gestand sie. »Woher wussten Sie das? Weil ich geblinzelt habe, richtig?«

»Nein, weil in der Kantine nur Eipulver serviert wird.«

Sie lachten.

»Dann haben Sie wegen des Haarkamms gelogen«, sagte Jack, und Hannahs Lächeln verblasste. »Das ist Ihr Muster. Sie haben beim Frühstück gelogen, weil Sie gewusst haben, dass ich das leicht durchschaue, und ich sollte glauben, es sei Ihre einzige Lüge gewesen. Und bei dem Klavier haben Sie zweifellos auch gelogen, denn es beschwört das ziemlich verwirrende Bild herauf, wie Sie in einer warmen Nacht ausgestreckt auf dem Bett liegen und Chopins trägen Préludes lauschen. Und beim Haarkamm haben Sie gelogen, weil …«

Statt den Satz zu vollenden, sagte Hannah: »Was ist mit Ihnen? Was ist Ihr Muster?«

»Ich habe keins. Ich lüge nicht.«

»Oh, natürlich nicht«, spottete sie. »Doch selbst wenn ich die Behauptung akzeptiere, dass Sie nie lügen – was statistisch extrem unwahrscheinlich ist –, ist nicht zu lügen nicht dasselbe wie nicht die Wahrheit zu sagen, oder? Also muss ich mich doch fragen ...« Sie fuhr mit einem Finger über den Rand ihrer Untertasse. »Was sagen Sie nicht, Major Delaney? Was können Sie so gut verbergen?«

Das Brennen, das Jack bis ins Kreuz gekrochen war, fühlte sich jetzt an wie ein Brandeisen. »Sie genießen das richtig, stimmt's?«, fragte er.

»Sie nicht?«

»Vielleicht nicht so sehr, wie Sie glauben.«

»Wie soll ich es auch wissen?«, fragte Hannah. »Der unergründliche Major Delaney gibt weder Hinweise, noch macht er verräterische Andeutungen.«

»Und jetzt machen Sie sich über mich lustig.«

»Das wollte ich nicht«, beteuerte Hannah. »Ich habe vielmehr sogar großes Mitgefühl mit Ihnen. Falls es mir gelungen sein sollte, Geheimnisse vor Ihnen zu hüten, so sind Ihre immer noch größer. Härter an der Schmerzgrenze. Am meisten fürchten Sie, dass man Ihnen dahinterkommt.«

»Verschonen Sie mich mit Psychoanalyse!«

»Das ist Ihr Muster.« Die Entdeckung entzündete ein kleines Feuer in ihren Augen. »Sie lügen nicht, aber Sie verbergen die Wahrheit. Und deswegen waren Sie auch nie verliebt. Denn wenn man liebt, kann man sich nirgends verstecken. Wenn man jemanden liebt ...«

»Wir sind hier fertig.« Jack erhob sich unvermittelt. »Man sieht sich, Frau Doktor Weiss.«

Die Kellnerin kam zu ihm an die Kasse. »Alles in Ordnung, Schatz?«

»Ja, danke«, sagte Jack. Er legte einen Zehner auf die Theke, ging hinaus und überquerte den Platz, ohne auf Hannah zu achten. Sie war ihm nach draußen gefolgt und stolperte hinter ihm her, weil ihre Absätze für die Erde und den lockeren Kies am Boden ungeeignet waren.

»Major Delaney? Major Delaney. Jack!«

Er fuhr herum. »Das ist alles für heute, Frau Doktor Weiss. Sollten wir noch weitere Fragen haben, wird Lieutenant Epstein sich bei Ihnen melden.«

»Es tut mir leid, dass ich Ihnen den dramatischen Abgang versaue, aber der letzte Bus zurück nach Los Alamos ist schon vor über einer Stunde gefahren. Sie müssen mich mitnehmen.«

»Ich muss verdammt noch mal gar nichts.«

»Stimmt«, sagte sie. »Major, darf ich Sie bitten, mich in Ihrem Wagen mit zurück zum Stützpunkt zu nehmen?«

Jack dachte darüber nach. Er hatte nichts gegen ein kleines Katz-und-Maus-Spiel, solange er die Katze war. Jetzt war er sich da nicht mehr so sicher. Epsteins Mahnung ging ihm durch den Kopf. Sie hatte einen Nerv getroffen, und das wusste sie auch.

»Ich wäre Ihnen sehr dankbar«, sagte sie und bemühte sich um ein versöhnliches Lächeln. »Ich glaube nicht, dass ich in diesen Schuhen fünfzig Kilometer laufen kann.«

Während er ihre Pumps betrachtete, verdrängte er den Gedanken an die auf ihre Waden aufgemalten Nähte und die widerwillige, aber wachsende Bewunderung für die Art, wie ihr Verstand funktionierte.

»Falls ich Ihnen zu nahe getreten bin, möchte ich mich dafür entschuldigen«, sagte Hannah. »Wir müssen nicht weiter reden.«

»Diese Runde haben Sie gewonnen, Hannah, aber glauben

Sie mir, wir sind noch nicht fertig.« Am Auto angekommen, öffnete er ihr die Beifahrertür und nahm auf dem Fahrersitz Platz. Bevor er den Schlüssel in der Zündung drehte, legte er die Hände aufs Lenkrad und sagte: »Eins muss ich ja sagen, Frau Doktor Weiss. Enttäuscht haben Sie mich bisher nicht.«

»Lassen Sie uns über etwas Schönes reden!« Sie seufzte. »Sind Sie der Spionagespiele nicht manchmal müde?«

»Nein, noch nicht«, antwortete er wahrheitsgemäß. Eine weitere Überraschung. Für beide.

»Nach einer Weile«, sagte Hannah, »muss es doch ermüdend sein, wie Josua immer im Kreis zu marschieren und zu hoffen, dass die Mauern von Jericho einstürzen.«

Jack startete den Wagen und fuhr vom Platz. Die Lichter von Santa Fe blieben hinter ihnen zurück. Hannah kurbelte ihr Fenster herunter, stützte den Ellbogen auf die Tür und ließ sich die kühle, trockene Luft durchs Haar wehen. Als ihr fester French Twist sich allmählich auflöste, drehte sie den Haarknoten neu und hob dabei anmutig beide Hände hinter den Kopf. Aus den Augenwinkeln sah Jack zu, wie sie einzelne Locken unter den allgegenwärtigen Kamm steckte. Ihm fiel auf, dass sie ihn berührte, während sie sich unterhielten. Sie brauchte keinen Spiegel, so tief verwurzelt war die Gewohnheit. Während sie zwanglos plauderten, schien sie nur ihr Haar in Ordnung zu halten, doch Jack begriff, dass sie den Kamm berührte, um sich zu vergewissern, dass das Schmuckstück noch da war.

Das Rauschen des Windes mit seinem leisen, hohen Pfeifen webte sie in ein Netz ein. Wie leicht es wäre, dachte er, wie verlockend, ihr beschützend eine Hand auf den Oberschenkel zu legen. Zu spüren, wie die Spannung in ihren Muskeln unter seiner Berührung nachließ, und zuzusehen, wie ihr Kopf anmutig an seine Schulter sank. Die Sterne funkelten am Firmament, Dunkelheit löste den Horizont auf. Sie lehnte sich dichter an das offene Fenster. »Mhm, riechen Sie den Salbei!«

Ihre Stimme drang in seine eitlen Fantasien. Er war beängstigend dicht davor, eine Grenze zu überschreiten; und dann würde er in einem schwachen Augenblick jahrelange mühsame Arbeit zunichtemachen. Jack drehte am Radio herum, doch selbst die Radiowellen waren von der Dunkelheit verschluckt worden, waren auf der anderen Seite der unsichtbaren Mesa abgefangen worden.

»Hätten Sie etwas dagegen, für eine Minute anzuhalten?«, fragte sie. »Ich liebe es, wenn die Wüste in der Nacht lebendig wird.«

Jack fuhr an den Straßenrand, und als er die Scheinwerfer ausschaltete, wurde der Himmel über ihnen zu einem grenzenlosen Universum. Die Milchstraße war ein kalkweißer breiter Streifen, der sich über die schwarze Weite erstreckte. Die Sterne waren alle zusammen und jeder für sich atemberaubend, ein taumelnder Chor beharrlicher, durchdringender Lichter.

»New Mexico ist sehr beeindruckend, wenn der Mond nicht scheint«, sagte Jack.

Hannah stieg aus, legte den Kopf nach hinten auf das Autodach und entblößte dabei den eleganten, langen Bogen ihres Halses. Ihr warmer Atem stieg in einer wattigen Wolke von ihren Lippen auf. »Wenn dieser Krieg vorüber ist, werden Sie sehen. Die ganzen aktuellen wissenschaftlichen Entdeckungen, die Hypothesen, Logarithmen und Gleichungen werden uns ins All bringen. Wir werden zum Mond fliegen. Zu anderen Planeten. In andere Galaxien.«

»Wer ist *wir?*«

»Die Menschheit. Die menschliche Rasse.«

»Aber wer wird zuerst dort sein? Wir oder Russland?«

Hannah zuckte mit den Achseln. »Wie weit weg voneinander sind Amerika und Russland, wenn man auf dem Mond steht?«

»Auf dem Mond zu stehen«, sagte Jack, »ist ein Luxus, den ich nicht habe. Aus meiner Perspektive sind die beiden sehr weit voneinander entfernt, und ich weiß, auf welcher Seite ich stehe.«

»Ein Luxus, den ich nicht habe.«

»O ja, ich vergaß.« Jack zog seine Jacke aus und legte sie ihr um die Schultern. »Das Problem ist, dass ich Ihnen Ihre Beteuerungen wie *Frau ohne Heimat* und *Meine Loyalität gilt der Wissenschaft* nicht abkaufe. Ich weiß, was Sie so treiben. Ich muss nur noch herausfinden, warum Sie es tun.«

»Besteht denn nicht die Möglichkeit, dass ich es tue, weil es das Richtige ist?«

»Ich bin mir sicher, dass es in Ihrer Vorstellung das Richtige ist«, sagte er. »Vor einem Militärgericht wird das aber keinen großen Eindruck machen. Dem ist es gleichgültig, warum Sie es tun, Hannah. Und es ist ihm auch gleichgültig, was mit Ihnen im Gefängnis passiert.«

»Ihnen auch?«

»Das weiß ich noch nicht.«

Jack drehte sich zu ihr um und sah, dass sie ihn aufmerksam musterte. Im Sternenlicht nahm ihr roter Lippenstift eine tiefpurpurne Färbung an wie die Tinte von Tintenfischen. Sie hob eine Hand, strich mit den Fingern von der Schläfe hinter das Ohr in den Nacken und löste die feste French Roll. Als ihr das dicke Haar über die Schultern fiel, wandte sie sich zu ihm um, sah ihm mit sanftem Blick in die Augen und begegnete seinem offen anerkennenden Blick. Jack war überzeugt, wenn er sie jetzt küsste, würde sie mit der drängenden Neugier reagieren, mit der sie alles tat. Das zog ihn an wie ein Widerhaken, doch die Nervenenden, die heiß wie ein Schürhaken zwischen seinen Schultern brannten, hielten ihn zurück.

»Spielen wir Ihr Spiel«, sagte sie. »Drei Fragen, eine Lüge.«

»Die Dame zuerst.«

»Wo sind Sie aufgewachsen?«

»West Egg«, sagte Jack. »Wie Jay Gatsby.«

»Warum haben Sie Dauerschmerzen?« Sacht berührte sie seine Schulter. »Sie rutschen ständig herum, um eine bequemere Sitzhaltung zu finden.«

»An dem Tag, an dem wir Paris befreit haben, hat mich ein Scharfschütze erwischt.« Sanft massierte sie die rautenförmigen Muskeln mit ihren Fingern. »Das Geschoss steckt noch drin.«

»Ist Delaney Ihr richtiger Name?«

»Das ist der Name, der in meinen Papieren steht«, erwiderte er. »Das waren drei Fragen. Was haben Sie zum Frühstück gegessen?«

»Eipulver.«

»Hatten Sie am Kaiser-Wilhelm-Institut eine heimliche Affäre?«

»Ja.«

»Was ist mit der echten Sabine?«

»Das weiß ich nicht, möchte es aber unbedingt herausfinden.« Hannah stiegen Tränen in die Augen, und sie blinzelte sie weg. »Wo sind Sie aufgewachsen?«

»Über einem Metzgerladen in der Rivington Street.«

»Haben Sie vorhin gedacht, dass Sie mich gern küssen würden?«

»Selbstverständlich nicht«, sagte er. »Das waren nur leichte Verdauungsstörungen.«

Hannah lachte. »Sie sind ein miserabler Lügner.« Der Abstand zwischen ihnen, nur wenige Zentimeter, drehte und krümmte sich, zog sie näher, näher und immer näher. Dann beugte sie sich vor und küsste ihn. Sie hatte kein Parfüm aufgetragen, aber ihm stieg der zarte Duft von Talkumpuder in die Nase, versetzt mit dem Salbei, der am Straßenrand wuchs. Er spürte, wie zierlich sie war mit ihrer schlanken Taille und ihren schmalen Handgelenken. Mit der gesunden Hand stützte er sich an der Kante der Autotür ab, denn der Augenblick sollte noch ein wenig länger dauern. Das Pulsieren zwischen ihnen rückte sie immer dichter aneinander, bis Hannah sich löste, sich nach hinten lehnte und ihn musterte. Er spürte noch den warmen Druck ihrer Lippen auf seinem Mund. »Eine Frage haben Sie noch«, flüsterte er.

»Major Delaney«, fragte sie, »sind Sie Jude?«

Die Stille zwischen ihnen vibrierte vor Spannung. Zikaden sangen. Hannah löste sich, beobachtete ihn, und Jack sah in ihren Augen, dass sie allmählich begriff.

»Sie sind Jude«, sagte sie. »Und die anderen wissen es nicht. Sie waren in all den Jahren wirklich ganz allein.«

In ihrer Stimme lag weder Schadenfreude noch Triumph, nur Schmerz. Zum ersten Mal im Leben erlebte Jack tiefes, ehrliches Mitgefühl. Voller Panik und tiefer Erleichterung spürte er, wie seine sorgfältig errichteten Mauern einstürzten. Sie war sein Josua. Doch gleichzeitig sah der Agent der Spionageabwehr in ihm die Gelegenheit, spürte ihre Bereitschaft. Aus Erfahrung wusste er, dass sich eingestürzte Mauern von beiden Seiten überwinden ließen.

»Keine Spielchen mehr, Hannah. Keine Lügen.« Er hielt ihren diamantenbesetzten Haarkamm ins Sternenlicht. »Woher haben Sie den?«

Er ließ ihr die Zeit, die sie brauchte. Sie standen da, blickten zusammen in die Dunkelheit und schwiegen. Er sah den weißen Schwanz eines Kaninchens aufscheinen, doch dann verschwand es im Gestrüpp wie ein traumähnlicher weißer Fleck, und sie waren wieder allein. Hier gab es keine Verkehrsschilder, keine Telefonmasten, keine Fahrbahnmarkierungen. Sie waren von der Landkarte heruntergefahren und standen schwankend am Rand der bekannten Welt.

»Ich brauche einen Drink«, sagte sie, »einen Whiskey.«

Er nickte, und sie stiegen wieder in den Wagen.

Es dauerte noch eine halbe Stunde, bis er das Licht sah. Zuerst war es nur ein Blinzeln, doch als sie näher kamen, wurde daraus eine Schwanenhals-Straßenlaterne mit einer gelben Glühbirne. Plötzlich schnappte das Radio ein Signal von einem Sender in Albuquerque auf, und auf einer Kaskade aus Rauschen wurde die Welt herangetragen. Aus dem Fenster eines Gebäudes am Straßenrand fielen durchbrochene Lichtstreifen. Vor der Tür parkten staubige Pick-ups, in deren Kühlergrillen sich eine uringelbe Neon-Bierwerbung spiegelte.

Als er den Buick auf den staubigen Kiesplatz lenkte, sah er, dass das Gebäude roh und behelfsmäßig war und den Häusern auf dem Hill ähnelte. Es schien Teil einer Geisterstadt zu sein, eine zweidimensionale Fassade, die in der kahlen, leeren Landschaft für einen Augenblick echt gewirkt hatte.

»Wir befinden uns knapp außerhalb des Indianerreservats«, stellte sie fest, als könnte sie seine Gedanken lesen. »Ein Stück hinter der Grenze gibt es immer irgendwo eine Bude, die Schnaps verkauft. Oppie fährt mit dem Team hierher, wenn wir alle den Lagerkoller kriegen.«

Am hinteren Ende der Bar standen mehrere Indianer in schmutzigen Levi's, die sie hochgezogen und mit Gürteln um die Taillen geschnürt hatten, und tranken schweigend. Neben der Tür in einer Nische hockten zwei alte Rancher mit Stetsons auf den Köpfen. Einer stieß ein asthmatisches Husten aus, laut und schleimig. Alle blickten auf, als Hannah und

Jack eintraten, wandten sich aber bald wieder ab, als Jack Hannah in die Nische ganz hinten half. Dort saßen sie in der Düsternis, eingehüllt in leichte Rauchschwaden. Behutsam legte er den Kamm mit den beiden diamantenbesetzten Motten auf den Tisch und kippte ihn leicht, bis die Brillanten das Neonlicht hinter dem Tresen einfingen und brachen. Die Stille wurde gesäumt von einem leisen elektrischen Summen.

»Ich sage Ihnen, woher ich ihn habe«, begann sie schließlich. »Diesmal sage ich Ihnen die Wahrheit.«

28

Die Spitzenvorhänge hinter den Fenstern raschelten, als der lange schwarze Mercedes vorfuhr, als zöge er eine leichte Brise durch das Viertel hinter sich her. Stefan war durchaus nicht blind gegenüber dieser Wirkung, wie Hannah ursprünglich angenommen hatte. Nein, er wusste sehr wohl, was die Leute dachten, als er vor ihrem Haus vorfuhr. Es war ihm nur schlichtweg egal. Hannah wollte sich nicht freuen, ihn zu sehen, doch sie freute sich. Grinsend wie ein Schuljunge im abendlichen Schnee zog er seinen Kaschmirwintermantel zurecht und holte seine Aktentasche vom Rücksitz.

Sie lauschte dem Tanz seiner Schritte auf den Stufen und im Flur. Ihr Onkel Josua öffnete die Tür und sagte: »Guten Abend.«

»Herr Doktor Weiss, ich bin Stefan Frei. Es ist mir ein Vergnügen, Ihre Bekanntschaft zu machen. Hannah spricht in den höchsten Tönen von …«

»Stimmt irgendetwas nicht?«, fragte Hannah.

»Auch Ihnen einen schönen guten Abend, Fräulein«, hielt Stefan sie zum Besten und reichte ihr einen dicken braunen Briefumschlag. »Wir stehen kurz vor der Veröffentlichung, Frau Doktor Weiss.«

»Hannah! Wie wunderbar!« Josua schlang die Arme um sie. »Ich bin ja so stolz auf dich, mein Mädchen!«

»Das glaube ich einfach nicht.« Mit vor Aufregung geröteten Wangen versuchte Hannah die kleine Klammer umzulegen, die den Umschlag verschloss, doch sie war so aufgeregt, dass sie die Lasche am Ende zerriss. »Ich hätte nie gedacht, dass sie erlauben würden … oh!«

Der Aufsatz trug den Titel *Thermische Neutronen und Transurane*, die Autoren waren Dr. Stefan Frei und Dr. Anthas Winik Sanheiser.

»Hannah, lassen Sie mich erklären …«

»Eine Erklärung ist nicht nötig. Ich verstehe.« Hannah schob den Papierstapel zurück in den Umschlag. »Ich freue mich, dass die Arbeit anerkannt wird.«

»Ich soll sie morgen vorstellen«, sagte Stefan. »Ich würde mich sehr freuen, wenn Sie kämen.«

Hannah nickte lächelnd, denn angesichts der ansteigenden Hitze im Hals fürchtete sie zu sprechen.

»Möchten Sie sich nicht setzen, Herr Doktor Frei?«, fragte Josua. »Ich hole Kaffee. Nein, Weinbrand! Das will gefeiert werden.«

»Ich wollte Sie nicht stören«, beteuerte Stefan.

»Bitte«, erwiderte Josua. »Es wäre mir eine Ehre. Ich habe schon so viel über Sie gehört.«

»Ja?« Stefan musterte Hannah mit hochgezogenen Augenbrauen, spielerisch, neckend, flirtend, und dann sah er sich im Raum um, betrachtete die Kerzen auf der Spitzentischdecke und die Familienfotos auf dem Flügel. »Sie haben ein sehr schönes Zuhause. Es wäre mir eine Ehre, auf den Erfolg Ihrer Nichte anzustoßen. Bei der gemeinsamen Arbeit in den vergangenen Monaten habe ich erlebt, welch aparten Verstand sie besitzt.«

»Ich hole Gläser«, erklärte Hannah.

Josua folgte ihr ins Speisezimmer und kramte hinter Portwein und Verdauungsschnäpsen für den Alltag nach den edleren Getränken.

»Ah, hier ist das gute Zeug!« Er zwinkerte Hannah zu. »Ich habe den Verdacht, dass in deinem Physiklabor auch ein wenig Chemie im Spiel ist.«

»Red keinen Unsinn!«, wies sie ihn scharf zurecht. »Er ist ein Kollege, mehr …«

Sie erschraken beide, als sie den Flügel im Salon hörten. Er war seit dem Tod von Sabines Mutter nicht mehr angerührt worden und ein wenig verstimmt, doch Stefan spielte ausgezeichnet.

»Bachs Präludium in h-Moll«, sagte Josua. »Ich hatte schon fast vergessen, wie das klingt.«

Als er und Hannah in den Salon zurückkehrten, wandte sich Stefan verlegen von den Tasten ab.

»Nein, nein, fahren Sie bitte fort!«, rief Josua und schenkte den Weinbrand aus.

Stefan lächelte, wandte sich wieder dem Präludium zu, und Hannah stand da wie gelähmt. Als Josua ihr ein Glas in die Hand drückte, merkte sie, dass sie zitterte. Sie wollte die Augen schließen und seine Musik spüren, lauschen, wie nuanciert sie von seinen sicheren Händen gespielt wurde.

»Wie nett.« Sabine stand in der Tür und ließ den Blick über die reizende Versammlung schweifen.

»Herr Doktor Frei, dies ist meine Tochter«, sagte Josua. »Sabine, komm herein und lern Hannahs Gast kennen, Herrn Doktor Frei!«

»Ich weiß, wer er ist.«

»Guten Abend, Fräulein.« Stefan stand auf, trat auf sie zu und reichte ihr die Hand. »Freut mich, Sie kennenzulernen.«

Sabine ließ die Hände in den Manteltaschen und betrachtete Stefan mit kaltem, unnachgiebigem Blick.

»Vielleicht sollte ich gehen«, schlug Stefan vor.

Josua legte Sabine einen Arm um die Schultern, doch sie schüttelte ihn ab. »Meine Tochter hat offensichtlich die guten Manieren vergessen, die meine Frau – *aleha hashalom* – ihr beigebracht hat.«

»Und mein Vater hat vielleicht vergessen, wessen Flügel …«

»Das reicht«, unterbrach sie Hannah.

»Was willst du? Mich in mein Zimmer schicken? Bin ich die Einzige, die kapiert, was hier wirklich passiert?«

»Nichts passiert hier.« Hannah hielt Sabine den Umschlag hin. »Schau! Herr Doktor Frei hat mir unseren Aufsatz gebracht.«

Sabine zeigte ihre Verachtung, ohne sich zu verstellen. »Gratuliere. Gut zu wissen, auf wessen Seite du stehst.«

»Wir stehen auf keiner Seite«, versetzte Hannah. »Wir sind Wissenschaftler.«

»Wer bezahlt dich für deine Arbeit? Du heizt die Kriegsmaschinerie an.«

»Sabine. Halt. Den. Mund.« Josua zog seine Tochter am Arm, den Blick unsicher auf Stefan gerichtet. »Es gibt keinen Krieg.«

»Noch nicht, aber bald. Stimmt's nicht?« Sabine stand Stefan gegenüber und wich nicht von der Stelle, die Wangen gerötet von der kalten Abendluft draußen und ihrer wachsenden Empörung. »Sie wissen, was kommt, nicht wahr, Herr Doktor Frei? Kümmert es Sie? Was tun Sie, um diese Leute aufzuhalten? Irgendetwas?« Als Stefan nicht antwortete, wandte sie sich an Hannah. »Dann ist er verantwortlich. Genau wie du.«

Damit wandte sie sich ab und ließ die drei in verlegenem

Schweigen zurück. Dem Schlagen ihrer Schlafzimmertür folgte eine neue Salve von Entschuldigungen von Josua.

»Nein, bitte«, sagte Stefan. »Denken Sie nicht weiter darüber nach!« Er kippte seinen Weinbrand hinunter und stellte das Glas auf die Anrichte. »Vielen Dank für Ihre Gastfreundschaft, Herr Doktor Weiss. Gute Nacht, Hannah. Schlafen Sie gut. Großer Tag morgen.«

Kaum hatte Hannah die Tür hinter ihm geschlossen, drehte sie sich um und stürmte, ohne anzuklopfen, in Sabines Zimmer.

»Was denkst du dir eigentlich? Hast du den Verstand ...«

Sie verstummte, als sie sah, dass Sabine in der Ecke zwischen ihrer Kommode und der Wand auf dem Boden hockte. Ihr Gesicht war tränenüberströmt. Sie schluchzte so laut, dass die kleinen Parfümflakons auf ihrem Nachttisch zitterten und klimperten. Hannah sank auf die Knie und nahm ihre Cousine in die Arme, wie sie es getan hatte, als Sabine noch ein kleines Kind gewesen war. Sie strich ihr das Haar aus dem verzerrten nassen Gesicht und fragte immer wieder: »Was ist denn? Was ist passiert?«

»Sie haben ihn mitgenommen«, brachte Sabine schließlich keuchend heraus. »Sie haben Daniel mitgenommen.«

»Er kommt wieder.«

»Niemand kommt wieder. Niemand. Und es ist meine Schuld.«

»Das stimmt doch nicht!« Die dämmernde Erkenntnis dessen, was vermutlich passiert war, raubte ihr den Atem. »Gott sei Dank warst du nicht bei ihm.«

»Wie kannst du nur so etwas sagen?« Sabine stieß sie weg.

»Weil ich für dich verantwortlich bin, nicht für ihn. Solange du in Sicherheit bist, ist es mir gleichgültig, was mit anderen passiert.«

»Verschwinde aus meinem Zimmer!« In Sabines Stimme bebte ein kalter, willentlicher Zorn. »Ich hasse dich … nein, ich hasse deine Naivität.«

»Hass mich, wenn es sein muss, solange ich dich sicher nach Amerika bringe!« Hannah drückte die Hände zusammen und betete um Geduld, um Ruhe. »Dies ist nicht dein Kampf.«

»Wessen Kampf ist es denn dann? Meine Zukunft steht auf dem Spiel.«

»Ja, genau. Du bist ein Kind, du hast es verdient, aufzuwachsen und ein erfülltes Leben zu führen.«

»Ich bin siebzehn. Ich bin eine Frau. Und Daniel … er …« Sabine schüttelte den Kopf, ihre Stimme erstickte unter den Tränen, die wieder in ihr aufstiegen. »Er hat es gewusst. Und er hat mich geliebt. Wenn ich nicht für ihn kämpfe und du kämpfst nicht und Papa kämpft nicht, dann schlagen sie weiter Scheiben ein und nehmen Menschen mit … und wer bleibt dann noch übrig?«

Sabine weinte, und Hannah weinte mit ihr.

»Die Welt ist im Chaos, und es tut mir leid für Daniel, aber das ist alles nicht deine Schuld. Er wusste, welches Risiko er einging.«

Sabine blickte auf, blinzelte schwer und hatte Mühe zu atmen. »Er hat Anweisungen ausgeführt.«

»Von wem?«, fragte Hannah. »Von *dir?*«

Sabine nickte, brachte aber keinen Ton heraus.

»Die Sache mit den Flugblättern … Sabine, sag mir die Wahrheit! Wie tief steckst du da mit drin?«

»Daniels Vater hat im Keller eine Druckpresse. Er hatte sie mitgenommen, als sie die Zeitung dichtmachten. Also bin ich auf die Idee gekommen … weil die Soldaten … manche sind so alt wie ich, Hannah. Sie wissen nicht … oder sie haben Angst … und wir wollten ihnen nur sagen, dass sie das nicht tun müssen, denn wenn die Soldaten sich weigern würden, gäbe es keine Deportationen mehr. Also schreibe ich Gedichte, und Daniel druckt sie, und die Mädchen und ich … wir gehen in die Kneipen, wo die Soldaten feiern, und wenn niemand hinsieht, stecken wir ihnen die Zettel in die Taschen.«

»Wie lange geht das schon so?«

»Seit Semesterbeginn«, antwortete Sabine. »Ich war überzeugt, das Richtige zu tun. Und sie haben auf mich gehört.«

»Gut. Lass mich nachdenken!« Hannah drückte die Fingerspitzen an die Schläfen. »Wer weiß noch darüber Bescheid?«

»Daniel. Die Zwillinge, Rudi und Rolf. Rolfs Freundin Gerte. Und ein paar Mädchen aus dem Orchester.«

Hannah dachte an den grinsenden Jungen auf dem Gehweg vor dem Café, an Sabines Hände um dessen Hals, und ihr schauderte bei dem Gedanken, was sie ihm womöglich antun würden, um ihn zum Reden zu bringen.

»Niemandem sollte etwas passieren.«

»Ich weiß, mein liebes Mädchen, ich weiß. Alles wird gut, aber hier kannst du nicht bleiben.«

»Ich habe es einfach nicht mehr ertragen. Tag für Tag in der Schule zu sitzen, als wäre alles normal. Was bin ich für eine Närrin! Ich habe nicht an die Folgen gedacht.«

»Du hast immer an die Folgen gedacht«, widersprach Hannah. »Du hast dich bloß nie davon aufhalten lassen.« Hanna drückte Sabine einen Kuss auf den Scheitel und zog sie hoch. »Pack deine Sachen, nur die Brokat-Reisetasche, sonst nichts. Ich habe einen Plan. Alles in Ordnung? Mach dich fertig!«

In der Küche griff Hannah nach dem Telefon und wählte mit zitternden Fingern. Eine Haushälterin antwortete tüchtig und kurz angebunden: »Bei Familie Stern.«

»Herrn Doktor Stern bitte! Hier ist Doktor Weiss vom Kaiser-Wilhelm-Institut.«

»Er und Frau Stern sind nach Bern zu einer Hochzeit gefahren. Kann ich ihnen etwas ausrichten?«

»Das ist nicht nötig«, verneinte Hannah, doch in dem Augenblick zwischen der Frage der Haushälterin und Hannahs höflicher Antwort war ein seltsames Rauschen in der Leitung zu hören, wie eine Grille, die durch die Leitung huschte.

»Dann guten Abend«, sagte die Haushälterin. »Heil Hitler. «

Hannah biss die Zähne zusammen. »Heil Hitler.«

Sie legte auf und stand mit hämmerndem Herzen in der abgedunkelten Küche. In Gedanken suchte sie nach jemandem, irgendjemandem, an den sie sich wenden konnte. Aber selbst wenn ihr jemand eingefallen wäre, wusste sie nicht, ob es klug gewesen wäre, ihn anzurufen. Wurde Gregors Telefon abgehört oder ihres?

29

Das Glühen der Gaslampen fiel durch das Kellerfenster in Einsteins Labor. Die Uhr an der Wand rückte tickend auf vier Uhr am Morgen vor. Im Halblicht sah Sabine aus wie ein kleines Mädchen. Sie schlief wie immer tief und fest. Darum beneidete Hannah sie, diese Fähigkeit zu schlafen, das Karussell im Kopf anzuhalten und Schlaf zu finden, der *des Grams verworr'n Gespinst entwirrt.* Hannahs Augen brannten vor Müdigkeit. Ihr Körper schmerzte von einer langen kalten Nacht auf dem Boden im engen Lagerraum, doch sie wollte nicht aufstehen. Es war nicht abzusehen, wann sie Sabine je wieder so nah sein würde. Sie hatte ihrer Cousine den Arm um die Schultern gelegt und bildete mit dem Körper einen schützenden Bogen um Sabines Rücken. Sie spürte das Heben und Senken von Sabines Brustkorb mit ihren weichen, warmen Atemzügen. Noch atmete sie. Lebte.

Als kleines Mädchen hatte sich Sabine oft nachts in Hannahs Zimmer geschlichen und war zu ihr ins Bett gekrochen, um sich dort an Hannahs Körper zu einer kleinen Kugel zusammenzurollen. Hannah stellte sich vor, dass es so sein könnte, ein Kind im Bauch zu tragen – Herzen, die synchron klopfen, Lungen, die zusammen atmen –, und sie freute sich über die außerordentliche Liebe, die dieses Kind in ihr entfachte. Diese Liebe, stark und bedingungslos, war der unkomplizierteste und beste Teil von Hannah, der sich unerschütterlich anfühlte.

Ein Schlüssel drehte sich im Schloss. Jemand stand vor der Labortür.

»Hannah?«, fragte Stefan leise. »Hannah, sind Sie hier?«

Hannah drückte Sabine eine Hand fest auf den Mund und rüttelte das Mädchen an der Schulter. Sabine riss die Augen weit auf. Hannah legte einen Finger an die Lippen. Sabine nickte. Hannah stand auf, zog einen Laborkittel an, ging hinaus und schloss die Tür des Lagerraums.

»Guten Morgen, Herr Doktor Frei. Sie sind früh hier. Ich wollte bloß …«

»Sie hätten nicht versuchen sollen, Gregor anzurufen.« Stefans Stimme klang gedämpft und hart.

»Woher wissen Sie …«

»Hören Sie mir zu! Wir haben nur wenig Zeit.«

»Wofür?«

»Hannah, glauben Sie mir, dass ich Ihr Freund bin?«

Als Hannah nicht antwortete, nahm er ihre Hand und führte sie zu der Tafel. In großen klotzigen Buchstaben schrieb er *ANTHAS WINIK SANHEISER* nieder, und dann wischte er die Buchstaben einen nach dem anderen aus. … *H…A…N…N…A…H*

Sie nahm ihm den Filzwischer aus der Hand und löschte die Beweise für die heimliche Anerkennung für ihre verbotene jüdische Physik.

»Hannah, ich schwöre Ihnen, eines Tages wird die Welt wieder in ihre gebührende Ordnung zurückfinden und damit auch das hier.« Er klopfte an die Tafel, wo noch der Geist ihres Namens schwebte. »Doch die Anerkennung, die Patente, das wird alles keine Rolle spielen, wenn wir dieses Vipernnest nicht überleben, in das wir gefallen sind.«

»Und warum gehen Sie dann ein solches Risiko ein?«

»Um Ihnen zu beweisen, wie viel mir an Ihnen liegt. Wir wissen beide, dass ich Sie brauche, um die anstehende Arbeit zu vollenden. Unterstellen Sie mir an Motiven, was Sie wollen, aber Sie sind mir wichtig, Hannah. Sagen Sie mir, dass Sie das wissen.«

»Ich weiß«, sagte Hannah, obwohl sie es bis zu diesem Augenblick nicht einmal sich selbst gegenüber eingestanden hatte.

»Wir müssen ruhig bleiben«, sagte Stefan. »Wir müssen analytisch bleiben. Ich habe Sie schon einmal gefragt. Ich frage Sie noch einmal: Vertrauen Sie mir?«

Angesichts fehlender Alternativen nickte Hannah.

»Das Mädchen«, fragte er, »ist sie hier?«

Sie brachte es nicht über sich, Ja zu sagen, doch er sah es ihrem Gesicht an.

»Bringen Sie sie hinten raus! Mein Wagen wartet am Fuß der Feuertreppe hinter dem Gebäude. Beeilen Sie sich!«

»Stefan, sie hat sich nichts Böses dabei gedacht.«

»Hannah, ich bitte Sie … dafür ist jetzt keine Zeit.« Er ergriff ihre Hände, küsste ihre geballten Fäuste und drückte sie ans Herz. »Ich schwöre Ihnen bei meinem Leben, ich werde Ihnen nie etwas antun. Ich werde alles in meiner Macht Stehende tun, um Sie zu schützen. Aber jetzt müssen Sie gehen. Schnell. Und bringen Sie das Mädchen hinaus!«

Wenige Augenblicke später liefen Sabine und sie den langen dunklen Flur hinunter, jede einen Henkel der schweren Reisetasche in der Hand. Als sie die Stahltür erreicht hatten, ging Hannah als Erste hinaus und schlich die Betonstufen hoch, die in die Gasse führten. Sie spähte über den Rinnstein und sah, dass Stefan im Qualm aus dem Auspuff seines Mercedes auf und ab ging. Sie entdeckte sonst niemanden in der Gasse, und alle Laborfenster lagen im Dunkeln. Sie winkte Sabine, ihr zu folgen. Stefan schob sie eilig auf die Rückbank des Wagens, stieg ein und schloss leise die Tür.

Fast geräuschlos und nur mit Tagfahrlicht rollte der Mercedes zum Ende der Gasse. Der Chauffeur schwieg ebenfalls unter seiner Fahrermütze, drehte mühelos das Lenkrad und steuerte den Wagen durch ein Gewirr kleinerer Wohnstraßen. Der hintere Teil des Wagens war mit zwei Sitzbänken ausgestattet, die mit schwarzem Leder bezogen waren und einander gegenüberstanden. Hannah saß Stefan vis-à-vis, er hatte die langen Beine zwischen die ihren geschoben. Sabine saß dicht neben ihr, ihr gegenüber eine Frau, die nach Bourbon und Moschus roch. Sie zündete sich eine Zigarette an, und Sabine rang verdutzt nach Luft.

»Hat es dir die Sprache verschlagen, Mädchen?«, fragte die Frau.

»Sie sind Lotte Scheer«, sagte Sabine. »Ich kenne Sie aus den Filmzeitschriften.«

Der Wagen holperte über einen Bordstein in einen Kreisverkehr, schlingerte auf eine breitere Straße, nahm Geschwindigkeit auf und überholte andere Wagen in flottem Tempo. Hannah griff nach Sabines Hand.

»Schatz«, sagte Lotte zu dem Chauffeur, »du fährst wie ein verdammter Italiener. Ich liebe dich, aber jetzt würde ich am liebsten aus dem Auto springen, um ein bisschen Bein zu zeigen wie Claudette Colbert. Dann käme sicher irgendjemand in Versuchung, mich mitzunehmen.«

Auf dem Fahrersitz stieß Ulrike ein tiefes, kehliges Lachen aus. »Aber du liebst mich, Schatz. Ob es dir gefällt oder nicht, du hast dich für mich entschieden und damit auch für mein Faible für Rennautos.«

»Als wir zehn waren«, erzählte Stefan, »hat Ulrike den Transporter des Hausmeisters gestohlen und mich überredet, von zu Hause wegzulaufen. Wir sind gerade mal drei Kilometer weit gekommen, da sind wir gegen einen Baum gefahren und zu Fuß nach Hause gegangen, wo wir uns die Prügel unseres Lebens abholten.«

»Meine schlimmsten Capricen habe ich mir immer für die besten Freunde aufgehoben«, sagte Ulrike.

Hannah beobachtete Ulrike, die Lotte im Rückspiegel wütend anstarrte. Dies war nicht der Blick einer Freundin, sondern unleugbar das intime Lächeln einer Geliebten. Ulrike war nicht mehr die feine Dame der Gesellschaft, die Hannah an Stefans Arm gesehen hatte, jetzt hatte sie ihr Haar unter eine Lederkappe gesteckt und trug Tweedjackett und Krawatte. Es sah aus, als wäre sie ... Nein, sie *war* Lottes Geliebte. Durch ihren Status als Kurts Schwester und Stefans Freundin war Ulrike zweifellos geschützt, doch Lotte war eine kinderlose Frau, die offen auf Bühnen in Berlin auftrat, vielleicht sogar im Damenklub Violetta. Falls sie nicht längst als amoralisch klassifiziert worden war, würde sie es sicher bald sein.

Die Welt hatte sich verändert, und Hannah hatte sich schrittweise an die Veränderung angepasst. Ihr Weltbild war, dessen war sie sich sicher, immer nach Norden ausgerichtet gewesen. Jetzt gab es plötzlich keinen Norden mehr. Die Magnetfelder, die sie umgaben, waren alle in Bewegung geraten, und ihr Kompass drehte sich genau wie die Sterne am Nachthimmel um den Polarstern. Ihre Beine und Knie zitterten unkontrolliert. Sie hielt sich etwas darauf zugute, die klaren Strukturen zu verstehen, die das Universum lenkten. Und sie begriff, dass ihre Hypothesen – der allererste Anfang wahren Begreifens – falsch gewesen waren oder, noch schlimmer, auf falschen Annahmen beruhten.

Sie hatte das Leben derjenigen, die sie am meisten auf der Welt liebte, in die Hände von Menschen gelegt, denen sie nicht vertraute, Menschen, die sie kaum kannte.

»Wohin fahren wir?« Sie hörte die Unsicherheit in der eigenen Stimme und den flachen, raschen Atem.

Stefan beugte sich vor und presste die Beine an ihre Knie, um das Zittern zu unterbinden. Er sprach in bedachtem Tonfall, leise und tröstend. »Wir beide steigen in Stendal aus«, sagte er. »Wir fahren mit dem Zug zurück ins Institut, nehmen an der Präsentation teil und gehen dann unserer Arbeit nach, als wäre nichts Ungewöhnliches passiert. Können Sie das, Hannah?«

»Und Sabine?«

»Sie und Lotte werden heute Abend von Hamburg aus ablegen.« Stefan nahm ein blaues Mäppchen aus seiner Brusttasche und reichte es ihr. »Ausweis, Schiffspassage und Papiere, um in Kuba von Bord zu gehen. Es ist das Beste, was ich so kurzfristig organisieren konnte.«

Hannah nickte, noch unsicher, ob sie sich bei ihm bedanken oder sich Sabine schnappen und mit ihr aus dem Auto springen sollte. Sie öffnete das Mäppchen und starrte auf den Ausweis. Das körnige Foto zeigte ein unscheinbares Mädchen mit schwarzem Bubikopf und Brille, Gisella Proust, zwanzig Jahre alt, geboren in Straßburg.

»Sprichst du Französisch?«, fragte Lotte Sabine.

Sabine nickte.

»Ich bin Mademoiselle Scheers Sekretärin. Sag es!«

»Ich bin Ma …«

»Auf Französisch!«, fuhr Ulrike sie an. »Kleine Idiotin!«

»Mademoiselle Scheer – je suis sa secrétaire.«

»Mademoiselle Scheer möchte nicht gestört werden«, sagte Lotte.

»*Mademoiselle Scheer ne veut pas être dérangée.*«

»Wie heißt du?«

»Ähm … Gisella?«

Lotte versetzte ihr eine rasche Ohrfeige. »Wie heißt du?«

»Gisella. Proust.«

Lotte griff in Sabines Haar und zog sie näher. »Wie. Heißt. Du?«

Hannah sah, wie in Sabines Augen etwas erstarb. Ihre Antwort kam ruhig und befrachtet mit Jahren der Reife und Enttäuschung. *»Je m'appelle Gisella Proust. Je suis née à Strasbourg.«*

»Du hältst den Blick gesenkt und den Mund geschlossen, Mademoiselle Proust«, befahl Lotte. »Du verlässt die Kabine nicht ohne mich. Ob wir uns in der Kabine oder anderswo aufhalten, wir sprechen immer Französisch. Wir sprechen leise, und du wirst nichts sagen, es sei denn, man spricht dich an.« Sie beugte sich vor und packte Sabine am Ohr. »Das ist kein Spiel, kleines Mädchen. Mein Leben hängt an derselben Klaviersaite wie deins, und wenn du es mir versaust, zögere ich nicht, dich über die Reling zu stoßen. Verstanden?«

»*Oui*, Mademoiselle Scheer.«

»Ihr Gesichtsausdruck! Wenn ich will, kann ich ganz schön furchterregend sein.« Lotte kramte in Sabines Tasche. »Zieh den Mantel aus! Du kannst Ulrikes Jacke haben, ja? Kann sie, Schatz?«

Ulrike seufzte dramatisch, doch sie zog ihr graues Tweedjackett aus und reichte es über den Sitz nach hinten. »Die Haare sind ein Problem«, sagte Lotte.

»Hat sie einen anständigen Hut?«, fragte Ulrike.

Sabine zog ihre Baskenmütze aus der Tasche, und Lotte erfasste sie mit Daumen und Zeigefinger, ohne ihren Ekel zu verbergen.

»Ich glaube, ich habe von einem *anständigen* Hut gesprochen, stimmt's?«, sagte Ulrike.

»Sie kann meinen haben«, warf Hannah rasch ein und reichte ihr ihren Glockenhut mit Krempe.

Lotte öffnete das kunstvolle, mehrfach unterteilte Kästchen, in dem sie ihre Schminksachen aufbewahrte. Sie holte eine Schere heraus, bedeutete Sabine, sich vor ihr auf den Boden zu knien, und machte sich entschlossen daran, ihr die Locken abzuschneiden. »Hör auf zu quengeln! Der androgyne Look steht dir.«

Als Lotte fertig war, betrachtete Ulrike sie im Rückspiegel. »Das stimmt! Schaut mal, wie hübsch ihr Gesicht ohne diesen Hexenbesen auf dem Kopf ist!«

Lotte streifte ein Paar von Sabines Handschuhen über, tunkte den Finger in einen kleinen Topf schwarzer Schuhwichse und arbeitete die Farbe fachmännisch in Sabines Haare ein. »Auf dem Schiff schneiden wir es nach und färben es richtig. Bis dahin trägst du es hübsch mit Pomade nach hinten gekämmt. Wie Josephine Baker. Sehr elegant. Aber diese Schuhe … das sind Schuhe für ein Schulmädchen.«

»Sie ist ein Schulmädchen«, korrigierte Hannah.

»Jetzt nicht mehr.« In der Erklärung lag keine Schärfe. Es war nur eine Feststellung. Lotte tippte auf Hannahs Knie. »Damit wird es gehen.«

Hannah zog ihre Spangenschuhe aus und tauschte sie gegen Sabines Schnürschuhe. Lotte nahm Wimperntusche aus dem Schminkkasten und färbte Sabines Augenbrauen dunkler, zog den Bogen sorgfältig nach. Sie nahm eine Brille mit schmaler Metallfassung und setzte sie Sabine auf die Nase.

»Die habe ich in *Die lustige Witwe* getragen«, sagte sie. »Verlier sie nicht!«

Lotte steckte Sabines Mantel, ihre abgeschnittenen Locken

und die schmutzigen Handschuhe in die Reisetasche und verschloss diese. Mit weit aufgerissenen Augen und flehentlichem Blick ergriff Sabine Hannahs Hand.

»Ich finde dich«, sagte Hannah. »Ich finde dich.«

Unvermittelt hielt das Auto am Straßenrand an.

»Bahnhof Stendal«, verkündete Ulrike in singendem Tonfall.

Lotte reichte Stefan die Reisetasche. »Sei so lieb, und wirf die weg!«, verlangte sie.

»Nein!«, schrie Sabine, doch er war schon ausgestiegen. »Hannah!«

Hannah nahm Sabines Gesicht zwischen beide Hände und drückte ihr einen Kuss auf die Stirn. »Ich finde dich. Ich finde dich.«

»Hannah, kommen Sie bitte!« Stefan packte sie fest am Arm und zog sie vom Auto weg.

»Ich finde dich!«

Hannah erhaschte einen letzten kurzen Blick auf Sabines verzweifeltes Gesicht im Heckfenster, dann waren sie fort.

Stefan führte Hannah über den verlassenen Bahnsteig in eine dunkle Ecke, weit weg vom neugierigen Blick des Fahrkartenverkäufers. Er nahm sie in die Arme, drückte sie fest an sich und hielt sie, stützte sie, als die Knie unter ihr nachgaben. Hannah vergrub das Gesicht an seiner Brust, dankbar für einen vorbeifahrenden Zug, der ihr Weinen übertönte. Dann war der Zug fort, und es war nichts mehr zu hören außer Hannahs würgenden Schluchzern und dem Gesang der frühen Vögel, die zwischen den Dachbalken nisteten und auf dem Bahnsteig Krümel aufpickten. Stefan murmelte ihren Namen und sagte immer wieder: »Scht, scht!« Dabei strichen seine Lippen über ihre Schläfe.

»Es tut mir so leid, Hannah. Es tut mir so leid.«

»O Gott, was habe ich nur getan?«

»Das Einzige, was Sie tun konnten«, beteuerte er.

Hannah sah ihm forschend in die Augen und stemmte sich gegen seine Umarmung. »Versprechen Sie mir, dass es ihr gut gehen wird! Schwören Sie mir, dass Sie nicht …«

»Sie wissen, dass ich das nicht kann. Wenn ich irgendetwas ändern könnte …«

»Lassen Sie mich mit ihr gehen! Ich könnte den Zug nehmen und in Hamburg sein, bevor …«

»Seien Sie nicht naiv! Wir bewegen uns alle auf dünnem Eis. Wissen Sie, was Ulrike riskiert hat, um Ihnen zu helfen?«

»Warum?« Hannah wollte es wissen.

»Sie hat es für mich getan. Betrachten Sie es als Gefälligkeit zum Ausgleich für die vielen langweiligen Abende in der Oper.«

»Aber warum Sie? Warum riskieren Sie das alles?«

»Es war beschämend, als mir klar wurde, dass ich weniger couragiert bin als ein Schulmädchen«, bekannte Stefan mit einer müden Version seines jungenhaften Grinsens. »Abgesehen davon, habe ich Ihnen ja schon gesagt, Hannah, Sie bedeuten mir etwas. Genauso, wie Lotte Ulrike etwas bedeutet. Die beiden wissen, welches Risiko sie eingehen, was passieren würde, wenn die Leute es wüssten, aber was wir fühlen … was das Herz … es kommt nicht immer gelegen, jemanden … jemanden zu lieben.«

Irgendwie war diese halb gestotterte Erklärung wirkungsvoller als der geschliffene Charme, dessen er sich gewöhnlich bediente. Hannah ließ es zu, dass er sie wieder an sich zog, ließ sich von seinen breiten Händen am Rücken und seinem warmen Atem auf dem Scheitel trösten. Sie war die hohen Absätze der Spangenschuhe gewöhnt, mit denen sie fast so groß war wie er. Jetzt, in Sabines flachen Schuhen, passte Hannah ohne

Weiteres unter seinen Arm, ihre Nase auf Höhe des obersten Knopfs seines gestärkten weißen Hemds. Zum ersten Mal, seit sie mit ihrem Vater Tonleitern gespielt hatte, fühlte sie sich beschützt, spürte, dass sich jemand um ihr Schicksal kümmerte, dass sie die Verantwortung nicht allein tragen musste. Sie stand ganz still, ihr graute vor der Ankunft des nächsten Zugs. Als sie das Dröhnen in der Ferne nicht mehr leugnen konnte, löste sie sich aus seiner Umarmung und strich ihre Jacke glatt.

»Ich steige in den letzten Waggon«, sagte sie. »Sie sollten ganz vorn einsteigen.«

»Es wird alles gut.« Stefan wischte ihr eine heiße Träne von der Wange.

Sie nickte. »Wenn ich mich beeile, bin ich in meinem Labor, bevor Karin kommt.«

»Seien Sie vorsichtig!«

Die Zugfahrt zurück nach Berlin war kurz, aber strapaziös. Hannah spürte die echten und eingebildeten starren Blicke sämtlicher Mitreisender, die durch den Gang gingen, der Soldaten in ihren frischen, braunen Hemden, der Kinder, die Lieder der Hitlerjugend sangen.

»Vorwärts! Vorwärts! schmettern die hellen Fanfaren …«

30

Hannah trank ihren Whiskey, ohne den Blickkontakt mit Jack zu lösen. Die Nische, in der sie saßen – eine enge, halbkreisförmige Sitzbank in einer hinteren Ecke –, wurde von staubigen Wandleuchten spärlich beleuchtet, doch irgendwie war ihr Gesicht in diesem Halblicht leichter zu lesen als im hellen Tageslicht. Sie war weniger zurückhaltend. Vielleicht war sie aber auch nur müde. Inzwischen war es nach Mitternacht, und Jack hatte gesehen, wie sie am Morgen bei Sonnenaufgang spazieren gegangen war. Jedenfalls hatte er endlich das Gefühl, Fortschritte zu machen.

»Ich wüsste gern, was für Sie dabei herausspringt«, sagte Jack. »Was für ihn dabei herausspringt, verstehe ich. Sie sind klug. Sie sind schön. Sie kennen sich mit Atomen aus. Es dient offensichtlich seinen Zwecken, Sie im Keller versteckt zu halten wie …«

Jack unterbrach sich, doch Hannah sagte: »Nein, bitte, sprechen Sie es ruhig aus! Wie eine jüdische Sklavin.«

Jack nickte.

»Und Sie stecken nicht in derselben Situation, Jack? Sie haben geschworen, eine Gesellschaft zu verteidigen, in der Sie glaubten, sich verstecken zu müssen, damit bloß keiner dahinterkommt, dass Sie ein Bürger zweiter Klasse sind. Aber ich bin die jüdische Sklavin. Das sagt mir gerade der Richtige.«

»Urteilen Sie ruhig über mich! Die Alliierten packen uns nicht in Güterwaggons und bringen uns Gott weiß wohin.«

»Alle wissen, wohin! Die Amerikaner wussten es, lange bevor sie in den Krieg eintraten. Sie wissen es. Niemand kehrt zurück.« Hannah schloss die Augen und flüsterte: *»Oświęcim.«*

»Auschwitz«, sagte Jack. »Sie haben davon gehört?«

»Natürlich habe ich davon gehört. Sie haben doch auch davon gehört. Zieren Sie sich nicht so!«

»Ich habe die Karten aufbereitet, Luftbildaufklärung ...«

»Was haben Sie erfahren?« Hannahs Körperhaltung verriet ihren Eifer. »Was haben Sie gesehen?«

»Es hat die Größe von Lower Manhattan. Hauptsächlich Krematorien.«

»Haben die Alliierten das Gelände bombardiert?«

»Nicht dass ich wüsste.«

»Haben sie die Gleise bombardiert, die nach Auschwitz führen?«

»Das bezweifle ich«, räumte Jack ein. »Das sind keine strategischen Ziele.«

»Nein«, kommentierte sie bitter. »Natürlich nicht. Weil jüdische Sklaven entbehrlich sind, selbst für die Alliierten.«

»Das stimmt nicht.«

»Warum sagen Sie das? Weil das Eingeständnis zu schmerzlich für Sie wäre? Weil Sie sich dann daran erinnern müssten, dass Sie Jude sind?« Sie kippte den Rest ihres Whiskeys hinunter, sah zum Tresen hinüber und bedeutete dem Barmann, ihr einen weiteren zu bringen. »Erinnern Sie sich überhaupt an Ihren Namen, Jack? Wissen Ihre Eltern ...«

Der Rest der Frage blieb unausgesprochen. Als sie sich wieder zu Jack umwandte, beobachtete er, wie der auflodernde

Trotz in ihrer Miene erlosch. Ihre Augen wurden glasig und schwarz, als wären Verdunklungsrollos vor einem Fenster heruntergezogen worden.

»Hannah? Was ist los?«

Unvermittelt rutschte Hannah auf der Bank dichter an ihn heran und schmiegte ihre Hüfte dicht an seinen Körper. Sie drehte sein Gesicht in ihre Richtung und küsste ihn, öffnete die Lippen und küsste ihn mit beharrlicher Verzweiflung.

»Hannah ...« Jack spürte ihren heißen Atem am Hals.

»Der Mann ...«, flüsterte sie. »Der Mann aus dem Diner.«

Jack senkte den Blick und sah sich rasch um.

Der Mann aus dem Diner saß auf einem Hocker am Tresen neben den Indianern, nicht so dicht, dass es verdächtig gewesen wäre, doch immerhin so nah, dass er einen ungehinderten Blick in die Nische hatte. Er hatte den Hut abgenommen und auf dem Tresen abgelegt, doch es war eindeutig derselbe Mann. Die Bierflaschen auf dem Tresen vor ihm verrieten Jack, dass er schon eine Weile dort saß. Es versetzte Jack einen ordentlichen Schlag, dass Hannah ihn als Erste entdeckt hatte.

»Ich sehe ihn.« Jack hob Hannahs Hand an die Lippen und murmelte ihr auf Höhe des Handgelenks ins Ohr: »Wer könnte Ihnen folgen, Hannah, und warum?«

Sie strich mit dem kleinen Finger über einen Lippenstiftfleck in Jacks Mundwinkel, nahm die Puderdose aus der Handtasche, öffnete den Deckel und blickte in den Spiegel. »Wir müssen hier weg.«

»Ich bin für jeden Vorschlag offen.«

»Das ist kein Witz. Bilden die Sie nicht für solche Situationen aus?«

»Wofür? Kreuzworträtsellösen in der Öffentlichkeit? Es könnte reiner Zufall sein, dass er hier ist.«

»Glauben Sie das?«

»Nein.«

Jack erhob sich, durchquerte mit raschen Schritten die Bar, zog den Ellbogen nach hinten und schlug den Kreuzworträtsellöser mit einer harten Rechten mitten ins Gesicht k. o. Der Barhocker fiel um, und der Mann ging zu Boden wie ein nasser Sack Zement. Wie ein Donnerschlag schoss der Schmerz durch Jacks Schulter in den Arm.

»Hey! Hey! Hey!«, brüllte der Barmann. »Was zum Teufel, Mister?«

»Mir gefällt nicht, wie der Kerl meine Frau ansieht. Komm, Mindy!«, rief er Hannah durch den Raum zu. »Wir gehen.«

»Jawohl!« Der Barkellner schoss um den langen Tresen herum. »Verschwinden Sie, Sie verdammter Hitzkopf! Und kommen Sie bloß nicht wieder!«

Auf dem Weg zur Tür blickte Jack über die Schulter zurück zu dem Mann am Boden. Der Verletzte war bei Bewusstsein, doch aus seiner Nase lief Blut, und er hatte offenbar Probleme mit dem aufrechten Sitzen, selbst mit Unterstützung des Barmanns. Als Hannah und Jack den Parkplatz überquerten, stöhnte Jack und hielt sich die Schulter. »Verdammt!«, murmelte er. »Verdammt und Hölle!«

»Ich fahre«, entschied Hannah.

Er nickte und reichte ihr die Schlüssel, fand es aber schrecklich, als sie ihm die Beifahrertür öffnete und in den Wagen half, als wäre er ein gebrechlicher alter Mann.

»Ich komme klar«, fuhr er sie an. »Steigen Sie ein, und fahren Sie!«

Hannah eilte auf die Fahrerseite, warf ihre Schuhe auf den Rücksitz und bretterte so schnell vom Parkplatz, dass Matsch und Kieselsteine aufspritzten.

»Sie fahren in die falsche Richtung«, stellte Jack fest.

»Wenn wir zum Stützpunkt fahren, folgt er uns. Dort wären

wir das einzige Auto auf der Straße. Wenn wir nach Albuquerque fahren, tauchen wir im Verkehr unter.«

»Um zwei Uhr in der Nacht?«

»Gut, Jack. Wohin dann?«

»Das weiß ich nicht. Lassen Sie mich kurz überlegen!« Jack drückte den Daumen in die Achselhöhle und drehte das Gelenk behutsam. Elektrische Schockwellen zeichneten die anfällige Struktur seiner rechten Schulter nach und schossen seinen Rücken hinunter. »Verdammter Hurensohn! Das hat wehgetan.«

»Sie müssen Eis drauftun.«

»Wir müssen unser Gespräch fortsetzen«, widersprach Jack. »Und wer auch immer Ihr heimlicher Bewunderer ist, ich muss herausfinden, wieso er Ihren Aufenthaltsort kennt.«

Während Hannah durch die dunklen Straßen am Stadtrand von Albuquerque fuhr, hielt Jack den Blick fest auf den Rückspiegel gerichtet. Als er sicher war, dass ihnen niemand folgte, wies er mit dem Daumen auf das flackernde blaue Neonschild des *Blue Swallow Motel.*

»Eismaschine«, murmelte er. »Und ein ruhiger Ort, um unser Gespräch ohne Zuhörer fortzusetzen.«

Hannah drosselte das Tempo auf der verlassenen Route 66, setzte den Blinker, bog aber nicht in die Einfahrt ab.

»Ich gebe Ihnen mein Wort …«, setzte Jack an.

Sie winkte ab. »Darum geht es nicht.«

»Sondern …«

»Wenn ich einverstanden bin und weitermache«, sagte Hannah, »verraten Sie mir dann Ihren Namen?«

»Was hat das denn damit zu tun?«

»Sie erwarten, dass ich Ihnen vertraue. Ich muss mir sicher sein, dass Sie mir vertrauen.«

»Das tue ich nicht.«

»Aha. Na gut. Ich weiß Ihre Ehrlichkeit zu schätzen.«

Hannah parkte am dunklen Ende des Motelparkplatzes, so weit wie möglich von dem kalten neonblauen Licht entfernt. Sie wartete im Wagen, während Jack sich um das Zimmer kümmerte. Dann wartete er im Zimmer, während sie mit einem Kissenbezug zur Eismaschine ging.

»Als Stefan sagte, es sei zu gefährlich, wenn Kurt Sie beide noch einmal zusammen sähe«, sagte Jack, als sie zurückkam, »was hat das Ihrer Meinung nach bedeutet?«

»Damals rechnete er wohl mit Druck, falls bekannt würde, dass er sein Potenzial nur zu einem Bruchteil ausschöpfte. Er müsse den Lebensstil eines ...« Hannah kramte in ihrem englischen Vokabular nach dem richtigen Begriff. »Ich kenne den Ausdruck nicht. Bonvivant?«

»Playboy.«

»... eines Playboys aufgeben«, wiederholte sie und sortierte das Wort in ihre wohlgeordneten Erinnerungen ein. »Später begriff ich ... wenn unsere Arbeit in die falschen Hände gelangen würde, wäre das ...« Sie schüttelte den Kopf. »Undenkbar.«

Jack wurde klar, dass schon viele Menschen ihre fettigen Fingerabdrücke auf dem Gadget hinterlassen hatten und dass jeder, der damit zu tun hatte, eine andere Meinung hatte, wessen Hände die falschen waren.

Wenn jemand das Ding haben soll, dachte er, *dann bin ich vermutlich froh, dass wir das sind.*

31

Sabines Füße waren eine halbe Nummer kleiner als Hannahs. Deswegen schnitten die Halbschuhe, die zum Beginn des Schuljahrs ganz neu waren, Hannah in die Fersen, was zu quälender Hitze und dann zu rohen, offenen Blasen führte, als sie raschen Schrittes vom Bahnhof zum Kaiser-Wilhelm-Institut ging. Als sie die Stufen zu ihrem Labor hinuntereilte, spürte sie das heiße Brennen an der rechten Ferse. Sie blieb stehen, um den Schuh auszuziehen, da sah sie überrascht, dass im Labor das Licht anging.

»Karin?«

Als keine Antwort kam, zog Hannah auch den anderen Schuh aus und tappte in den Strümpfen mit den vielen Laufmaschen über die Schwelle. Karin war dort – Hannah konnte aufatmen –, doch statt wie üblich ihren Morgenkaffee zu trinken und Protokolle zu lesen, war Karin damit beschäftigt, die persönlichen Sachen von ihrem Schreibtisch in einen Karton zu packen. Hannah räusperte sich. »Guten Morgen, Karin«, grüßte sie.

»Frau Doktor Weiss, Sie haben mich erschreckt! Sie sind früh dran.«

»Genau wie Sie.« Hannah wies mit einem Nicken auf den Karton. »Was hat das zu bedeuten?«

Karin schüttelte den Kopf und räumte weiter die breite, flache Schreibtischschublade aus.

»Gehen Sie?«

»Es tut mir leid, Frau Doktor Weiss. Aber was soll ich machen?« Karin stemmte die Hände in die Hüften. »Zigeuner und Perverslinge in meinen Küchenschränken verstecken? Meine Schwestern verhungern lassen, während Leute, die nicht hierhergehören, alle Arbeitsplätze beanspruchen? Sie könnten dankbar sein, wissen Sie? Dankbar, dass Herr Doktor Frei Ihnen die Arbeit in diesem Labor erlaubt. Dankbar, dass ich so lange geblieben bin. Viele Mädchen haben mir immer wieder geraten, mir etwas Besseres zu suchen. Haben mich gewarnt, ich könne in Sachen reingezogen werden, in die ich lieber nicht reingezogen werden möchte.«

»Wie zum Beispiel?«, fragte Hannah. »Haben Sie je erlebt, dass ich etwas gesagt oder getan habe, das die Integrität des Instituts gefährdet?«

»Nein, Frau Doktor Weiss, und das habe ich denen auch geantwortet. Ich habe gesagt: *Doktor Weiss hat keine Zeit für politische oder persönliche Angelegenheiten, sie lebt nur für die Wissenschaft.*«

»Wem haben Sie das gesagt?«

Sorgfältig stellte Karin einen kleinen Kaktus in seinem Blumentopf auf den Inhalt des Kartons. Dann packte sie den Karton an den seitlich eingestanzten Grifflöchern und hievte ihn hoch. Kurz bevor sie an der Tür war, verharrte sie und sagte, ohne sich noch einmal umzusehen: »Ich wünsche Ihnen alles Gute, Frau Doktor Weiss. Ich hoffe, Sie sind mir nicht gram.«

Als Karins dumpfe Schritte im Flur verhallten, trat Hannah an den Schrank, in dem sie einen Verbandskasten aufbewahrte, und säuberte die Wunde, zuckte zusammen, als das

Wasserstoffperoxid auf ihrer blasigen Haut schäumte. Sie holte die pelzgefütterten Stiefeletten unter dem Schreibtisch hervor, die sie für Schneetage dort aufhob, und unternahm den flüchtigen Versuch, mit einem Eisenzylinder, den sie auf der Heizplatte heiß gemacht hatte, die Falten aus ihrem Rock zu bügeln.

Das Labor war eine stille Katakombe. Hannah beschäftigte sich damit, Unterlagen und Laborausrüstung zu sortieren, um den leeren Platz, den Karin zurückgelassen hatte, bestmöglich zu nutzen. Als es zwölf Uhr schlug, rief sie wie verabredet ihren Onkel an. »Ophelia lässt liebe Grüße ausrichten. Sie lernt schwimmen«, sagte sie.

Josuas Antwort war unverständlich, mehr ein Hicksen als ein Wort, doch Hannah spürte seine große Erleichterung.

»Kann sein, dass es heute Abend wieder spät wird«, sagte sie. »Warte nicht auf mich!«

Verglichen mit der energiegeladenen Zusammenarbeit mit Stefan war die anstehende Aufgabe nichts als müde Beschäftigungstherapie. Es hatte keinen Sinn. Hannah sah das jetzt ganz deutlich. Max hielt sie auf diese Weise beschäftigt, während die wirklich wichtige Arbeit von den arischen Männern geleistet wurde, die eindeutig zu Höherem berufen waren, zumindest für den Wohlstand und die Ehrungen, die damit einhergingen. Der Nachmittag kroch dahin, und die Stunden waren durchtränkt von einer besonderen Form von Neid, der an ihr nagte wie Hunger. Die unverblümte Gemeinheit daran überraschte und beschämte Hannah. Der lange Tag nach einer Nacht ohne Schlaf zerrte an ihren Schultern und machte ihre Lider schwer. Sie würde nicht lange bleiben, beschloss sie um halb vier. Sie stellte Notizen zusammen und packte ihre Tasche für den Heimweg, als Gregor in der Türöffnung auftauchte. »Störe ich?«, fragte er.

»Bitte«, sagte Hannah. »Sie sind der einzige Besucher, der noch hier herunterkommt.«

»Es tut mir leid, dass ich nicht öfter aufgetaucht bin.«

Hannah zuckte die Achseln und lächelte. »Jetzt sind Sie ja gekommen.«

»Mit einer Mission«, erklärte Gregor. »Stefan bat mich, Sie zu der Präsentation zu begleiten und Sie in die erste Reihe neben Ihre Kollegen zu setzen.«

»Es ist sicher nicht ratsam, uns zusammen zu sehen.«

»Was sollen sie schon machen? Mich nach Hause schicken, wo ich mit Annalise und dem kleinen Karl am Kamin sitze?« Er fasste sich an die Weste. »Ich müsste Lammfleischbrote essen, Karl helfen, mit Bauklötzchen Burgen zu bauen, und unseren Hund hinter den Ohren kraulen. Und das Geigenspiel … wie könnte ich das ertragen?«

»Darf ich Sie etwas fragen, Gregor?« Er bedeutete ihr, sie möge fortfahren. »Warum bleiben Sie?«, erkundigte sie sich.

»Warum nicht?«, versetzte er. »Ich verdiene gut und liebe meine Arbeit. Was derzeit in Deutschland passiert, ist schrecklich und verabscheuungswürdig. Aber es steht mir nicht zu, ein Urteil darüber zu fällen. Also halte ich mich raus und befasse mich mit den Dingen, die mich etwas angehen. Ihnen rate ich, es ebenso zu halten.« Er verschränkte die Arme. »Wie? Warum machen Sie so ein Gesicht?«

»Ich bin mir nicht mehr so sicher wie früher, wo die Grenzen liegen zwischen dem, was den einen Menschen, und dem, was den anderen angeht.«

»Sie kommen mir aber jetzt nicht politisch, oder?«

Hannah schüttelte den Kopf. »Es war ein merkwürdiger Tag, Gregor. Ich weiß noch nicht so richtig, wie ich jetzt weitermachen soll.«

»Fangen Sie hiermit an!«, empfahl er und reichte Hannah

ihre Tasche. »Schauen Sie, wohin es Sie führt. Nicht alle Wissenschaft findet im Labor statt, wie Sie sicher wissen. Ebenso wenig wie das ganze Leben.«

Sie stiegen die Treppe zum Hörsaal hinauf, wobei ihnen irgendwann auffiel, dass die meisten anderen Wissenschaftler, Assistenten und Studierende in die entgegengesetzte Richtung gingen.

»Was zum Teufel …« Gregor hielt einen jungen Laborassistenten an. »Besuchen Sie nicht die Präsentation?«, fragte er.

»Sie wurde abgesagt«, antwortete dieser.

»Wie bedauerlich«, sagte Gregor, während sich der junge Mann entfernte. »Wie geht es Ihnen, Hannah?«

»Ehrlich gesagt, bin ich erleichtert. Es spielt keine Rolle. Die Arbeit ist jetzt bekannt. Das ist die Hauptsache.«

»Frei der Jüngere ist da vermutlich nicht so großmütig.«

»Bitte übermitteln Sie ihm meinen Dank, dass er es versucht hat!«, bat Hannah. »Ich möchte jetzt wirklich nur noch nach Hause.«

Gregor drückte ihr die Hand, und sie trennten sich auf der Treppe. Hannah ging den Flur hinunter zum Einstein-Labor, denn sie wollte sich vergewissern, dass es dort keine Spuren von Sabines Aufenthalt mehr gab. Als sie den Fuß der Treppe erreichten, hörte sie erst Stefans Stimme und dann die von Max, beide klangen tief enttäuscht. Die Deckenleuchten gingen in rascher Folge aus, als taumelte eine Reihe von Schatten durch den Flur. Hannah hockte sich auf die Stufen und lauschte dem hitzigen Streit zwischen Vater und Sohn.

»Dachtest du, Kurt würde dein Spielchen nicht bemerken?«, fragte Max und schien vor Wut zu kochen. »Kurz nachdem ihm klar geworden war, dass das ihr Name auf dem Aufsatz war, rief er den Reichsforschungsrat an. Das ist keine Physik mehr. Das ist jüdische Physik.«

»Vater, das glaubst du doch nicht wirklich.«

»Was ich glaube, tut nichts zur Sache. Jetzt kann es nicht mehr veröffentlicht werden. Die ganze Arbeit, vergeudet. Wenn wir sie nicht beschwichtigen, wird es noch schlimmere Konsequenzen haben, viel schlimmere. Ich übergebe mein Institut nicht an die Nazis.«

»Du hast es ihnen schon gegeben, Stückchen für Stückchen.« In Stefans Stimme lag ein Leben voller Erwartung und Bedauern. »Du hast ihnen sogar deinen eigenen Sohn gegeben.«

»Ich versuche zu tun, was für alle das Beste ist, und handle im höheren Interesse der Wissenschaft. Frau Doktor Weiss ist außergewöhnlich. Ich verstehe, welchen Wert ihre Arbeit hat, und ich weiß, dass dir etwas an ihr liegt, Stefan. Ich sehe es in deinem Gesicht, sobald sie einen Raum betritt, und es ist idiotisch. Idiotisch! Du kannst jede Frau haben, die du begehrst. Ich bemühe mich verzweifelt, sie zu verstecken, weg von dem Wahnsinn, und was du da machst, ist nicht hilfreich.« Max stieß einen tiefen, gequälten Seufzer aus. »Diese Verrücktheit wird vorübergehen. Und dann wird alles wieder normal sein. Wir dürfen den Kopf nicht verlieren, bis …«

»Dass du dir das immer wieder einredest, ist das wirklich Verrückte, Vater.«

32

Die Tage von Max Freis unerschütterlicher Selbsttäuschung waren gezählt. Als Hannah eine Woche später das Gebäude betrat, wurde sie in Richtung Hörsaal gewiesen. Nazifahnen hingen hinter der Bühne, vom Boden bis zur Decke, und am Rednerpult stand Max Frei, zitternd, zum Zwerg geschrumpft neben den riesigen schwarzen Hakenkreuzen, flankiert von Kommandant Scholl und anderen hochrangigen Parteimitgliedern. Als Frei die versammelten Wissenschaftler und Mitarbeiter ansprach, klang seine Stimme bedächtig und klar. Aber selbst auf ihrem Platz hoch oben in den Rängen nahm Hannah sein gebrochenes Herz wahr.

»Das Kaiser-Wilhelm-Institut wurde zum Modellinstitut des Reichs erklärt«, sagte er. »Ich trete mit sofortiger Wirkung zurück und übernehme eine Stellung in der physikalischen Abteilung, damit unsere wichtige Arbeit unter den Fittichen unseres ruhmreichen Führers und seines Reichstags ungebrochen fortgesetzt werden kann.«

Scholls Arm hob sich wie ein Speer in die erforderliche Höhe. »Heil Hitler!«

Fassungsloses Schweigen, dann unsicherer Applaus und hier und da ein gemurmeltes »Heil Hitler«.

»Ich danke Ihnen allen, dass Sie mir die Ehre gewährt haben, mit Ihnen zu arbeiten«, sagte Max.

Während er das Podium verließ, trat Scholl ans Mikrofon, doch bevor er das Wort ergreifen konnte, stand Stefan Frei auf und applaudierte. Diebner und die übrigen Physiker erhoben sich augenblicklich und fielen in den Applaus ein, und dann taten es die übrigen Zuhörer ihnen nach, bis der Applaus sich zu einem donnernden Crescendo steigerte. Max senkte artig den Kopf, doch sichtlich gerührt. Hannah zog die Knie hoch und schlang die Arme um die Schienbeine, rollte sich ein wie eine Kellerassel. Sie erschrak, als sich eine Hand auf ihre Schulter legte. »Gregor …«

»Hannah, in Ihrem Labor warten zwei Gestapoleute auf Sie, um Sie festzunehmen.« Er hob die Lasche seiner prallvollen Kuriertasche, und Hannah erhaschte einen Blick auf ihre Handtasche, die Zinnkanten einiger gerahmter Fotografien und ihre Sabbatleuchter. »Ich habe mitgenommen, was ich konnte. Kommen Sie, rasch!«

»Ich muss meinen Onkel warnen.«

»Dazu bleibt keine Zeit, Hannah.«

»Bitte! Bitte, Gregor, ich flehe Sie an! Wenn ich es nicht selbst tun kann, dann gehen Sie bitte zu mir nach Hause und machen die Mesusa kaputt. Mein Onkel weiß, was das bedeutet.«

»In Ordnung. Das tue ich, versprochen, aber ich lasse Sie nicht hier zurück. Bitte. Wir vergeuden nur Zeit.«

Gregor duckte sich hinter die Sitzreihen und kroch zu einer großen Wandöffnung, hinter der die Filmprojektoren standen.

»Die Dame zuerst«, sagte er, und Hannah kletterte ohne Zögern oder Schamhaftigkeit hindurch. Gregor kroch hinter ihr her und zog eine wackelige Leiter herunter. Sie führte zu den Laufgängen für die Scheinwerfer, die auf die Bühne gerichtet waren.

»Ich schließe mich der Anerkennung für Herrn Doktor Frei für langjährige engagierte Arbeit an«, sagte Scholl und hob beide Hände, um die lange Ovation zu beenden. »Sicher freuen Sie sich zu hören, dass sein Nachfolger einer von Ihnen ist, Doktor Kurt Diebner.«

Wieder gab es Beifall, wenn auch verhaltener, als Diebner aufs Podium trat und seine neuen Vorgesetzten begrüßte.

»Heute Morgen«, sagte er mit geschwellter Brust, »habe ich mit unserem Führer persönlich gesprochen. Er befiehlt, dass wir uns ganz auf die Produktion von Atomenergie konzentrieren, zum Ruhme des Reichs!«

Hannah, die aus schwindelnder Höhe nach unten blickte, sah ein Meer erhobener Hände, eine surreale Szene aus einem Melodram, das allein von abgedroschenen Kriegsphrasen und verzerrtem Patriotismus lebte. Gregor zog an ihrem Ärmel, und sie folgte ihm zu einer Wendeltreppe, die aufs Dach führte. Die im Zickzack nach unten führende Feuertreppe seitlich am Gebäude lag voll im Blickfeld mehrerer langer schwarzer Wagen.

»Hier entlang«, sagte Hannah. Sie zog ihre Stiefel aus und trug sie in der Hand, als sie den niedrigen Traufen um die kupfernen Türmchen herum nach hinten folgten. Mithilfe von Gregors Kuriertasche schlug Hannah ein Dachfenster ein, und sie kletterten in einen Speicher.

»Ich nehme den Lastenaufzug hinunter zum Heizungsraum«, sagte sie.

»Perfekt.« Gregor hob die Brauen. »Fast so, als hätten Sie sich das schon im Voraus überlegt.«

»Es ist immer klug, einen Plan zu haben«, entgegnete Hannah.

»Warten Sie dort auf mich! Es wird bald dunkel. Wenn ich in dreißig Minuten nicht zurück bin, dann …« Er schüttelte den Kopf. »Dann weiß ich auch nicht. Ich habe nichts.«

Er zog das Gitter des Lastenaufzugs herunter, und Hannah legte den Schalter um, der sie nach unten in die Eingeweide des Gebäudes brachte. Dann stand sie in einer düsteren Ecke des Heizungsraums, und ihre Haut prickelte, wenn gelegentlich das Trippeln von Ratten zu vernehmen war. Nach einer Ewigkeit hörte sie Gregor ihren Namen flüstern.

»Hier entlang.« Er nahm ihre Hand, und sie eilten zur Lieferrampe für die Kohlen. »Sobald wir auf der Straße sind, gehen Sie ganz ruhig zur nächsten Straßenecke.«

Hinter dem hellen Lichtfleck einer Straßenlaterne an der Ecke wartete ein Taxi. Gregor öffnete ihr die Wagentür, und eine Welle von Gefühlen überkam Hannah, als sie Stefan sah, der die Hand ausstreckte, um ihr hineinzuhelfen. Sie schlang Gregor die Arme um den Hals und küsste ihn auf die Wange. »Sie sind ein guter Freund. Sie haben Ihr Leben für mich aufs Spiel gesetzt. Ich weiß nicht, was ich sagen soll.«

»Wissen Sie, woran ich zukünftig arbeiten soll?«, fragte er, und sie schüttelte den Kopf. »An einem Ventilmechanismus für Dampflokomotiven. Ich mag weder ein genialer Wissenschaftler noch ein großer Menschenfreund gewesen sein, doch wir alle erleben einen Augenblick, in dem wir zeigen, ob wir einen Pfifferling wert sind oder nicht. Und meinen verdanke ich Ihnen.«

Hannah kramte in ihrer Tasche und holte einen der beiden silbernen Kerzenständer ihrer Mutter heraus. »Nehmen Sie den!«

»Das kann ich nicht.«

»Bitte! Immer wenn ich meinen Leuchter anzünde, werde ich an Sie denken und Gott danken.«

Gregor nahm den Leuchter und umarmte Hannah. »Und jetzt fahren Sie, bevor wir noch alle in Tränen ausbrechen!«

»Danke, Gregor«, sagte Stefan.

»Ein weiterer Viertelpenny für das Gefallenkonto«, sagte Gregor. »Ich gebe Ihnen Bescheid, wenn ich etwas abheben möchte.«

Als das Taxi vom Bordstein losfuhr, stellte Stefan ihre Tasche zwischen seine Füße. »Ist alles in Ordnung?«, fragte er.

»Das kann ich erst sagen, wenn ich weiß, wohin wir fahren.«

»Ich möchte Ihnen die Überraschung nicht verderben.« Für einen flüchtigen Moment schweifte Stefans Blick zu dem Fahrer auf dem Vordersitz. Er löste den Kaschmirschal vom Hals und legte ihn Hannah so um die Schultern, dass er den gelben Stern an ihrem Mantel verdeckte. »So, Sie wollen sich doch nicht erkälten.«

Sie schwiegen, während sich das Taxi durch den nachmittäglichen Verkehr zum Bahnhof schlängelte, wo sie ausstiegen. Hannah hatte Mühe, mit Stefans langen Schritten mitzuhalten. Sie stiegen in einen Zug, nahmen schweigend in einem privaten Abteil Platz und versuchten zu lesen, während draußen auf dem Bahnsteig Reisende vorbeieilten. Nach einer kleinen Ewigkeit fuhr der Zug ruckelnd an.

Sie rollten durch grüne Landschaft, als der Schaffner kam. Er klopfte zweimal und öffnete die Tür. »Heil Hitler!«

»Heil Hitler«, sagte Stefan, reichte ihm zwei Fahrkarten und seinen Ausweis. »Für mich und meine Assistentin.«

»Kann ich Ihre Papiere sehen?«

»Ich versichere Ihnen, meine Papiere sind ausreichend«, beharrte Stefan.

Der Schaffner musterte ihn, dann trat er hinaus in den Flur, um sich mit einem der Soldaten zu beraten, die rauchend am

Fenster standen. Der Soldat sah sich Stefans Papiere an und kam dann zur Abteiltür. Stefan begrüßte ihn mit einem unerschütterlichen Lächeln.

»Es ist mir eine Ehre, Sie kennenzulernen, Herr Doktor Frei.«

»Und mir eine Freude, Sie zu treffen, Leutnant …«

»Fuchs.«

»Leutnant Fuchs. Ausgezeichnet«, sagte Stefan. »Wer ist Ihr befehlshabender Offizier?«

»Kapitän Ramsauer.«

»Ah! Fritz, ja. Er hält Sie gewiss auf Trab. Hat er immer noch diese Koteletten, mit denen er aussieht wie ein Faustkämpfer aus Belgravia?«

Der Leutnant lachte. »Ja, allerdings.«

»Ich freue mich darauf, ihn und Kommandant Scholl nächste Woche im Institut zu treffen. Ich werde nicht vergessen, Ihr vortreffliches Verhalten zu loben.«

»Vielen Dank, Herr Doktor Frei.« Der Soldat achtete sorgsam darauf, den Blick nicht auf Hannah zu richten. »Einen schönen Abend.«

»Ihnen auch, Leutnant Fuchs.«

Der Soldat kehrte auf seinen Posten zurück; der Schaffner reichte Stefan seine Papiere, lochte die zwei Fahrkarten, verließ das Abteil und schloss die Tür. Hannah atmete die angehaltene Luft aus und dachte, wie praktisch es doch war, den Stacheldraht der Bürokratie so mühelos zu überspringen. Einen Augenblick später war im Flur gedämpfter Lärm zu hören, und Fuchs hastete mit einem älteren Mann, den er im Nacken gepackt hielt, an der Abteiltür vorbei. Eine alte Frau schlurfte hinter ihm her, weinte und flehte auf Ungarisch und mühte sich mit schweren Taschen ab. Sie stürzte, und ihr Mann wollte ihr aufhelfen, doch Fuchs gab ihm eine Ohrfeige. Hannah erstarrte und beugte sich vor, doch Stefan legte ihr eine Hand auf den Oberschenkel. Sie sah, dass die Reisenden im Abteil gegenüber den Blick von der geläufigen Szene abwandten. Als es im Flur wieder ruhig war, sagte Stefan: »Das war ein guter Impuls, aber Sie befinden sich nicht in der Lage, jemandem Hilfe leisten zu können.«

Stefan zog die Rollos an der Abteiltür und an den Fenstern herunter und ließ sich wieder neben Hannah nieder.

»Erzählen Sie mir jetzt, wohin wir fahren?«, fragte sie.

»In eine kleine Stadt unweit des Schwarzwalds«, sagte Stefan. »Haigerloch. Kennen Sie sie?«

Hannah schüttelte den Kopf. »Wie weit ist das?«

»Ungefähr acht Stunden. Meine Familie besitzt dort ein Landhaus, und ich habe die glücklichste Zeit meiner Kindheit dort verbracht.« Stefan streckte die Beine aus und zog sich den Hut ins Gesicht, als wollte er ein Nickerchen machen. »Ich dachte, ein Ortswechsel würde uns inspirieren.«

»Wozu?«

»Ich gebe Ihnen mein Wort, Frau Doktor Weiss.« Stefan legte eine Hand aufs Herz. »Ich bin viel zu faul, um meinem Ruf gerecht zu werden, nichts als Unheil anzurichten.«

Hannah spähte zum Fenster hinaus. Das dunkle Grün von Kiefern, durchsetzt mit silbernem Schnee, blitzte vorbei, und zwischen jedem Aufblitzen sah sie in der Fensterscheibe die Spiegelung ihres eigenen zaghaften Lächelns. Als sie Berlin verließen, sank die Sonne, duckte sich und verschwand zwischen den Bäumen und Blechdächern am Stadtrand. Ein Imbisswagen wurde den Flur hinuntergeschoben. Stefan kaufte belegte Brote und Kaffee, und so rollten sie eine gute Stunde weiter, jeder mit einem Brot in der einen und einem Buch in der anderen Hand. Erst später kam Hannah in den Sinn, wie ungewohnt es war, so behaglich zusammen mit Stefan zu schweigen. Ab und zu hielt der Zug an, und sie blickten fest in ihre Bücher, wenn Mitreisende und patrouillierende Braunhemden den Gang hinunterliefen. Gelegentlich hörte Hannah draußen auf dem Bahnsteig laute Rufe und bemerkte, dass Stefan das Kinn ein wenig neigte, doch weder sein Gesicht noch sein Atemrhythmus verriet einen Hauch von Unsicherheit.

Irgendwann schlief Hannah ein und schwebte auf ihrer Seite der Lederbank zwischen einer erschöpften Traumlandschaft und dem stählernen Rattern des Zugs über die Gleise. Als sie die Augen aufschlug, stellte sie fest, dass Stefan sie mit seinem Wintermantel zugedeckt hatte und auf dem Platz ihr gegenüber leise schnarchte, sein Buch – eine zerlesene Ausgabe von Goethes *Faust* – noch in der Hand. Sie linste durch einen Spalt zwischen der Wand und dem Rollo vor dem Fenster, doch es war noch zu dunkel, um mehr zu erkennen als die ersten Vorboten der Morgendämmerung am Horizont.

»Guten Morgen«, sagte Stefan.

»Guten Morgen.« Hannah reichte ihm seinen Mantel hinüber. »Danke.«

»Sie haben ausgesehen wie das Gemälde von Frederic Leighton. *Flaming June*, nicht wahr?«

»Das kenne ich nicht«, sagte sie. »Ein modernes Gemälde?«

»Viktorianisch. Aber nicht auf die prüde Art. Es ist sogar sehr sinnlich.«

»Aha.«

Stefan räusperte sich und erhob sich unvermittelt, öffnete das Rollo am Fenster und starrte hinaus ins Halbdunkel. »Der nächste Halt ist Haigerloch. Zum Haus ist es ein Stück Fußweg über die Anhöhe. Macht Ihnen das etwas aus?«

Es ging Hannah durch den Kopf, dass Stefan sie zum ersten Mal, seit sie am Kaiser-Wilhelm-Institut ins Taxi gestiegen war, nach ihrer Meinung zu einem Aspekt ihrer Reise fragte. Im nächsten Augenblick wurde ihr klar, dass sie hier sein wollte, bei ihm. Für dieses Vergnügen hätte sie bereitwillig alle Unannehmlichkeiten oder Unbequemlichkeiten auf sich genommen. Sie nahm ihre Sachen und folgte ihm den Gang hinunter. Als der Zug in den Bahnhof einfuhr, nahm der Schaffner einen Sack ausgehender Post und legte einen Stapel Zeitungen vor die Halbtür, wo der Stationsvorsteher stand und seine morgendlichen Eintragungen machte. Hannah wartete etwas weiter entfernt, während Stefan kurz mit dem Stationsvorsteher sprach. Mit einem Schnappmesser schnitt der ältere Herr die Kordel um das Bündel auf und reichte Stefan eine Zeitung, für die er von Stefan einige Münzen bekam. Stefan kam am Ende des Bahnsteigs auf Hannah zu, und als er ihre neugierige Miene bemerkte, sagte er: »Gregor ist nicht der Einzige, der einen Viertelpenny auf der Gefallen-Bank hat.«

»Was heißt das?«

»Ich zeige es Ihnen.« Stefan schlug die Morgenzeitung auf, überblätterte die Propaganda und die politischen Nachrichten, bis er zu den Gesellschaftsseiten gelangte. »Da, bitte schön.«

Er zeigte Hannah die Überschrift. *»Diva Lotte Scheer sagt Deutschland zärtlich Lebewohl.«* Hannah nahm die Zeitung und sah sich die körnigen Gestalten im Hintergrund des Fotos an. Die junge Frau, die einst Sabine gewesen war, stand auf dem hohen Ende des Landungsstegs, einen Ellbogen auf der Reling. Sie trug die Nickelbrille, die das Licht einfing und schimmerte, wodurch ihr Gesichtsausdruck nicht zu erkennen war. Doch sie war da, auf dem Schiff, der *SS St. Louis.* In diesem Augenblick, dachte Hannah, ist Gisella Proust unter dem strengen und anspruchsvollen Regiment von Lotte Scheer sicher auf dem Weg nach Havanna.

Hannah stieß einen tiefen Seufzer der Erleichterung aus.

»Inzwischen haben sie die deutschen Hoheitsgewässer weit hinter sich gelassen«, sagte Stefan. »Sie können mit Lotte in Kuba Kontakt aufnehmen und sich um Sabines Reise nach Amerika kümmern.«

»Danke. Stefan, ich weiß nicht, was ich sagen soll.«

»Sagen Sie mir, dass Sie mir vertrauen.«

»Ich bin hier, oder?«

»Ja.« Er berührte ihre Wange.

Hannah folgte Stefan die Stufen hinunter, froh über ihre Winterstiefel, auch wenn sie alles andere als modisch waren, und sie stapften einen steilen Weg hinauf, der von der Hauptstraße in den Wald führte. Sie erreichten eine Anhöhe, als hinter einem fernen Bergkamm gerade die Sonne aufging. Von einer alten Kirche, die auf einem Steilhang über dem Fluss thronte, hallten Morgenglocken durch das Tal. Die eindrucksvolle Basilika war für die adlige Familie auf dem Schloss und die Bewohner des idyllischen Städtchens erbaut worden.

»Dort liegt das Haus.« Stefan wies auf ein weitläufiges Gebäude aus Stein und Holz mit hohen Giebelfenstern und einer umlaufenden Veranda. »Auf der Straße sind es nur wenige Kilometer. Oder wir nehmen die Abkürzung über die Wiesen, falls Sie mit dabei sind.«

»Ich bin dabei.« Hannah nickte.

»Dachte ich mir.« Stefan nahm ihr die Tasche ab, und sie machten sich auf den Weg den Hügel hinunter. Der Himmel sah rosa- und bernsteinfarben gestreift aus. Die Luft war schneidend kalt, erfüllt von scharfem Kiefernduft und lärmendem Vogelgezwitscher. Hannah stapfte durch die verstreuten Schneeinseln.

»Ich verstehe, warum Sie hier glücklich waren«, erklärte sie. »Ein wunderbarer Platz für ein Kind.«

»Der einzige Platz, an dem mein Vater mir näher war als seinem Laborassistenten.«

»Dann stelle ich mir vor, dass er hier auch glücklich war.«

»Da ist Ihre Vorstellungskraft aber größer als meine«, sagte Stefan.

»Was ist mit Ihrer Mutter?«

»Was soll mit ihr sein?« Stefan beeilte sich, die scharfe Erwiderung mit einem verlegenen Lächeln zu glätten. »Sie ist eine reizende Frau, die ein schönes Leben hatte. Jetzt ist es schwer für sie. Sie erlebt Augenblicke schrecklicher Gewissensbisse. Die Nachrichten im Radio regen sie sehr auf. Sie findet es schrecklich, was passiert, doch sie will auch nichts tun oder sagen, was meinen Vater oder mich in Schwierigkeiten bringen könnte. Also zieht sie sich in ihren Garten zurück und hat mit der Ölmalerei angefangen. Sie sammelt Spenden und verteilt Lebensmittel an Kriegerwitwen. Sie bemüht sich, ein guter Mensch zu sein.«

»Das ist sie bestimmt«, bestätigte Hannah. »Viele gute Menschen wenden sich in diesen Tagen der Malerei zu.«

Stefan deutete auf eine enge Schlucht am Fluss. »Sehen Sie den toten Baum dort?«

»Der aussieht wie ein Schiffswrack?«

»Ja, nicht wahr? Danke. Ulrike hat stur behauptet, es sei ein Märchenschloss. Ich wollte, dass es mein Piratenschiff ist. Die Diebners mieteten jedes Jahr im Sommer ein Haus am Fluss. Unsere Eltern waren befreundet. Wenn Kurt und Ulrike da waren, bestand immer die Gefahr, uns in Schwierigkeiten zu bringen. Wenn sie nicht da waren, folgte ich meinem Vater ins Labor, wo ich ihm immer im Weg war. Vermutlich gibt es schlimmere Kindheiten.«

»Ich war unglaublich gern mit meinem Vater im Krankenhaus«, berichtete Hannah. »Er hob mich oft hoch, und dann durfte ich ins Mikroskop schauen. Ich habe diese Welt verehrt … rätselhaft, unsichtbar. Er hat immer gesagt: *Wenn du die Antwort noch nicht gefunden hast, dann liegt das nur daran, dass du nicht genug gesucht hast.* Er sagte, es gebe ein Muster, eine Erklärung für alles, was geschieht.«

»Aber das stimmt nicht.«

Hannah, die Hände in den Taschen, sann darüber nach.

»Ist er im großen Krieg gefallen, Ihr Vater?«

»Ja«, sagte sie. »Senfgas.«

»Das tut mir leid. Das ist kein schöner Tod.«

»Meine Mutter hat immer wieder gefragt: *Warum ist das passiert?* Die Antwort habe ich nie gefunden. Irgendwann forschte sie nicht mehr nach und begann ein neues Leben.«

»Aber Sie haben beschlossen, lieber in der unsichtbaren Welt zu leben.«

»Soweit ich kann.«

»Klingt sehr einsam«, befand Stefan. »Es ist gut, unter dem Mikroskop nach Antworten zu suchen, Hannah, aber Ihr Leben müssen Sie anderswo leben.«

Am Fluss tauchten sie aus dem schattigen Wäldchen auf. Linden und Lärchen säumten die Ufer. Ein goldenes und indigofarbenes Aufblitzen fiel Hannah ins Auge – auf Stefans Mantelärmel saß ein großer Schmetterling.

»Sie haben einen Passagier«, sagte sie.

»In der Tat.«

Er stellte die Taschen ab und wollte den Schmetterling vorsichtig auf den Finger nehmen, doch er flatterte in einem engen Kreis um seine Hand und ließ sich dann vom Wind in den Sonnenschein hinauftragen. »Das ist ein Odysseusfalter, ein Mitglied der Familie der Schwalbenschwänze. Die Oberseite der Flügel ist leuchtend blau, während die Unterseite dumpfbraun ist. Wenn sie nicht fliegen, legen sie die Flügel aneinander, damit sie getarnt sind. Ah … da kommt er zurück.«

Hannah stand still. Stefan trat näher und versuchte noch einmal, den Schmetterling in die Hand zu nehmen, und diesmal flatterte er auf und leuchtete in Hannahs Haar auf.

»Am Odysseusfalter bewundere ich, dass er seine Schönheit verbirgt, dass er nicht prahlt oder sich an den Mob vergeudet. Nicht bewegen!«, flüsterte er.

Hannah spürte das Schlagen der Schmetterlingsflügel an ihrer Schläfe. Sie spürte sein Gewicht genauso wie das Gewicht von Stefans Blick – atemlose Unvertrautheit, gesteigert durch starken Willen. Sie hätte nicht geatmet, wenn der Preis für das Atmen das Ende dieses Augenblicks gewesen wäre. Sie spürte das zarte Kitzeln seiner Finger, die ihr im Nacken über den Haaransatz strichen.

Stefans Lippen näherten sich ihrem Mund, doch kurz vor einem Kuss hielt er inne. Er strich den Schmetterling von ihrem Haar, und sie sah zu, wie er in die Äste hinaufflog, blau aufblitzte, bis er im Blau des Himmels verschwand.

»Haben Sie als Junge Schmetterlinge gefangen?«, fragte sie.

»Ja. Aber die Vorstellung von einem Tötungsglas fand ich schrecklich, also habe ich sie wieder freigelassen«, erwiderte Stefan. »Wenn ich ehrlich bin, ziehe ich Motten vor. Alle denken, sie seien bloß langweilige, flatternde Dinger, aber viele von ihnen sind viel schöner als Schmetterlinge. Meine Mutter hat mir gezeigt, wie man nachts Motten anlockt. Sie hat Dunkelbier in einem Topf erwärmt, eine Tasse dunkelbraunen Zucker und Rübensirup hineingerührt und ein paar Tropfen Rum hinzugefügt. Manchmal hat sie mir sogar einen Schluck davon zu trinken gegeben. Einige Stunden bevor die Sonne hinter dem Hügel unterging, musste ich die Zuckermischung auf die Baumstämme und Zaunpfähle rings um den Garten streichen. Dann konnte ich mich nach Einbruch der Dunkelheit mit meiner Taschenlampe mitten in den Garten legen und sie in den Himmel halten … über mir das prächtige Firmament von Motten, wie Sternschnuppen am Himmelszelt.«

Hannah schloss die Augen und sah den Jungen vor sich, geschützt vor der Härte der Welt durch seine Vorstellungskraft, über ihm in der Luft das Schlagen winziger Flügel wie ein zarter Schutzschild.

Stefan war ihr so nah, dass sie das Schlagen seines Herzens, das Rauschen des Blutes in seinen Adern hörte. Ihr eigenes Herz schien sich seinem Rhythmus anzupassen, und in ihrem Kopf fühlte sie ein solch schwindelerregendes Rauschen, dass sie einen Schritt nach hinten treten musste, um das Gleichgewicht zu bewahren. »Vielleicht sollten wir gehen«, schlug sie vor.

»Sollten wir?«

»Ich glaube schon.«

»Es liegt an Ihnen. Es ist die Pflicht des geistlosen Flegels, schöne Frauen in sein Versteck zu locken.«

»Aber Sie sind nicht geistlos«, sagte sie, »und ich bin keine …«

»Sie sind eine schöne Frau.«

»Nein. Ich bin die Kluge. Die hart Arbeitende.«

Hannah griff nach ihrer Tasche, und sie folgten der Böschung, bis sie an eine schmale Fußgängerbrücke gelangten, die über den Fluss führte. Von dort nahmen sie eine schmale Straße durch ein Wäldchen, bis sie am Rand der Wiesen wiederauftauchten.

»Fast zu Hause«, sagte Stefan. »Warten Sie, bis Sie das Labor meines Vaters sehen. Dort finden Sie sämtliche modernen Geräte, die Sie sich vorstellen können.« Er fiel in einen lockeren Schritt, die Arme ausgestreckt wie Flugzeugflügel, die Rockschöße flatterten hinter ihm her. »Kommen Sie, Sie lahme Ente!«, rief er über die Schulter, nichts als grinsende, ansteckende Fröhlichkeit.

Hannah lief los, um ihn einzuholen, und spürte einen Funken längst vergessener Freude. Sie merkte, wie sich ihre Körperhaltung veränderte – die vor Sorgen angespannten Halsmuskeln, die abgewandten Augen –, als alle Strapazen der Stadt von ihrer Seele abfielen und sie das Gesicht der klaren Morgensonne entgegenhob. Des fein austarierten Kampf-oder-Flucht-Instinkts, der unablässig unter ihrer Haut summte, war sie sich schon eine ganze Weile bewusst gewesen, doch erst in diesem Augenblick begriff sie, dass er sie auch viel stärker gemacht hatte. Als sie die Stufen zu der breiten Veranda hinaufstieg, öffnete Stefan bereits schwungvoll die Tür.

»Willkommen! Das Personal ist zum Sommerende gegangen«, sagte er, »aber ich gebe mir alle Mühe, um es Ihnen behaglich zu machen.«

Die tief stehende Wintersonne fiel durch geschlossene Läden in den Hauptflur des großen Landhauses. Der Flügel und die Möbel waren mit großen, weißen Laken abgedeckt, ein schweigender Trupp von Geistern, die auf die Rückkehr der Lebenden warteten. Doch die Räumlichkeiten waren voller Eleganz, und die Stäubchen, die in der Luft tanzten, besaßen eine leise Poesie. Im Treppenhaus befand sich eine Galerie von Familienporträts, gerahmt in Zinn, Elfenbein und vergoldetes Blech, einige mit gravierten Namensschildchen versehen, die Stefans Vorfahren in verschiedenen Stadien zeigten, von flachsblonder Kindheit bis zu faltiger Senilität.

»Oben finden Sie alles, was Sie brauchen. Das letzte Zimmer auf der linken Seite«, sagte Stefan. »Da verwahren Ulrike und Lotte ihre Sommersachen.«

»Danke.« Auf der ersten Stufe hielt Hannah inne, eine

Hand auf dem Treppenpfosten. Stefan stand noch auf dem Dielenboden, sie waren also auf Augenhöhe, als sie ihn fragte: »Warum haben Sie mich hergebracht?«

»Weil Sie die Kluge sind.« Seine Lippen strichen über ihre Schläfe. »Und die hart Arbeitende.« Er küsste ihren Hals. »Und die Schöne.« Er beugte sich vor, um sie auf die Lippen zu küssen, und Hannah wich nicht zurück. Sie öffnete die Lippen, um seinen Kuss zu erwidern, schlang die Arme um ihn und zog ihn an sich, stürzte tiefer und schneller. Dann machte sie sich los und atmete tief durch, wie um aus einer Trance aufzutauchen.

»Nach diesem Moment habe ich mich gesehnt, seit ich dir zum allerersten Mal begegnet bin«, sagte er.

Er berührte ihr Haar, und als er es ihr zärtlich aus dem Gesicht strich, schmiegte sie die Wange an seine Hand, ruhig.

Er beugte sich vor, legte ihr die Hände an die Wangen und küsste sie noch einmal, diesmal ganz behutsam. »Möchtest du das Labor sehen?«

»Ja«, antwortete Hannah. »Aber das kann warten.«

Sie nahm seine Hand und führte ihn die Treppe hinauf. Die Abenddämmerung brach schon herein, als sie wieder herunterkamen. Stefan nutzte das letzte Tageslicht, um durch den Wald zum Nachbarhaus zu gehen und beim Küchenpersonal Eier, Butter und Milch zu besorgen, während Hannah in der Speisekammer und im Keller Dosenpfirsiche, Wein und Kartoffeln zutage förderte. Sie blieben lange auf, bereiteten im Labor alles für die Arbeit vor, liebten sich bis zum Morgen, schliefen bis zum Mittag und waren, als sie aufwachten, so begierig darauf, ins Labor zu gehen, dass sie eine Münze werfen mussten, um zu entscheiden, wer in die Küche gehen und Kaffee kochen musste.

Drei Tage lang speiste sich der Kreislauf aus Wissenschaft

und Sex, Sex und Wissenschaft aus sich selbst, bis er am Ende mächtig wie ein Wirbelsturm war. An Hannah gab es nichts, was Stefan nicht ohne Zögern berührt oder geschmeckt hätte, und an Stefan blieb nichts von Hannahs akribischen, gewissenhaften Experimenten verschont. Er brachte sie zum Lachen – im Labor und im Bett – und schenkte ihr Selbstsicherheit. Wenn Hannah im Lotussitz auf der Kante eines Stahltischs in Max Freis lichtdurchflutetem Labor saß und sich in einer weißen Bluse und einer Gabardinehose von Lotte Scheer fühlte wie Katharine Hepburn, war sie freier, witziger und klüger als früher im Keller des Kaiser-Wilhelm-Instituts. Zum ersten Mal seit Jahren – vielleicht seit jemals überhaupt – erfuhr Hannah ein subtiles Glücksgefühl, das ihr erlaubte, sich aus der Welt ringsum herauszulösen und sich ihrem eigenen inneren Reichtum zuzuwenden.

Am vierten Tag öffneten sie die Läden an den Schlafzimmerfenstern und stellten fest, dass starker Schneefall eingesetzt hatte und einen fein gesponnenen Kokon um das Haus legte. Stefan ging im Salon auf und ab, spielte mit einem metallenen Briefbeschwerer, in den die Kontinente und unermesslichen Ozeane der Welt eingraviert waren. Die Silberkugel hatte ungefähr fünf Zentimeter Durchmesser, etwa die Größe und das Gewicht eines Kricketballs. Er warf sie sich so oft über die Schulter und fing sie hinter dem Rücken mit der anderen Hand wieder auf, dass Hannah allmählich verrückt wurde.

»Wie immer wir die Probe beschießen«, sagte Stefan, »es kommt keine Kettenreaktion zustande.«

»Wenn Niels Bohr feststeckt«, sagte Hannah, fing den Briefbeschwerer mitten in der Luft auf und legte ihn auf den Flügel, »fragt er sich: *Was würde Mozart denken?*«

Stefan setzte sich an den Flügel und spielte einige Takte von Mozarts Klavierkonzert Nr. 12. Hannah nahm neben ihm

Platz und strich mit den Fingern eine oder zwei Oktaven über die Tasten und verwandelte das ruhige klassische Stück in eine Verschmelzung von Jazz und albernem Spaß. Stefan lehnte sich mit der Schulter an sie, und sie ließen die Hände auf und ab wandern, bis sie sie schließlich von den Tasten lösten.

»Ich werde dauernd abgelenkt«, beschwerte er sich.

Eine Stunde später lagen sie erschöpft und eng umschlungen im Bett. Stefan strich mit den Fingern über Hannahs Wirbelsäule und malte Buchstaben und Symbole darauf.

»E gleich MC Quadrat«, sagte sie. »Viel zu leicht. Ich bin dran.«

Stefan rollte sich auf den Bauch. »Nicht kitzeln!«

»Rate!« Hannah schrieb eine komplexe Gleichung in den Schweiß auf seinem Rücken. Er lachte und bog das Kreuz durch.

»Nicht kitzeln, habe ich gesagt!«

»Rate, und ich höre auf.«

»Ich gebe mich geschlagen.«

»Rutherfords Umwandlung des Stickstoffatoms.«

»Das wollte ich gerade sagen.« Stefan schob sich auf sie und stützte sich mit den Ellbogen neben ihren Schultern ab. »Ich will nicht weg.«

»Erinnere mich nicht daran!«

»Es wird Krieg geben, da bin ich mir ganz sicher. Ich weiß, wie egoistisch es ist, aber ich will, dass dieser Ort überlebt.«

»Meinst du Haigerloch? Oder dieses Haus?«

»Beides. Auch den Frieden und die Leichtigkeit der letzten Tage. Ich habe kein Recht, Anspruch darauf zu erheben, aber eines Tages würde ich gern unsere Kinder hier großziehen. Und unsere Enkelkinder. Hier will ich mit dir alt werden.« Er küsste sie auf Mund und Augenlider. »So wäre es«, sagte er, »wenn wir nie mehr zurückmüssten.«

»Wenn wir in der unsichtbaren Welt leben könnten.«

»Wir könnten zusammenarbeiten. Und weiter …« Mit einem verschmitzten Lächeln drängte er sich an sie, und sie nahm ihn auf. Im Vorgriff auf die Stunde, da sie diesen Ort verlassen mussten, wollte sie auf keinen Augenblick des Glücks verzichten. Sie wusste, dass diese Stunde kommen würde. Selbst wenn sie beschließen würden, nicht in die reale Welt zurückzukehren, würde die reale Welt irgendwann mit vernichtender Vergeltung zu ihnen zurückkehren.

Am 12. März hörten sie im Radio von der Besetzung Österreichs, was bedeutete, dass Hannah nicht mehr durch ihren Status als Ausländerin geschützt war. Jetzt war es besiegelt – sie konnte nicht nach Berlin zurückkehren, solange die Nazis an der Macht waren, und Stefan wurde dort erwartet, um seinen Platz im aufstrebenden Reich einzunehmen. Wenn sie versuchten, sich in diesem Sommerhaus zu verstecken, war es nur eine Frage der Zeit, bis sie aufgestöbert wurden. Und dann würden sie Hannah in ein Konzentrationslager stecken und Stefan wegen Rassenschande vor Gericht stellen. Alle, mit denen er wissenschaftlich zusammengearbeitet hatte, würden innerhalb des Reichs ihre Glaubwürdigkeit einbüßen, und seine Familie würde alles verlieren, auch dieses Haus, wo er als Kind glücklich gewesen war und wo Hannah jetzt so glücklich war.

Sie gaben sich nicht der Illusion hin, zusammen alt werden zu können. Ihre gemeinsame Zeit war begrenzt, und so empfanden sie in diesen Stunden, an diesem Ort, die Verpflichtung, das Glück bis zum Letzten auszukosten. Auf die Tiefe und den Reichtum ihrer Liebe zu setzen statt auf lange Beständigkeit, hieß für sie, die Liebe in ihrer ganzen Grenzenlosigkeit auszuloten. Losgelöst von der Zeit, existierte Liebe für sie als reine und unermessliche Energie. Doch sie existierte nicht in einem Vakuum.

Am nächsten Tag gingen sie zum Bahnhof von Haigerloch und stiegen in den Zug zurück nach Berlin, sorgsam darauf bedacht, einander gegenüberzusitzen und Blickkontakt zu vermeiden. Hannah hatte Stefans zerlesene Ausgabe des *Faust* in den Händen. Keiner von beiden schaute auf, als die junge Familie in dem Abteil auf der anderen Seite des Ganges nach den Papieren gefragt und weinend fortgeschleift wurde. Alles, was sie tun konnten, um ihr Schicksal – und den Lauf der Geschichte – zu ändern, hatten sie, wie sie wussten, bereits getan.

Am Bahnhof Lichtenberg stiegen sie aus und näherten sich aus verschiedenen Richtungen dem Zeitungsstand, wo Gregor Stern stand und in Boulevardzeitungen und Zeitschriften blätterte. Dort rückten sie dicht aneinander, wie Fremde es in einem vollen Bahnhof unweigerlich getan hätten, und unterhielten sich leise im Schutz vorgehaltener Zeitungen.

»Was die Gestapo angeht«, sagte Gregor, »wird Hannah Weiss auf dem Weg nach Kopenhagen festgenommen.« Er steckte Hannah eine Zugfahrkarte und einen frisch gefälschten Ausweis in die Tasche. »Darf ich Sie mit Susannah Rosbaud bekannt machen, die in Zürich mit mir zusammenarbeiten wird? Ich wollte immer schon eine Laborassistentin haben, die klüger ist als ich.«

»Haben Sie meinen Onkel erreicht?«

»Es tut mir leid, Hannah. Er ist fort.«

Sie bemühte sich, keinen Laut von sich zu geben, doch ihr keuchendes Ausatmen klang wie das Todesröcheln eines verletzten Tiers.

»Ich rufe General Volker an«, sagte Stefan. »Falls er in ein Lager gebracht wurde …«

»Stefan, das kannst du nicht«, flüsterte Hannah und fand es

schrecklich, dass ihr solche Worte über die Lippen kamen. Doch sie wusste, dass ihr Onkel dasselbe gesagt hätte. »Du darfst unsere Arbeit nicht gefährden. Wir waren uns einig. Du wirst ein Vorzeigebürger des Reichs sein.«

»Wie erfahre ich, ob du in Sicherheit bist?«, flüsterte er.

»Wir finden einen Weg.«

Ein schriller Pfiff ertönte, und Gregor sagte: »Ich gehe zu unseren Plätzen.«

Stefan drehte sich so, dass er Rücken an Rücken mit Hannah stand, und sie lehnte sich an ihn, fest und warm. Sie spürte, dass er ihr etwas in die Tasche steckte.

»Schick das zurück zu mir«, bat er, »wenn du nicht mehr an uns glaubst! Oder falls du jemanden findest, der … falls du eine Möglichkeit findest, glücklich zu sein.«

»Das werde ich nicht.«

Stefan wollte noch etwas sagen, doch die Stimme versagte ihm. Er räusperte sich und ging mit raschen Schritten davon.

Als der Zug den Bahnhof verließ, saß Hannah neben Gregor. Sie schob die Hand in die Tasche und ertastete die glatte Form der silbernen Schatulle. Sie öffnete sie und lächelte beim Anblick der beiden Motten. Jetzt begriff sie, was sie beim ersten Mal, als er sie ihr hatte schenken wollen, nicht verstanden hatte. Damals hatte sie nur ein glänzendes Objekt gesehen, eine müßige, frivole Ablenkung, und ihrer Meinung nach hatte Stefan in ihr nichts anderes gesehen. Jetzt wusste sie, dass es seine Geschichte war, der persönliche Teil von ihm, den er ihr anvertraut hatte. Ein Symbol für seinen Glauben an ihre Kraft, die sie jetzt brauchen würde.

Hannah griff in ihre windzerzausten Locken, strich sie aus dem Gesicht und steckte den Kamm seitlich ins Haar, wo er ihn sehen konnte. Dann suchte sie den Bahnsteig ab, bis sie ihn entdeckte. Er ging, dann ging er schneller, dann lief er, um auf Höhe mit dem Fenster zu bleiben, an das sie die flache Hand drückte, bis der Zug in eine Kurve fuhr und der Bahnhof außer Sicht geriet.

33

Das Motel roch nach altem Teppich und Möbelpolitur. Die olivgrüne Bettdecke und die Wandverkleidung aus Holzimitat verströmten eine triste Anonymität, die in scharfem Gegensatz zu der luxuriösen Romantik von Haigerloch stand … zumindest davon, was sich Jack, durchwoben von schmerzender Skepsis und brennender Eifersucht, unter Haigerloch vorstellte. Die Stille im Raum war erfüllt vom Winseln und Ächzen des Heizlüfters. Hannah wirkte irgendwie kleiner, fand Jack, als wäre es ihr an die Substanz gegangen, diesen Teil der Geschichte preiszugeben.

»Wenn die Postkarten wirklich nicht mehr waren als Liebesgedichte«, sagte Jack, »warum haben Sie mir das nicht gleich am Anfang gesagt?«

»Ich wusste nicht, ob ich Ihnen vertrauen konnte.«

»Aber ihm haben Sie vertraut.«

»Ihm habe ich meine Arbeit und mein Leben anvertraut.«

»Warum dieser Spleen mit dem *Faust?*«

»Mein Onkel hat immer gesagt, ein gutes Buch ist wie eine Tür.«

»Wohin?«

Hannah zuckte die Achseln. »In die ganze Welt.«

»Laut dem Zeitungsausschnitt – *Diva Lotte Scheer sagt Deutschland zärtlich Lebewohl* – war sie in Hamburg an Bord des Schiffs.« Jack fiel ein, dass er bei der Durchsuchung von Hannahs Zimmer auf den Artikel gestoßen war, und kramte in seinen Erinnerungen nach dem Foto, beschwor das Bild einer jungen Frau mit kurzem, dunklem Haar und einer Nickelbrille herauf.

»Es ist das letzte Foto, das ich von ihr habe«, sagte Hannah. »Ich wäre sehr dankbar, wenn ich es zurückbekäme.«

»Sie dachten, es hieße, sie sei in Sicherheit.«

»Es ist der Beweis, dass Gisella Proust Europa verlassen hat, bevor die schlimmsten Transporte und das Bombardement begannen. Ich habe keine Möglichkeit, Kontakt zu ihr aufzunehmen, sie hat keine Möglichkeit, mich zu finden. Ich wollte Lotte ausfindig machen, doch sie scheint sich zu verstecken. Was verständlich ist. Sie hat nie ein Geheimnis aus ihren kommunistischen Tendenzen und ihrer Homosexualität gemacht. Das ist sicherlich auch nicht vorteilhaft für jemanden, der in den Vereinigten Staaten ein neues Leben beginnen will.«

Ohne dem beizupflichten oder zu widersprechen, sagte Jack: »Wenn Sie ihm vertraut haben, warum haben Sie dann das Telegramm geschickt?«

»Irgendwann kamen keine Postkarten mehr. Ich bat Peter Reichl, das Telegramm zu schicken, in der Hoffnung, Gregor würde antworten. Ich weiß immer noch nicht, warum ich nichts mehr von ihm gehört habe.«

»Gregor wurde vor ein paar Tagen in der Schweiz aufgegriffen«, sagte Jack. »Er ist ein wenig beschäftigt.«

Hannah zuckte zusammen. »Was haben sie ihm angetan? Er hat nichts falsch gemacht.«

»Sie haben bekommen, was sie brauchten, und haben ihn

nach Hause zu seiner Frau und seinem Sohn geschickt. Was hat Frei mit Ihren Forschungen gemacht?«

Hannah tat die Frage mit einer Handbewegung ab. »Dass man eine Kettenreaktion aufrechterhalten kann, heißt noch lange nicht, dass man eine Bombe bauen kann. Ein Physiker, der sein Geld wert ist, versteht das Prinzip. Jetzt geht es um die konkrete Funktionsweise.«

»Und warum ist das, was Sie machen, dann kein Verrat?«

»Verrat.« Hannah studierte ihren Handteller, als hielte sie das Wort und würde es wie einen aufgespießten Schmetterling untersuchen. »Kann man überhaupt Verrat begehen, wenn das eigene Land nicht mehr existiert?«

»Vielleicht haben Sie Hitler nicht die Bombe geschenkt, bevor Sie Deutschland verließen, aber Stefan und Sie haben den Ball definitiv ins Rollen gebracht. Machen wir uns nicht vor, er wäre Jahre später noch da, würde sich nach Ihnen verzehren und Liebesbriefe schreiben. Hannah, Sie wissen so gut wie ich, dass er und Kurt Diebner irgendwo einen Posten haben, wo sie Hefeweizen trinken und knobeln, wie man die Ostküste der Vereinigten Staaten in Schutt und Asche bomben kann.«

»So viel Gewissheit«, sagte Hannah. »Welch ein Luxus!«

»Also, so kompliziert ist das nicht, oder?«

»Wenn es nur so wäre! Im Vergleich dazu ist die V2 ein Spielzeug.«

»Sieben Jahre«, sagte Jack. »Wie kommen Sie auf den Gedanken, dass er Sie immer noch liebt?«

»Ich kenne ihn.«

»Ich bitte Sie.«

»Sie halten es nicht für möglich, jemanden so in- und auswendig zu kennen?«

»Nein.«

»Weil Sie sich weigern, sich selbst zu kennen«, entgegnete Hannah.

»Hier geht es nicht um mich.«

»Warum wollen Sie mir dann Ihren Namen nicht nennen?«

»Weil er für unser Gespräch nicht von Belang ist.«

»Ist er das wirklich nicht, Jack? Ich glaube, die Geschichte sickert bis tief in unsere Knochen. *Du bist ein schmutziger Jude. Du versteckst dich oder du wirst verfolgt, denn das ist der Lauf der Dinge, und du kannst nichts dagegen tun. Juden.* Das war der wahre Triumph der Nazis. Sie haben das Wort selbst zum entmenschlichenden Schimpfwort gemacht. Man weiß, dass es eine Lüge ist, doch irgendwann wird es zu einem Teil von einem wie das Geschoss in Ihrem Rücken oder eine tätowierte Nummer auf dem Unterarm. Und dann lebt man mit dem Selbsthass, denn der Schmerz ist leichter zu ertragen als die Vorstellung, das eigene Leben sei ein Verrat gewesen … an sich selbst und an denen, die man liebte.«

Jack erhob sich so unvermittelt vom Bett, dass die Federn quietschten. »Entschuldigen Sie mich bitte! Ich brauche frische Luft.«

Er trat hinaus in den überdachten Gang und schloss die Tür. Der Kies knirschte unter seinen Füßen, als er über den Parkplatz zu einer Telefonzelle vor dem Büro ging. In ihrem Zimmer gab es ein Telefon, doch er brauchte Abgeschiedenheit und kalte Nachtluft in der Lunge. Hannahs körperliche Nähe und ihre beharrlichen Fragen kratzten Schicht für Schicht an seinem Panzer. Er ruderte wild mit den Armen und musste sich an etwas Solidem festhalten, um die Kontrolle über die Ermittlungen zurückzugewinnen. Das eisblaue Neonlicht und die harte Ohrfeige der Nachtluft erinnerten ihn daran, dass er in dem Spiel die Ruhe bewahren musste, Augen geradeaus. Er hatte keinen Plan B für den Fall, dass Hannah ihm abhaute, und er war sich nicht sicher, ob er die Verantwortung für die Folgen tragen wollte, wenn sie blieb.

Falls Hannah die Wahrheit sagte, hatte Stefan Frei sein Leben aufs Spiel gesetzt, um Sabine zu retten. In dem Fall war er entweder ein echter Prinz, dessen einziger kleiner Charakterfehler darin bestand, dass er die Atomforschungseinheit für Adolf Hitler anführte. Oder er hatte es getan, um Hannah auf seine Seite zu ziehen, und sie dann ins Bett gelockt, um die Sache zu besiegeln. Falls Hannah das Ganze ausgeheckt hatte, dann war sie Scheherazade und Jack der Tölpel, der nicht genug kriegen konnte von ihren Geschichten, der besessen war von ihren Märchen und nicht merkte, dass die Dämmerung hereinbrach und er unersetzlich viel kostbare Zeit vergeudet hatte. Denn jede Stunde, die er dagesessen und Hannahs romantischen Fantasien gelauscht hatte, kam Stefan Frei der Antwort auf die Frage, wer der Welt ein Ende bereiten würde, einen Schritt näher.

Jack warf einen Nickel in das Münztelefon und wartete, bis Aaron nach mehrfachem Klingeln abhob, mit dem Hörer herumfummelte und murmelte: »Ja. Epstein. Ich bin hier.«

»Ich bin es.«

»Was zum Teufel, Jack … Wie spät ist es?«

»Oh, dreihundert.«

»Wo sind Sie? Ist sie bei Ihnen?«

»Das geht Sie nichts an, Lieutenant.«

»Tun Sie das nicht, Jack!«, bat Epstein. »Sie müssen zurückkommen. Groves sitzt mir im Nacken, seit Collier ihm erklärt hat, dass Sie und Doktor Weiss nicht auf dem Stützpunkt sind. Sie gefährden die Ermittlungen und werfen Ihre Karriere weg für eine Frau, die …«

»Lieutenant«, fiel Jack ihm ins Wort, »halten Sie verdammt noch mal das Maul! Das ist ein Befehl.«

»Ja, Sir.«

»Haben Sie den Wohnort von Lotte Scheer ermittelt?«

»Noch nicht. Warum?«

»Finden Sie sie!«, befahl Jack. »Und besorgen Sie die Passagierlisten sämtlicher Schiffe, die in den ersten beiden Novemberwochen 1938 in Kuba angelegt haben!«

»Jack, warum vergeuden wir Zeit darauf? Wir wissen, dass es Doktor Weiss war. Wir wissen, was sie macht.«

»Aber wir wissen nicht, warum.«

»Wen interessiert das?«, fuhr Epstein auf. »Geld. Ideologie. Erpressung. Ich könnte Ihnen ein Dutzend Gründe nennen. Was ändert es schon?«

»Ihre Bedenken wurden zur Kenntnis genommen, Lieutenant.«

»Sie sollten noch etwas anderes wissen. Das Kaiser-Wilhelm-Institut wurde zerbombt.« Durch die Leitung war das trockene Rascheln von Telexpapier zu hören, als Epstein eine knappe Litanei von Einzelheiten vorlas.

»Danke, Aaron. Sagen Sie Collier, ich bin rechtzeitig zum Frühstück wieder da.«

»Jack, Groves hat gedroht ...«

Jack legte auf und blieb im kränklich blauen Glühen der Telefonzelle stehen, um sich eine Zigarette anzuzünden. Er hörte das Flattern von Motten, die unablässig um die Glühbirne über seinem Kopf kreisten. Es gefiel ihm nicht, dass seine Hände zitterten, wenn er müde war. Sämtliche Muskeln, die er früher für selbstverständliche Teile seines Körpers gehalten hatte, verlangten jetzt täglich seine Aufmerksamkeit. Ein einziger schlecht abgepasster Schlag reichte aus, um ihn für Tage außer Gefecht zu setzen. Ein einziger Schuss, und er lebte nicht mehr im Körper eines jungen Mannes. In den siebzehn Monaten, seit es passiert war, erwies sich das unwillkommene Begehren für Hannah als das Einzige und Erste, was ihm das Gefühl von Lebendigkeit verlieh.

Falls sie mit ihm spielte, dann war ihre Methode gelinde gesagt unorthodox. Jack war sowohl auf privatem wie auf beruflichem Gebiet von einigen schönen Frauen auf die Probe gestellt worden. Die übliche Methode bestand darin, einem Mann das Gefühl zu geben, größer, klüger und mächtiger zu sein, als er tatsächlich war. Hannah vermittelte ihm genau das Gegenteil, mit sehr viel verheerenderen Folgen. Jack stimmte ihrer Einschätzung von ihm nicht unbedingt zu, doch er unterschätzte sie auch nicht. Wenn sie so in der Klemme steckte, wie er vermutete, konnte sie nichts Klügeres tun, als Jack mit in den Abgrund zu ziehen. *Sie ist eine falsche Schlange*, zischte sein ständiger Begleiter aus dem düsteren Winkel unter seinem rechten Schulterblatt. *Sie ist eine Intrigantin.*

A shvartse hun ken oykh leygn a vays ey, hatte sein Großvater immer gesagt. *Auch ein schwarzes Huhn kann ein weißes Ei legen.* Jack hatte lange nicht mehr an das jüdische Sprichwort gedacht. Sein frappierendes Geschick beim Befragen verdankte er hauptsächlich seinem stets argwöhnischen *zaydeh.* Ein letztes Mal zog er kräftig an seiner Zigarette, drückte den Stummel an der Schuhsohle aus und warf ihn in einen Gully. Es wurde Zeit, nach Los Alamos zurückzukehren.

Als er die Tür zu dem schäbigen Zimmer öffnete, fiel ein helles Rechteck auf Hannah, die am Fußende des Betts mit angezogenen Beinen auf der Seite lag und schlief.

Jack beugte sich über sie und flüsterte, die Lippen dicht an ihren Ohren: »Jakob.«

Sie lächelte, ohne die Augen zu öffnen, und rutschte ein Stück zur Seite, damit er sich neben sie setzen konnte.

»Jakob«, sagte er. »Sohn von Rachael und Benjamin.«

»Wie ist aus Jakob Jack Delaney geworden?«

»Nach und nach«, sagte Jack. »Aber es war nicht schwer. Da gab es ein Mädchen …«

»Ich wusste, dass ein Mädchen dahintersteckt«, sagte Hannah und rollte herum, stützte das Kinn auf die Hände und schaute zu Jack hoch. »Jede gute Geschichte beginnt mit einem Mädchen.«

34

Mit fünfzehn gelobte Jakob Abramson, sich von allem frei zu machen, was ihn an seine Kindheit erinnerte, von dem koscheren Metzgerladen mit Sägemehl auf dem Boden, dem Blut in den Rinnsteinen, dem unablässigen Summen der Schmeißfliegen und dem üblen Geruch nach fauligem Fleisch. In einer Stadt, durchdrungen vom Gestank nach Müll und Schweiß, der auf Wellen heißer Luft aus U-Bahn-Schächten und Gebäude-Entlüftungen drang, streifte ihn an einem Sommertag auf der Straße ein hübsches Mädchen. Sie duftete nach Zitronen, sauberen Laken und Geld. Ihr Name war Janie Winthrop. Sie war zwei Jahre älter als er und eine Rebellin. Deswegen erlaubte sie ihm, sie ins Kino einzuladen, zu einer Doppelvorstellung in einem klimatisierten Saal und mit heftigem Geknutsche. Für ihn als Juden war dies erst recht verboten und daher umso verlockender.

Mit ihrem guten Schicksen-Aussehen und einer atemlosen Stimme, in der unendliche Möglichkeiten mitschwangen, lud Janie ihn ein, den Memorial Day im Country Club ihrer Eltern im Tuxedo-Park zu verbringen. Der Club war sehr exklusiv, und seine Freunde wetteten, dass man ihn gar nicht hineinlassen würde. Doch als er dort ankam, drückte ihm Janie den

Stift in die Hand, um auf der Gästeliste zu unterschreiben, und lächelte. »Der Trick ist, dass die Leute dich nicht kennen. Du kannst also sein, wer du willst. Abgesehen davon«, flüsterte sie, aufgeregt über ihre kleine Gaunerei, »bist du in meiner Begleitung, also kommt sowieso niemand darauf.«

Er konnte sein, wer er wollte. Jeder. Also unterschrieb er mit einem Namen, den er in einem Roman gelesen hatte. *Jack Delaney.*

Er war kein Betrüger, er trickste sie nur aus. Er beschämte seine Eltern nicht, er machte sie stolz. Jakob war der Zugang zur Vorbereitungsschule fürs College versagt, Jack Delaney konnte sie besuchen. Nachdem er die Namensänderung offiziell gemacht hatte, wurde Jack Delaney in Harvard angenommen, wo er Tennis spielte und der Rudermannschaft beitrat. Jack Delaney besuchte die Wintergala und tanzte mit sämtlichen Urenkelinnen der Amerikanischen Revolution, die ihm gefielen. Und Jack Delaney wurde eine kometenhafte Zukunft in einer der führenden Anwaltskanzleien Manhattans zugesichert, die ihn einstellte.

Zu jener Zeit war Hitler noch längst nicht auf den Titelseiten. Als Jack seine Genossenschaftswohnung in der Park Avenue kaufte, war Pearl Harbor noch ein hübscher Urlaubsort. Dann kam die Olympiade '36, die Fahnen, der abschreckende Rhythmus derer, die im Stechschritt marschierten. Das Spektakel rührte jenseits des Atlantiks etwas auf und brütete – wie Termiten, die schleichend eindringen – in den dunklen Kriechkellern, wo die Große Depression eine existenzielle Fäule aus Hoffnungslosigkeit und Schuldzuweisungen genährt hatte. Von der Bewegung bekam Jack kaum etwas mit, bis zu dem Tag im Februar 1939, als der Amerikadeutsche Bund im Madison Square Garden mehr als zwanzigtausend Menschen versammelte.

Auf der Anzeigentafel wurde die Versammlung als proamerikanische Kundgebung aufgelistet, direkt über dem Hockeyspiel am Dienstagabend (Rangers gegen Detroit) und dem Basketballspiel am Mittwochabend (Fordham gegen Pittsburgh), als wären diese drei Veranstaltungen von ähnlichem Charakter, hitzige, aber freundliche Konfrontationen … möge der Beste gewinnen. Die erwartete Beteiligung an der Kundgebung war jedoch so hoch, dass potenzielle Haftungsfragen aufgeworfen wurden, die die Offiziellen des Bunds schon im Vorfeld in die holzgetäfelte Enklave von Cravath, Swaine & Moore führte.

»Jack«, sagte Lowell Moore bei der Morgenbesprechung, »Sie sprechen Deutsch, nicht wahr?«

»Bestenfalls eingerostet«, wich Jack aus. Das Deutsch, das er als Kind aufgeschnappt hatte, war nicht das *echte* Deutsch, das Bundanhänger aus Berlin mitgebracht hatten.

»Sie brauchen jemanden, der das hier durchliest und alles anstreicht, was strafbar sein könnte.« Moore reichte Jack ein Programm und einen mehrere Seiten langen Pressetext, satzfertig für die Boulevardpresse. »Sie wollen auf keinen Fall in der Presse missverstanden werden. Sie wissen ja, wie die *Times* dank Franklin D. Rosenfeld und seinem Jew Deal allem eine Tendenz nach links gibt … Kommunisten, Gewerkschafter, Hollywood.«

Jack studierte die Dokumente und machte Moores hasserfüllten Sermon – nicht den ersten seiner Art, der ihm unter die Augen kam – zum Hintergrundgeräusch. Trommler und Fahnenträger würden eine Tanzgruppe schöner junger Frauen unter einem zwölf Meter hohen Bild von George Washington hereinführen. Amerikanische Flaggen würden neben Hakenkreuzen flattern. Eine mitreißende Grundsatzrede von Fritz Kuhn, dem Anführer des amerikanischen Flügels der Nazibewegung, würde die Menschenmenge wachrütteln, und man würde Gedenklöffel, Seifenschalen, Ascotkrawatten und Schokoladenriegel zum Verkauf anbieten. Der Pressetext des Bunds war eine perfekt organisierte, fröhlich illustrierte Tirade über die gefährlich unmoralischen Juden, die Mörder von Jesus, die überall auf der Welt Christen ausrauben, bekehren und verfolgen wollten. Er sprach von Amerikas bester und einziger Hoffnung – Rassenreinheit – und erklärte, dass die Wissenschaft der Eugenik der Schlüssel zu dieser glorreichen Zukunft war.

Jack rief beim Amerikanisch-Jüdischen Komitee und bei der Amerikanischen Bürgerrechtsunion an, wo man ihn über die Unantastbarkeit der freien Rede belehrte, was selbst für die gelte, deren Meinung man nicht teile. Als er im Büro des Bürgermeisters anrief, erklärte man ihm: »Bürgermeister La Guardia sagt, das beste Heilmittel gegen diese internationalen Läuse sei es, sie der Sonne auszusetzen.« Jack sah sich Genehmigungen, Haftpflichtversicherung und Brandschutzverordnungen an; der Bund hatte alles streng nach Vorschrift gemacht. Letztendlich gab er Moore die Dokumente mit dem widerwilligen Urteil zurück, dass an der Kundgebung nichts ungesetzlich oder vor einem Zivilgericht anklagbar sei. Im Gegenteil, wenn jemand verhaftet würde, dann vermutlich diejenigen, die sich versammelten, um gegen die Veranstaltung zu protestieren. Moore freute sich, das zu hören, und versicherte Jack, Fritz Kuhn werde ebenfalls erfreut sein.

»Ich habe ihm gesagt, dass wir auf der VIP-Galerie sein werden«, sagte Moore. »Er möchte Sie unbedingt kennenlernen. Die Sache nimmt wirklich Fahrt auf, Jack. Charles Lindbergh und William Randolph Hearst sind mit an Bord. Ich möchte, dass wir von Anfang an dabei sind.«

Jack brauchte nur sechs Minuten, um sein Kündigungsschreiben zu tippen, doch er saß mehrere Stunden lang an seinem Schreibtisch und dachte sorgfältig darüber nach, bevor er es unterzeichnete.

Qui tacet consentire videtur, lautete das Schreiben. *Wer schweigt, der scheint zuzustimmen. Ich stimme nicht zu.*

35

Mit geschlossenen Augen drehte sich Hannah auf den Rücken, für einen Augenblick ungeschützt, und seine Geschichte entfaltete sich in ihrer Fantasie. Jack atmete den zarten Duft von Talkumpuder an ihrem Hals ein und stellte sich vor, wie sich ihre Haut unter seinen Händen anfühlen würde, wie es wäre, wenn er das Zeug dazu hätte, seinen Auftrag zu desavouieren. Unter den Lippen hatte sie eine mondsichelförmige kleine Narbe, die er unglaublich gern berührt hätte.

»Sie haben mutig Stellung bezogen«, murmelte Hannah.

Jack hätte ihr gern zugestimmt, hätte das unerwartete Geschenk von Hannahs Anerkennung gern angenommen, so selten, so kostbar und fast unmöglich zu erlangen. Doch er wusste, dass dieser eine mutige Akt belastet war mit seinem vorherigen Schweigen, den Missverständnissen, die er nicht geradegerückt hatte, den Witzen, die er mit einem kollegialen Kichern vergolten hatte.

»Was ist aus dem Brief geworden?«, fragte sie.

»Ich habe meinen Schreibtisch geräumt und ihn Moores Sekretärin übergeben.«

Hannah drehte sich zu ihm, schlug die Augen auf ... dieses helle, helle Blau, als wären zugezogene Vorhänge geöffnet worden, um einen überraschenden Blick auf das Meer freizugeben. Jack sah etwas Zartes im Bogen ihrer Lider, in der Art, wie sie sich auf dem Motelbett rekelte wie eine Frau in einem Gemälde. Sie sah ihn an, ein wenig verdutzt, als würde seine Geschichte – wie eine fehlerhafte Gleichung – nicht ganz aufgehen. Dann gab es einen Augenblick des Verstehens zwischen ihnen, Elektrizität, die in einem geschlossenen Kreislauf floss.

»Wer hat den Brief unterzeichnet?«, fragte sie. »Jack oder Jakob?«

»Jack«, gestand er. »Aber das wussten Sie schon, oder?«

Hannah nickte, doch ihr Blick war weich, Anteil nehmend, und er konnte nichts Urteilendes darin erkennen. »Es bedurfte mehr als eines Briefs, um ein Leben auseinanderzunehmen, das auf Lügen aufgebaut ist.«

»Dafür, was ich zugelassen hatte, konnte ich gar nicht genug büßen«, sagte Jack. »So gut kenne ich mich, um das zu wissen. Ich büße noch immer.«

»Manchmal ...«, sinnierte Hannah. »Manchmal kann man mehr Gutes in der Welt erreichen, wenn man im Verborgenen bleibt.«

Jack kam es so vor, als würde sie ihm etwas gestehen oder eine Art Botschaft übermitteln, auch wenn er nicht verstand, was sie besagte. Dann beugte sich Hannah vor, lächelte und drückte ihm einen zarten Kuss auf die Wange ... Segen, Billigung, Absolution.

»Also, Jakob, warum sagen Sie mir das jetzt?«

»Weil Sie gefragt haben.«

Sie lachte. »Sie beantworten nie eine Frage, bloß weil sie gestellt wurde. Das macht keiner von uns.«

Sie richtete sich auf, setzte sich und schlug einen spöttisch ernsten Ton an. »Ihr Vernehmer fragt noch einmal: Warum haben Sie es mir gesagt?«

»Weil ich nicht will, dass alle Männer, die behaupten, Sie zu lieben, Lügner sind.«

Mit ihrer kühlen Hand strich ihm Hannah über das Handgelenk und schob sie dann in seine Manteltasche.

»Wenn wir von hier wegfahren könnten ...« Jack verschränkte seine Finger mit den ihren. »Wenn ich Sie von all dem hier fortbringen könnte ...«

»Ich weiß. Das können Sie nicht, aber danke, dass Sie es möchten.«

Sie bettete den Kopf auf der weichen Stelle zwischen seiner Schulter und seiner Brust, und er legte den Arm um sie und ließ zu, dass sie sich an ihn schmiegte wie ein Kind. Er sank zurück aufs Bett, ihr Kopf immer noch sicher gestützt von seinem schützenden Unterarm. Sie hätten ewig so verharren können, als stünde die Zeit still. Vielleicht würden sie von dem heftigen Schock geweckt, dass die Motelzimmertür eingetreten würde, vielleicht würde man sie auch vergessen, und sie würden über den Rand der bekannten Welt stürzen.

Dann begriff Jack, dass er einen Handel abgeschlossen hatte, nicht nur mit ihr, sondern auch mit sich selbst ... keine Lügen mehr. Keine Halbwahrheiten. Nicht einmal bequeme Lügen durch Verschweigen.

»Hannah, ich muss Ihnen etwas sagen.«

Sie setzte sich mit weit aufgerissenen Augen auf. »Ist es schlimm?«

»Das Kaiser-Wilhelm-Institut wurde bombardiert. Gezielt.«

»Stefan ...«

»Es wird eine Weile dauern, bis man die Leichen identifiziert hat.«

»Er ist nicht tot. Er ist nicht tot. Das würde ich spüren.« Sie stellte die Füße auf den Boden, verarbeitete ihre Gedanken, ordnete ihre Fragen nach Priorität. »Was ist mit Max? Ist noch etwas erhalten? Die Bibliothek, die Archive …«

»Bitten Sie mich nicht, mehr zu sagen, Hannah, bitte! Ich habe schon zu viel preisgegeben.«

»Danke, dass Sie es mir gesagt haben.« Hannah stützte den Kopf in die Hände. »Ich bin so müde. Ich weiß nicht, ob noch etwas übrig ist, worum sie kämpfen können. Potsdamer Platz, Monbijou, jetzt das Kaiser-Wilhelm-Institut … Parks, historische Gebäude, Wissenschaft, Kunst … alles, was an Berlin einst schön war, liegt in Schutt und Asche. Wer könnte nach Hause zurückkehren, außer Hunden, die sich um abgenagte Knochen streiten. Alle, die mir am Herzen liegen, sind tot oder verschwunden … Und die Übrigen sind verrückt geworden.«

Auf dem langen Rückweg döste sie, den Kopf an Jacks Schulter gelehnt. Er musste stark blinzeln und das Fenster einen Spaltbreit öffnen, um sich wach zu halten. Als er sich der Hütte des Wachmanns auf dem Hill näherte, waren seine Augen so müde, dass die Lampen Lichthöfe hatten.

»Hannah.« Er legte ihr die Hand auf den Oberschenkel. »Wir sind da.«

Sie setzte sich auf und nahm ihre Handtasche auf den Schoß, bereit, die entsprechenden Dokumente auszuhändigen, als der Wachmann ans Fenster klopfte und »Papiere« sagte.

Jack setzte sie an ihrem Zimmer ab und fuhr in sein Büro, wo Epstein die Berichte aus dem Fernsprecher durchging.

»Der Militärgeheimdienst hat mir etwas über Lotte Scheer zugesteckt«, sagte er und reichte Jack den gelben Durchschlag eines Feldberichts. »Was auch immer Sie sie fragen möchten … jemand anders hat nicht so nett gefragt.«

36

Der Himmel über Berlin. Eine Stadt von klassischer Schönheit mit monumentalen Gebäuden, ausgedehnten Parks und hohen Idealen. Hinter vorüberziehenden Regenwolken taucht der Vollmond auf, dessen gekräuseltes Spiegelbild sich in der gemächlich dahinfließenden Spree spiegelt. Die Straßen sind nass und still. Die Biergärten sind leer, die leblosen Glühbirnen an den Seilen zittern und klimpern im leichten Wind, bis – nach einem Augenblick der Stille, während die Stadt einen tiefen Atemzug nimmt – der Fliegeralarm losgeht. Die riesigen Doppeltüren des Gebäudes fliegen auf, und ein Schwarm von Glühwürmchen ergießt sich über die Treppe vor dem Kaiser-Wilhelm-Institut. Wissenschaftler und Assistenten mit kleinen roten Grubenlampen, die sie sich ans Revers ihrer Laborkittel geklemmt haben. Einige halten Bücher und persönliche Besitztümer in den Armen; andere balancieren unter großen Mühen sensible Laborgeräte und anfällige Experimente.

Eine dunkle Mosquito zieht tief über die Stadt, die schmalen Flügel schwarz getüncht. Ihr kleiner Motor jault ein verräterisches Lied, zuerst leise, dann lauter und immer lauter, schließlich ohrenbetäubend laut, bis sie ein kleines Leuchtsignal fallen lässt, einen hell erleuchteten Christbaum, der an einem blassen Fallschirm hängt. Über den prächtigen alten Ecktürmen platzt er, grellweiß wie Feuerwerk, und beleuchtet das Primärziel für den Angriff. Suchscheinwerfer werden nach oben gerichtet, tasten nach den ersten Bombenlegern der RAF. Luftabwehrbatterien öffnen ihre Stahlbäuche, und silbernes Flakfeuer fegt in gewaltigen Schwallen in den Himmel. Die Bomben regnen in grölenden Wellen herunter. Am Nachthimmel bildet sich ein Feuerball. Das Institut zerfällt. Bücher brennen. Von Tafeln und Tischen bleiben nur Splitter und Asche.

Einsteins Labor ist ein Krematorium, begrenzt von vergitterten Fenstern unter dem Niveau der geschmolzenen Straßen. Ich möchte glauben, dass Stefan nicht dort ist, doch ich weiß es besser. Zuerst bete ich, dass ich aufwache, bevor ich das Fleisch von seinem Körper schmelzen sehe, doch dann bete ich, dass ich bleibe, mit ihm in dem beißenden Nebel von Hitze und Rauch stehe, während er zu retten versucht, was er am meisten schätzt – seine Bücher, seine Experimente, seinen Vater –, denn er weigert sich zu akzeptieren, dass all das schon vor Jahren verloren ging, im klaren Licht eines verheißungsvollen Tages.

37

Feldbericht
Streng geheim
Betreff: Lotte Scheer
An: Delaney
Von: Donovan
Zusammenfassung: Wie angefordert, Einzelheiten der Autopsie der Leiche, die am 20. August 1943 von der Vichy-Miliz aus der Seine geborgen wurde.
(1) Die Frauenleiche wurde später als Scheer, Lotte, identifiziert, dreiunddreißig Jahre alt. Beruf: Unterhaltungskünstlerin; Herkunft: Luxembourg. (2) Die Untersuchung der Gebeine ergab (a) Geiselhaft von beachtlicher Dauer, worauf niedrige Körpermasse und Spuren von Fesseln an Handgelenken, Fußknöcheln und Hals hinweisen, und (b) intensive Befragung mittels Techniken, die sowohl von der Gestapo als auch vom KGB angewandt werden. Schwer zu sagen, auf welcher Seite diese war.
Empfehlung: Die Tote war eine bekannte Homosexuelle, die in intellektuellen Kreisen in Deutschland, Russland, Polen, den USA, Italien und Frankreich mit Hollywoodtypen verkehrte. Die Identifizierung sollte geheim gehalten und die Überreste nach Protokoll beseitigt werden.

38

Jack fuhr mit einem Ruck aus dem Schlaf hoch. Er fühlte sich, als wäre er von dem Eisenbett gerissen worden, auf dem er noch in Mantel und Schuhen gedöst hatte, alle viere von sich gestreckt, die Passagierlisten noch in der Hand. Jemand hämmerte an die Tür, schrie etwas über … etwas. Er strich sich mit der Hand über das Gesicht und murmelte: »Einen Augenblick.« Doch keine Sekunde später wurde die Tür eingetreten. Collier stand da, grinsend, flankiert von zwei stämmigen Militärpolizisten.

»Guten Morgen, Doris.«

»Was soll das?«, fragte Jack.

»Zeit für einen Ausflug.«

Mit einem müden Achselzucken und wenig Geduld für Colliers Theater folgte Jack den Militärpolizisten hinaus zu ihrem Wagen. Auf der Rückbank saß Epstein, die Arme fest verschränkt, das Kinn hart vor Unmut. Er sah Jack einen kurzen Moment lang in die Augen. Während die Militärpolizisten mit ihnen das Militärlager hinter sich ließen und in die endlose Wüste hinausfuhren, starrte er aus dem Fenster. Graue Morgendämmerung und ein Hauch Schnee legten einen gespenstischen Schleier über den riesigen Lavakessel zwischen den Oscura Mountains und der Sangre-de-Christo-Bergkette.

»In den Vulkan«, murmelte Jack. Epstein blickte entschlossen geradeaus und vermied es stur, seinen Blick zu erwidern. Die nächsten drei Stunden war nichts anderes zu hören als das Rauschen der Reifen auf ebener Straße, gelegentlich unterbrochen von Artilleriefeuer und dem vibrierenden Todesröcheln, mit dem der Wagen durch tiefe Furchen holperte.

Jack sah weiße Flocken gegen die Windschutzscheibe anfliegen, ringsum eine ausgebleichte Mondlandschaft, über Nacht entstanden. Kaltes Mondlicht tünchte die Vulkanfelsen. Ein arthritisches Windrad ratterte und keuchte, einsame Kühe suchten nach Grashalmen. In schrillem Kontrast zur Wüstenlandschaft ragte am Horizont ein Stahlskelett dreißig Meter in die Höhe. Der Jeep suchte sich den Weg zwischen Baumaschinen und dem für ein kleines Feldlager notwendigen Drum und Dran hindurch und holperte über Steine zum Fuß des Turms. Dort stand Groves, der in seiner Wintermontur noch größer wirkte. Er kaute eine nicht angezündete Zigarre und überwachte den Aufbau. Er winkte Jack zu sich.

»Willkommen in der Jornada del Muerto, Major Delaney! In den Geschichtsbüchern wird einst stehen, dass wir an diesem Ort den Krieg gewonnen haben.«

»Ist das Ihr Testgelände?«, fragte Epstein.

»Oppenheimer hat mich davon überzeugt, dass es der ideale Platz ist«, sagte Groves. »Jetzt hat der Wind Sturmstärke, und der Boden ist mit Schnee bedeckt. Verdammter Schnee in einer verdammten Wüste, um Himmels willen!« Sein unheilvoller Blick richtete sich auf Jack. »Sagen Sie mir, was Sie wissen, Major!«

»Die Postkarten waren nur Liebesgedichte.«

»Liebesgedichte«, wiederholte Groves. »Ah, süß. Das ist

nett. Und ich schätze, sie hatte keine Probleme, Sie davon zu überzeugen, stimmt's?« Er sang einen Takt aus einem Lied von Rodgers und Hammerstein, die Zigarre weiterhin zwischen den Zähnen, machte einen Soft-Shoe-Shuffle und einen Kick-Step zur Seite, um Jack dann einen Arm auf die Schultern zu legen.

»Hier ist ein kleiner Liebesbrief von Colonel Pash aus Zürich.« Groves zog eine Depesche aus seiner Brusttasche. Sie war an eine glänzende Postkarte geheftet, die mit *Ich liebe dich – H* unterzeichnet war.

»Wie lange haben Sie das schon?«

»Lange genug, um es decodieren zu lassen«, sagte Groves.

Jack starrte auf den gelben Durchschlag von Pashs knappem Bericht. Sie versuchten immer noch, Hannahs elegante Verschlüsselung zu dechiffrieren, einen Code, der verklausuliert in die Schreibkunst selbst verwoben war statt eine Rekonfiguration von Buchstaben oder Worten. Doch es gab vernichtende Beweise, dass sie Geheimnisse aus Oppenheimers Labor an Frei hatte durchsickern lassen.

»Sie hätten ihr ins Hirn kriechen sollen«, sagte Groves, »nicht umgekehrt.«

»General, ich versichere Ihnen …«

»Vielleicht haben Sie den ersten Tag in der Schule für Spione verpasst, wo Ihnen beigebracht wurde, nicht mit dem Schwanz zu denken. Haben Sie sich eingebildet, wenn Sie ihr Ihr großes Geheimnis gestehen, würde sie nicht mehr lügen? Oder waren Sie so sehr damit beschäftigt, zwischen ihre Beine zu kommen …«

»So war es nicht, Sir.«

»Ein Skorpion ist und bleibt ein Skorpion, Major Delaney, und Sie sind gestochen worden. Ich mag mir gar nicht vorstellen, was es für einen Ivy-League-Senkrechtstarter wie Sie bedeutet, wenn Ihre Kumpel vom Nachrichtendienst herausfinden, wer Sie in Wirklichkeit sind.«

»Sir, ich bin Offizier des …«

»Sie sind ein Itzig.« Heiß strich Groves' Tabakatem über Jacks Gesicht. Groves wies mit einem Finger auf Epstein. »Sie und Ihr beschnittener Schranze da … ich habe Ihnen von Anfang an nicht getraut. Jetzt verstehe ich auch, warum.«

Bevor Jack die Frage *Woher wissen Sie das?* über die Lippen brachte, kannte er die Antwort, und die Erkenntnis fuhr ihm wie ein Geschoss in die Kniescheibe. Hannah hatte es ihnen verraten. Sie hatte ihn in Stücke zerlegt, ein Element nach dem anderen, und ihm ein Geheimnis entlockt, das er sein ganzes Leben lang gehütet hatte. Während er im Motel nach draußen gegangen war, um den Weg in die Realität zurückzufinden, hatte sie Zeit gehabt, um nach dem Telefon auf dem Nachttisch zu greifen, Zweifel über sämtliche geheimdienstlichen Informationen zu streuen, mit denen er aufgewartet hatte, und dafür zu sorgen, dass sie, wenn sie aufflog, nicht allein aufflog. Jack konzentrierte sich auf den festen Bleikörper dicht an seiner Wirbelsäule, zwang sich, aus dem Eintopf aus Wut und schreiender Dummheit, der in seinem Bauch siedete, einen einzigen Vorsatz abzuleiten.

»Am liebsten möchte ich Sie stante pede in hohem Bogen rauswerfen«, sagte Groves.

»Leider«, meldete Epstein sich zu Wort, »ist Delaney der Einzige, dem sie vertraut.«

Jack sah Groves an, dass ihm dieser Gedanke auch schon gekommen war.

»General, wenn Ihre Leute Frau Doktor Weiss zur Vernehmung holen«, sagte Jack, »finde ich heraus, was genau Frei weiß.«

»Wenn Sie es nicht aus ihr herausholen«, warf Groves

ein, »hat Pash ein paar ausländische Kameraden, die das schaffen.«

»Das wird nicht notwendig sein, Sir.«

Groves drückte Jack den Zeigefinger mitten auf die Stirn und stieß ihn so fest nach hinten, dass Jack einen Schritt zurückweichen musste. »Ziehen Sie den Kopf aus dem Arsch, Major Schmuckstein!«

39

Hannah stand neben Oppenheimer im Kritikalitätslabor im Schatten eines drei Meter hohen Eisengestells, das verrückterweise aussah wie eine Guillotine. Am Fuß des Gebildes waren auf einem Tisch sorgsam Blöcke mit Uran und Schwerem Wasser aufgebaut. Oben hing ein Kern in der Größe eines Tafelschwamms an einem Draht über der verstärkten Reaktionskammer. Während Hannah Messgeräte und Anzeigen überprüfte, testete Oppenheimer den Draht. Sein prominenter Adamsapfel hüpfte.

»Ein Messwert von dreihunderttausend Watt bedeutet, dass unsere Kettenreaktion für eine Explosion ausreicht«, stellte er fest. »Alles, was darunterliegt, heißt ganz klar, dass wir gescheitert sind.«

»Alles, was darüberliegt«, ergänzte Reichl, »heißt, dass wir eine halbe Million Menschen umbringen, einschließlich uns selbst.« Er lächelte beklommen. »So oder so, meine Freunde, es war mir ein Vergnügen, mit Ihnen zusammenzuarbeiten.«

Hannah drückte Oppie die Hand und nickte, und Oppie ließ ohne weiteren Kommentar den Draht durch die Finger gleiten. Der Kern fiel schneller und schneller, passierte die Ummantelung aus Schwerem Wasser und schleuderte, untermalt vom bedrohlichen Rumoren der erstickten Explosion, eine Lawine von Neutronen in den Versuchsaufbau. Die Glasabdeckung der Anzeigenadel barst mit einem lauten Knall, worauf Reichl einen Laut zwischen einem Keuchen und einem Schluckauf ausstieß. Im nächsten Augenblick zuckten blaue Blitze durch den Raum. Hannah spürte, wie gewaltige elektrische Energie ihre Arme und ihren Hals herauf- und hinunterfuhr. Oppenheimer trat an die Anzeigegeräte und las durch das zerborstene Glas konzentriert die Anzeigen ab.

»Zwanzig Millionen Watt«, sagte er, und danach brachte eine ganze Weile keiner von ihnen ein Wort heraus.

Sie standen mit verzagtem Lächeln da, wie erstarrt zwischen nervösem Staunen und bitterer Verzweiflung. Oppie erholte sich als Erster, überlegte den nächsten Schritt, seine Stimme klang immer noch gedämpft vor Ehrfurcht. »Wir müssen den Kern mit einem Einschlussmaterial umgeben, einem Material, das alle entkommenden Neutronen zurück in das Uran reflektiert …«

»Eine Hülle aus reflektierendem, nicht reaktivem Material«, sagte Hannah. »Wolfram, vielleicht.«

»Exakt. Sperren wir die Neutronen ein wie ein Wolfsrudel, und lassen wir sie die Uranschafe zerfetzen.«

Ein lautes Klopfen schreckte die Anwesenden aus der Stille auf.

Oppenheimer riss die Tür auf. »Ich habe gebeten, nicht gestört zu werden!«, rief er.

Collier ging an ihm vorbei und fasste Hannah am Arm. »Frau Doktor Weiss, kommen Sie bitte mit!«

»Warten Sie!« Reichl trat zwischen Hannah und die Militärpolizisten an der Tür. »Was soll das?«

»Der Major kontrolliert nicht mein Labor«, sagte Oppenheimer.

»Aber General Groves«, versetzte Collier.

»Oppie, es ist in Ordnung.« Hannah legte ihren weißen Laborkittel ab und nahm ihre Handtasche aus einem Fach neben der Tür. Auf dem Weg nach draußen fasste sie Reichl am Arm. »Auch mir war es ein Vergnügen, mit Ihnen zu arbeiten, Peter«, verabschiedete sie sich.

Hannah genoss die kühle Luft draußen vor dem Laborturm und hielt den Blick auf den fernen Tafelberg gerichtet, als Collier zu einem Gebäude aus Betonziegeln am hintersten Ende des Geländes fuhr. Sie folgte ihm einen fensterlosen Flur hinunter in ein grell erleuchtetes Vernehmungszimmer mit einem schlichten Stahltisch und zwei Holzstühlen. Auf einem saß jemand. Die Atmosphäre wirkte geladen und formell, die Wände waren kahl bis auf eine gerahmte Fotografie von Franklin Delano Roosevelt, der neben einer amerikanischen Flagge stand. Als Hannah sich Jack gegenüber an den Tisch setzte, sah sie keine Spur von dem Mann, den sie als Jakob kannte. Lieutenant Epstein legte einige Schnellhefter und Laborbücher vor ihr aus und stand dann teilnahmslos in der Ecke.

Hannah schaute hinauf zu der nackten Glühbirne, die von der Decke hing. »Vermutlich sind wir über das Stadium einfacher Hintergrundüberprüfungen hinaus«, sagte sie.

»Bitte identifizieren Sie das!« Jack schob ein Blatt über den Tisch, sein Körper wirkte angespannt, seine Stimme klang eisern.

Hannah betrachtete die Seite, eine Abschrift aus Oppenheimers Labornotizen, und schwieg.

»Das ist Ihre Arbeit, nicht wahr?«, sagte Jack.

»Ich bin seit drei Jahren hier. Wir haben Tausende von …«

»Vielleicht hilft dies Ihrem Gedächtnis auf die Sprünge.« Jack legte das Foto von Hannahs Postkarte neben den hastig hingekritzelten Stein von Rosette von Pashs Codebrechern. »Wir haben Gregor Stern in Haft. Dies ist die letzte Postkarte, die Sie ihm geschickt haben. Es ist eine codierte Version dieser Seite aus Oppenheimers Labornotizen. Sagen Sie es mir noch einmal, Hannah: Wir dürfen nicht zulassen, dass die Wahrheit in falsche Hände gerät.«

»Eine Frage der Perspektive, nicht wahr?«

Jack schwieg. Er weigerte sich, den Köder zu schlucken.

»Was werden Sie tun, wenn Ihre Truppen entdecken, dass die Deutschen die Bombe nicht haben?«, fragte Hannah. »Uns zusammenpacken und nach Hause schicken?«

»Sobald die Japaner wissen, dass wir sie haben, können wir den Krieg im Pazifik beenden. Wir müssen sie niemals einsetzen.«

»Welch tröstlicher Gedanke!«

»Höre ich da einen Hauch Sarkasmus?«

»Fragen wir doch Ihren Freund General Groves!« Hannah beugte sich dicht ans Mikrofon. »Warum haben die Alliierten über fast allen großen Städten in Japan Brandbomben abgeworfen, aber zwei Städte bewusst unberührt gelassen? Bildet Peter Reichl sich ein, es seien Ungeheuer unter dem Bett, oder haben die Alliierten ganz bewusst zwei Ziele übrig gelassen, die sich perfekt für eine großartige Demonstration absoluter Macht eignen?«

»Darum geht es hier nicht.«

»Es gibt viele Möglichkeiten, ein Krematorium zu bauen.«

»Das reicht!«

Jack knallte das schwere Laborbuch mit solcher Wucht auf den Tisch, dass Hannah die Erschütterung bis ins Brustbein spürte. Unwillkürlich wich sie vor der kalten, reinen Wut in seinem Gesicht zurück. Es war unmöglich, so stoisch dazusitzen, wie sie es sich immer vorgestellt hatte.

»Verlassen Sie das Zimmer!«, knurrte Jack.

Epstein räusperte sich. »Major …«

»*Raus!*«

Während die Militärpolizisten sich rasch zurückzogen, warf Epstein Jack einen flehentlichen Blick zu, doch Jack war ganz auf Hannah konzentriert. Epstein verließ den Raum und schloss die Tür hinter sich.

»Jakob …«

Geräuschvoll schob Jack seinen Stuhl nach hinten, schritt ans andere Ende des Zimmers und riss das Porträt von FDR von der Wand. Dahinter kam ein Mikrofondraht zum Vorschein, der wie ein Rattenschwanz hin- und herschwang. Er kehrte zum Tisch zurück und blieb hinter Hannah stehen.

»Keine Lügen mehr!«, verlangte er mit eiskalter Ruhe. »Keine Intrigen. Keine zärtlichen Augenblicke, kein rehäugiger Mist.« Er legte das Buch mit kalter Präzision vor sie hin und schlug es auf. »Ihre Initialen … hier, hier, hier und hier. Ja oder nein?«

»Ich kann es erklären.«

»Sie erklären nicht, Hannah, Sie lügen. Und dann erzählen Sie Lügen über die Lügen. Ich will die Wahrheit wissen. Was haben Sie denen gesagt?«

»Nichts! Jakob … Jack … Sie müssen mir glauben. Ich habe denen gar nichts gesagt.«

»Sie. Haben. Denen. Alles. Gesagt. *Alles.*« Jack richtete sich zu voller Größe auf und stieß dabei mit der Schulter an die nackte Glühbirne, die an ihrem Kabel baumelte wie ein Gehängter.

»Ich habe ihnen falsche Experimente geschickt.« Hannah atmete flach. »Ich habe es so aussehen lassen, als ob …«

»Ich blicke hier auf Oppenheimers Handschrift. Da. Sie waren nicht falsch, Hannah. Sie haben gar nichts geändert.«

»Natürlich habe ich nichts geändert, Sie Arsch!«, brauste Hannah auf. »Glauben Sie, Kurt Diebner wäre so dämlich?

Ich habe ihnen Experimente geschickt, die in Sackgassen endeten …«

»Damit sie ihre Zeit damit vergeuden, wenn sie ihnen folgen.«

»*Ja*, damit sie ihre Zeit vergeuden. Ich habe sie absichtlich in die falsche Richtung geschickt.«

Mit unerbittlicher Präzision legte Jack die Postkarten auf dem Tisch aus. »Unsere Kryptologen wissen schon, was Sie ihm geschrieben haben.«

Sie starrte auf den Tisch.

»Wo ist er jetzt? Was macht er?«, fragte Jack.

»Wenn ich Ihnen das sage, bringen sie ihn um.«

»Richtig, richtig. Das vergesse ich immer wieder. Er ist ja einer von den Guten.« Jack ging auf und ab und kehrte dann zu dem leeren Holzstuhl zurück. »Wen haben Sie aus dem Motel angerufen? Collier?«

»Warum? Warum sollte ich?«

»Woher wissen die über mich Bescheid, Hannah? Denn ich habe es niemandem offenbart, seit ich fünfzehn war. Ich bin durch das Jurastudium in Harvard und Gott weiß wie viele Hintergrundüberprüfungen gekommen, und ich soll Ihnen glauben, dass das hier reiner Zufall ist?«

»Es tut mir leid, Jack, aber ich habe denen gar nichts gesagt. Ich habe denen Ihr Geheimnis nicht verraten.«

»Woher wissen sie es dann?«

Hannah linste zu dem baumelnden Rattenschwanz hinüber. »Sie wissen alles.«

Es klopfte leise, und die Tür öffnete sich.

»Jack«, sagte Epstein mit aschfahlem Gesicht, »es ist etwas passiert.«

Jack brüllte den Militärpolizisten im Flur einen Befehl zu, und sie kamen an die Tür.

»Sie bleibt hier«, sagte er und wies mit dem Daumen auf Hannah. »Epstein, Sie kommen mit mir.«

Als sie die mit dünnem Schneematsch bedeckte Straße hinuntergingen, murmelte Epstein: »Das ist furchtbar, Jack. Was für eine Schweinerei! Das ist so furchtbar wie … verdammt … *furchtbar.*«

»Lieutenant«, sagte Jack mit dem ganz leichten Anflug eines Lächelns, »zum ersten Mal höre ich aus Ihrem Mund einen Kraftausdruck.«

»Die hebe ich mir für passende Gelegenheiten auf«, sagte Epstein. »Und ich bin mir ziemlich sicher, dass dies eine ist.«

Wenn die Megafone die Einwohner von Los Alamos für eine Durchsage zusammenriefen, dann lag in der Regel eine greifbare Welle der Hoffnung in der Luft. Alle beteten, dass die Achsenmächte geschlagen worden waren oder zumindest ein großer Teil des Reichs gefallen war. Als Groves an das Rednerpult auf der Veranda vor der Fuller Lodge trat, sah Jack dem General an, dass er keine guten Nachrichten zu verkünden hatte. Die versammelten Wissenschaftler und Militärangehörigen verstummten unter der grellen Sonne. Es war nichts zu hören außer dem Flattern einer Flagge im Wind, der von den Tafelbergen herabpfiff. Groves klopfte ans Mikrofon, und die Versammelten zuckten beim schrillen Pfeifen zusammen.

»Meine Damen und Herren«, sagte er, »es ist meine Pflicht, Sie darüber zu informieren, dass unser großer Präsident und Oberbefehlshaber, Franklin Delano Roosevelt, um fünfzehn fünfunddreißig Eastern Standard Time verschieden ist.«

Kollektiv wurde nach Luft geschnappt, dann wogte gedämpftes Schluchzen durch die verunsicherte Menschenmenge. Jack und Epstein standen da wie betäubt. Zwei Soldaten holten die Flagge auf halbmast. Am Ende der Veranda blies ein Unteroffizier einen schwermütigen Zapfenstreich.

Peter Reichl weinte, eine Hand fest auf den Mund gepresst, als Oppenheimer zu Groves ans Mikrofon trat.

»In einer Schrift des Hinduismus«, sagte er, »in der Bhagavad Gita, heißt es: *Aus Glauben ist der Mensch gemacht – wie er glaubt, so ist er selbst.* Männer und Frauen in allen Ländern der Erde teilten Roosevelts Glauben. Daher müssen wir uns der Hoffnung verschreiben, dass seine guten Werke nicht mit seinem Tod enden. Freunde, Kollegen …«

»Diese Tragödie berührt nicht unsere große Aufgabe«, fiel Groves ihm ins Wort. »Ich habe Präsident Truman bereits über unsere Arbeit unterrichtet. Sie wird unvermindert fortgesetzt.«

Oppenheimer sah aus, als wollte er noch etwas sagen, doch Groves bog das Mikrofon zu Boden. »Kompanie wegtreten!«, befahl er, doch es war, als wäre ein Eissturm durchgezogen und hätte allen die Glieder und Füße festgefroren. In dem ausgedehnten Moment, bevor die Menschenmenge sich zerstreute, entdeckte Jack Hannahs heimlichen Bewunderer, den Kreuzworträtsellöser aus dem Diner und der Bar. Er stand auf der Anhöhe unter einem niedrigen Kiefernwäldchen. Den Fedora fest auf dem Kopf, überblickte er den Hof mit einem Fernglas, das er zunächst auf die Veranda richtete, wo Oppenheimer stand, gebeugt und hager, und dann mit einem Schwenk auf Jack.

Jack tippte Epstein an den Arm. »Begleiten Sie Frau Doktor Weiss zurück in ihre Baracke, und behalten Sie sie im Auge, bis ich komme.«

Epstein blinzelte, als erwachte er aus einem bösen Traum. »Was?«

Doch Jack war schon fort, er schritt durch den Hof und schob sich zwischen Wissenschaftlern und Laborassistenten hindurch, die in der Nähe der Veranda herumstanden. Der

Fedora verschwand zwischen den dicht stehenden Bäumen. Jack folgte ihm, kroch unter tiefe Kiefernäste. Nachdem er den Geröllhang erklommen hatte, gelangte er hundert, hundertfünfzig Meter unterhalb der Baumgrenze an einen steilen Weg. Er beugte sich vor, legte schwer atmend die Hände an den Brustkorb und lauschte auf menschengemachte Geräusche aus dem Unterholz. Der leichte Wind trug leises Vogelgezwitscher herbei, doch als Jacks Herz zurück in seinen normalen Rhythmus fand, schien es ihm, als wäre der Vogelgesang ein wenig zu beständig, ein wenig zu monoton. Er folgte ihm und hielt sich an einen selten begangenen, aber deutlich zu erkennenden Pfad.

Die kleine Funkbaracke hockte auf einer Felszunge, von der man einen relativ ungehinderten Panoramablick auf Site Y und das umgebende Gelände genoss. Aus dem offenen Fenster der Baracke drangen das ruckelnde Zirpen von Morsecodes und das gleichförmige Brummen eines Fernschreibers. Der Mann in Fedora und Trenchcoat stand in der Tür. Er klopfte ein Päckchen Lucky Strikes gegen die Handkante. Seine Augen waren geschwollen und hatten dunkelblaue Flecken, und quer über seiner Nase klebte ein weißes Pflaster.

»Also, das ist ja ein Ding, oder?«, sagte er.

»Allerdings«, bestätigte Jack. Er spähte zur Funkbaracke hinüber. »Sie sind vom FBI.«

»Agent Hicks.«

Der Mann grinste und streckte die Hand aus, um Jack eine Zigarette anzubieten, doch als Jack eine nehmen wollte, wurde er unvorbereitet von einem schnellen linken Haken getroffen. Er reichte nicht, um ihn umzuhauen, doch er taumelte einige Schritte nach hinten, worüber sich Hicks köstlich amüsierte.

»Also gut«, sagte Jack und hielt sich den Kiefer. »Das mussten Sie wohl unbedingt noch loswerden, Agent Hicks.«

»Fürs Erste.« Hicks hielt ihm noch einmal die Lucky Strikes hin. Jack nahm sich misstrauisch die, die am weitesten aus dem Päckchen herausragte. »Eigentlich sollte ich Ihnen danken. Jetzt muss Onkel Sam meine verkrümmte Nasenscheidewand richten.«

»Freut mich, dass Sie was davon haben«, sagte Jack. »Warum beschatten Sie Frau Doktor Weiss?«

»Ich habe *Sie* beschattet, Itzig.«

Jack nickte mechanisch, hörte die Worte gar nicht richtig. Dann kam das Echo, klar wie der helle Tag. »Ich habe *Sie* beschattet.«

»Dann hat sie es nicht Groves gesagt. *Sie* haben es ihm gesagt.« Jack seufzte und kniff sich in den Nasenrücken. »Verdammt.«

»Ich habe kein großes Vergnügen daraus gezogen. Ich mag den fetten Kommunistenfreund genauso wenig wie Sie, aber wir sind im Krieg, richtig? Kommandos befolgen, Befehlskette, das ganze Brimborium.«

»Aber … im Diner … Sie hatten keine Zeit, ein Mikrofon zu verstecken.«

»Ich lese von den Lippen ab.«

»Natürlich.«

Sie lehnten sich an die Barackenwand und rauchten eine Weile schweigend … in einer seltsamen Waffenruhe. Drinnen kratzte und klapperte der Fernschreiber. Jack holte einen Flachmann mit Whiskey aus seiner Manteltasche.

»Haben Sie zwei Kaffeetassen?«

Hicks wies auf die Tür, und sie betraten sein bescheidenes Quartier. Er nahm zwei Metallbecher von einem Regal.

»Genau genommen bin ich noch im Dienst«, sagte er. »Mir besser gleich einen Doppelten.«

Jack schenkte großzügig in beide Becher ein und ließ den

Blick über die Patience schweifen, die Hicks auf seinem vollgepackten Schreibtisch ausgelegt hatte. »Versuchen Sie die Kreuz drei an die Karo vier anzulegen! Dann können Sie die Reihe an die Pik fünf anlegen.«

Hicks nickte anerkennend und stieß mit seinem Becher an. »Danke, Nachbar.«

»Warum sind Sie mir gefolgt?«

»Donovan wollte wissen, wie Sie klarkommen. Ob Sie sich von der ganzen Sache in Paris erholt haben. Er will Sie für eine Position in dieser Central Intelligence Agency, die neu gegründet werden soll.«

»Interessant.«

»Natürlich, die ganze … ähm …« Hicks machte eine seltsame Handbewegung. Jack wusste nicht oder wollte nicht wissen, was sie bedeutete. »Die Frau. Das verheißt wahrscheinlich nichts Gutes für Sie.«

»Wahrscheinlich nicht.«

»Aber wer weiß? Sie waren immer auf Donovans Goldjunge-Liste, und jetzt, da Sie die Dame auf Eis …«

»Die Dame?«, äffte Jack ihn nach. »Auf Eis? Was ist das hier, ein Humphrey-Bogart-Film?«

»Genau das ist es«, sagte Hicks ohne den geringsten Humor. »Dies ist der Teil, wo es dem Detektiv endlich dämmert, dass er seine Mission vollenden oder seine Karriere für ein Schäferstündchen mit einer jüdischen Schlampe in den Wind schießen kann.« Er kippte den Rest seines Whiskeys hinunter und wandte sich wieder seiner Patience zu. »Sagen Sie mir Bescheid, wofür Sie sich entscheiden! Dann informiere ich Donovan.«

Jack würdigte die Beleidigung nicht mit einer Antwort, sondern wies nur mit einem Nicken auf den Fernschreiber. »Was dagegen, wenn ich mir das Gequatsche mal ansehe? Also, falls Sie mit Ihrer Verarschung fertig sind.«

»Bedienen Sie sich!« Hicks zuckte die Achseln. »Nutzen Sie die Sicherheitsfreigabe, solange Sie sie noch haben.«

Die lange Rolle senffarbenen Papiers war so montiert, dass sie sich selbst in einen Milchkasten faltete, der vor der Maschine stand. Jack fing mit den neuesten Berichten an und las alles, was hereingekommen war. Die ersten Meter betrafen den vorzeitigen Tod des Präsidenten. Dann kam eine lange Reihe von Wetterberichten, gefolgt von der täglichen Gefallenenliste. Und dann entdeckte Jack den Namen Frei.

40

Es war einmal ein Junge, der liebte Einstein. Er saß auf Einsteins Schoß und interessierte sich für die Sonderbarkeiten des Mannes, die gewaltige Nase, die Haare, die unerklärlich aus den Ohren des alten Mannes sprossen, war aber glückselig gleichgültig gegenüber Einsteins großen Worten.

Fantasie ist wichtiger als Wissen. Wissen ist begrenzt, Fantasie aber umfasst die ganze Welt.

Diese Worte wehten herunter wie die kreiselnden Samen eines hohen Ahorns, eines nach dem anderen, glitten am Scheitel des blonden Jungenschopfs ab und streiften die Ärmel seines blauen Schulpullovers. Der Junge war zu sehr damit beschäftigt, Steine hüpfen zu lassen und Motten zu untersuchen, um sie zu beachten, doch die Samen wurden gepflanzt.

Ich habe keine besondere Begabung, sondern bin nur leidenschaftlich neugierig.

Als der Junge heranwuchs, widmete er sich dem Verständnis von Wissenschaft und Leben, doch dem ersten stets bereitwilliger als dem zweiten, denn Wissenschaft war das logische Ziel seiner eigenen leidenschaftlichen Neugier, und das Leben war eine geheimnisvolle Parabel, die jedes Mal, wenn er die

Gleichung ihres Bogens gelöst zu haben glaubte, seinen Händen entglitt.

Versuche nicht, ein erfolgreicher Mensch zu sein, sondern lieber, ein wertvoller Mensch zu werden.

Hätte seine Mutter den Jungen doch nur an einem Bach in der stillen Landschaft finden und ihm ins Ohr flüstern können: *Hör nicht hin. Denk nicht. Bleib bei deinen unschuldigen Vergnügungen. Du sollst niemals eine Kreide auf eine Tafel setzen. Das Ergebnis wird eine Katastrophe sein.*

41

Auf dem Weg den Kiesweg zu ihrem Quartier hinauf war Hannah dankbar, als Epstein ihr den Arm anbot. Nach einem langen Tag und einer Nacht ohne Schlaf war ihr schwindelig vor Hunger, und sie war zutiefst verunsichert. Als sie am Labor vorbeikamen, blickte sie auf und sah Reichl am Fenster stehen und mit grimmiger Miene zusehen, wie sie von zwei Militärpolizisten zu ihrem Quartier begleitet wurde. Sie wünschte sich nichts sehnlicher, als mit ihm dort oben im Turm zu sein und tief in die Kaskade hinabstürzender Zahlen abzutauchen. An Hannahs Quartier bezogen die Militärpolizisten ihre Posten neben der Schwelle. Sie waren beide Anfang zwanzig, ihre Gesichter mannhaft, doch tränenüberströmt. Bei ihrem Anblick wurde Hannah die Kehle wieder eng. Sie war vertraut mit Verlusten, doch Roosevelts Tod bedeutete etwas anderes. Von diesem Augenblick an war jeder mögliche Weg bestenfalls mit Unsicherheit behaftet, schlimmstenfalls, so ließ sich ohne Übertreibung sagen, konnte er zum Ende von allem führen. Hannah und die übrigen Wissenschaftler, die Reichls Petition unterzeichnet hatten, hatten sich mit dem Gedanken getröstet, dass Roosevelts moralisches Gewissen angesichts unbeschreiblicher Macht nicht klein beigeben würde. Bei Truman, einem Mann ohne ein Gramm Poesie im Leib, einem Politiker, der nicht nur einen Krieg, sondern auch eine Wahl gewinnen wollte, waren die Wissenschaftler weniger zuversichtlich.

»Nach Ihnen.« Epstein öffnete die Tür und bedeutete ihr, einzutreten.

»Kommen Sie nicht mit?«

»Ich warte hier draußen.«

Hannah ging hinein und kuschelte sich in den Sessel in der Ecke, zu hungrig, um etwas zu essen, zu erschöpft, um zu schlafen. Eine Stunde oder länger starrte sie auf die Seiten eines Buches, doch als sie irgendwann merkte, dass sie immer wieder denselben Absatz las, legte sie es zur Seite. Draußen ging Epstein, der keinen warmen Wintermantel hatte wie die Militärpolizisten, in der Kälte auf und ab, stampfte mit den Füßen, schniefte und hustete wie ein Seelöwe. Schließlich öffnete Hannah die Tür. »Kommen Sie bitte herein, Lieutenant!«, bat sie.

»Nein, danke«, wehrte er ab. »Ich warte auf Major Delaney.«

»Reden Sie keinen Unsinn! Sie frieren. Kommen Sie herein! Ich setze Kaffee auf.« Sie wandte sich an die jungen Militärpolizisten. »Möchten Sie Kaffee, Gentlemen?«

Die beiden Soldaten zuckten nicht mit der Wimper.

Sie seufzte ungeduldig. »Solange Sie keinen Zucker hineintun, ist es kein Verrat.«

Epstein lachte nicht, doch sie bemerkte ein Zucken in seinem Mundwinkel, als er eintrat und Jacks schwere Schultertasche abstellte. Sie beulte sich wegen der dicken Akten, die im Vernehmungszimmer auf dem Tisch gelegen hatten. Hannah juckte es im Nacken, denn gar zu gern hätte sie gesehen, was darin aufgezeichnet war. Epstein hockte sich unbehaglich auf einen Holzstuhl am Tisch, während sie den Kessel auf die Heizplatte stellte und Pulver in einen Kaffeebereiter goss.

»Braucht Jack noch lange?«, fragte sie.

»Sie meinen Major Delaney.«

»Wahrscheinlich klug, nicht zu vertraulich zu werden. Aber eingedenk Ihrer Geschichte …«

»Er hat Ihnen davon erzählt?«

»Selbstverständlich«, erwiderte sie.

»Ich schlage vor, dass wir uns nicht weiter unterhalten«, sagte Epstein.

»Wie enttäuschend, wenn man herausfindet, dass er nicht der Mann ist, der er zu sein schien.«

»Sie kommen sicher darüber hinweg.«

»Ich meine Sie«, entgegnete Hanna.

»Wenn einer versteht, warum er seine Entscheidungen getroffen hat, dann ich«, erklärte Epstein. »Sie wissen nicht, wie das ist.«

»Nicht Mitglied im Country Club werden zu dürfen? Da haben Sie recht, Lieutenant, das kann ich mir nur vorstellen.«

»Sie kennen ihn nicht.«

»Sie offenbar auch nicht.«

»Er hat meinetwegen ein Geschoss im Rücken.« Epstein schob seinen Stuhl vom Tisch zurück, stand auf und sah sie an. »Am Tag der Befreiung von Paris, als wir auf dem Weg zum Joliot-Curie-Labor waren, entdeckte er auf dem Dach auf der anderen Straßenseite einen deutschen Scharfschützen und trat vor mich. Als sie den Scharfschützen später vernommen haben, fragte man ihn, warum er das getan hatte. ›Der Krieg ist so gut wie vorbei, Paris ist befreit, Sie hätten einfach verschwinden können. Also, warum?‹ Er antwortete: ›Ich wollte noch einen verdammten Juden kaltmachen.‹ Er hatte die Straße mit einem Zielfernrohr abgesucht und fand, ich sähe aus wie ein Mensch, der es nicht verdient hatte zu leben. Jack entdeckte ihn dort oben, und statt ...«

»Lieutenant.«

Epstein nahm augenblicklich Haltung an, erschrocken, dass Jack in der Tür stand. »Major Delaney. Ich habe nicht ...«

»Sie können gehen.« Jack legte Epstein eine Hand auf die Schulter. »Vielen Dank, Aaron. Sie müssen zurück ins Büro und sich um einiges kümmern. Sie finden eine Liste auf Ihrem Schreibtisch.«

»Ja, Sir.«

Hannah brachte den Militärpolizisten zwei Becher Kaffee nach draußen, während Jack die Akten an sich nahm und sich am Tisch niederließ. Sie setzte sich ihm gegenüber und versuchte, nichts zu empfinden, als sie die lilafarbene Schwellung an seinem Kinn bemerkte.

»Mir scheint, Sie haben einen schweren Tag hinter sich«, stellte sie fest.

»Hatten wir den nicht alle?« Jack legte die Akten genauso akribisch aus wie auf dem Tisch im Vernehmungszimmer. »Bevor wir anfangen, Hannah, es tut mir leid.«

»Leid, dass Sie voreilig ungerechte Schlüsse gezogen haben? Oder leid, dass Sie bei einer Lüge erwischt wurden?«

»Leid, dass meine persönlichen Gefühle diese Untersuchung behindert haben«, sagte Jack. »Das wird ab jetzt kein Problem mehr sein.«

Hannah richtete den Blick zum Fenster. Draußen auf den schneebedeckten Straßen holperten Lastwagen und Transportfahrzeuge durch Schlaglöcher.

»Wir haben eine der größten Führungspersönlichkeiten verloren, die die Welt je hatte«, sagte sie. »Man gewährt ihm zwei Schweigeminuten, und dann kehren alle zurück an die Arbeit.«

»Haben Sie das nicht auch so gemacht, nachdem Sabine fort war?«

»Das ist wohl kaum dasselbe. Ich glaubte sie in Sicherheit. Das tue ich noch immer.«

Jack faltete ein Stück Papier aus dem Fernschreiber auseinander, das in seiner Brusttasche gesteckt hatte, und strich es auf dem Tisch glatt. »Max Frei ist tot.«

Hannah schlang die Arme um ihren Brustkorb, wie um sich vor einem harten Körperschlag zu schützen. Sie brachte Stefans Namen nicht über die Lippen. »Wer noch?«

Jack reichte ihr die Liste und sah zu, wie sie der Spalte mit dem Finger folgte, bei jedem bekannten Namen zusammenzuckte und immer bleicher wurde.

»Max, Karin, Heiden, Ramses, Gottler … so viele … so viele. Alle außer …«

»… außer Stefan Frei.«

Erst in diesem Augenblick merkte sie, dass sie das Blatt umklammerte und es zwischen den Fingern zerknitterte.

»Fällt sonst noch jemand durch Abwesenheit auf?«

Hannah schüttelte den Kopf, doch dann sagte sie: »Kurt. Kurt Diebner.«

»Diese Wissenschaftler waren Hitlers Pendant zu unserem Kritikalitätsteam.«

»Das ist eine grobe Vereinfachung.«

»Kurt Diebner ist Hitlers Oppenheimer. Stefan Frei ist Hitlers Reichl. Die Einzige, die sie nicht haben, sind Sie.« Jack zog seinen Stuhl neben den ihren und ergriff ihre Hand. »Hannah. Die haben Sie nicht. Oder?«

Sie saß still wie eine Gottesanbeterin, den Blick auf die Wand gerichtet. Jack strich mit dem Daumen immer wieder über ihr Handgelenk. Ihr Puls flatterte unter der kühlen Haut wie ein Kolibri.

»War er so gut?«, fragte er. »So gut, dass Sie ihm geholfen haben? Obwohl Sie wussten, dass er einer von ihnen war?«

»Bereitet es Ihnen schlaflose Nächte, wenn ich Ja sage?« Ihr Tonfall war spöttisch, doch darunter lag unverblümter Trotz. »Sie sehen müde aus«, fuhr Hannah fort. »Vielleicht sollten wir es für heute gut sein lassen.«

»Es ist ermüdend, nicht wahr? Das Lügen.«

»Ja. Aber man kann nicht aufhören.«

Jack hob die Schultern.

»Wie sich gezeigt hat, können Sie es.«

»Warum sollte ich Ihnen vertrauen?«

»Weil Sie noch nicht in Leavenworth sind.«

Ihr Atem ging stoßweise, bevor sie sagte: »Sie täuschen sich.«

»Inwiefern?«

»Er ist keiner von ihnen«, sagte Hannah. »Er versucht sie aufzuhalten. Deswegen ist er nicht mit mir weggegangen.«

»Sie glauben immer noch, dass er Sie liebt.«

»So ist es.«

»Warum hat er Sie dann verführt, bei seinem Plan mitzumachen? Warum bringt er Ihr Leben in Gefahr? Meinen Sie, er wüsste nicht, dass man Sie wegen Spionage vor Gericht stellen kann? Dass man Sie wegen Hochverrats hängen könnte?«

»Er schwebt in größerer Gefahr als ich«, widersprach Hannah. »Deswegen habe ich es Ihnen nicht gesagt, Jack. Sie möchten die Nazis als Schwachsinnige abtun, aber Kurt Diebner ist immer noch ein brillanter Wissenschaftler. Stefan braucht mich, damit ich helfe, sie in die falsche Richtung zu lenken.«

»Verstehe.« Jack stand auf und ging, die Hände in den Taschen, eine Weile auf und ab. »Sie haben ihm also die Ergebnisse des Kritikalitätsteams …«

»Nur die Sackgassen!«

»Richtig. Richtig. Damit Stefan sie in die Irre führen konnte.«

»Genau«, bestätigte Hannah.

»Doch eine Sache geht nicht ganz auf. Wenn Sie das Telegramm nicht geschickt hätten, Hannah, hätten wir es nie erfahren. Also muss ich mich doch fragen …« Er setzte sich so dicht neben sie, dass seine harte Kniescheibe an ihr Bein stieß. »Wie kann jemand, der so klug ist, so dumm sein?«

»Was?«

»Wissen Sie, was ich glaube? Ich glaube, Sie hofften, dass wir Sie erwischen. Sie wollten, dass es aufhört, weil Sie tief im Innern wissen, dass er Sie hintergangen hat.«

»Ich hatte viele Wochen nichts von ihm gehört. Ich wollte unbedingt wissen …«

»Was? Ob er Sie noch brauchte? Ob er Sie noch wollte?«

»Nein«, antwortete Hannah. »Daran habe ich tatsächlich nie gezweifelt.«

»Nie?« Jack schüttelte den Kopf. »Ha! Ich kenne Sie, Hannah. Sie hinterfragen alles.«

»Das nicht.«

»Sie wollten, dass wir Sie erwischen. Sie hatten Angst, dass er Sie benutzen könnte, und Sie wollten unbedingt wissen, ob es zu spät war … ob Sie die Bombe bereits in Hitlers Hände gelegt hatten.«

»Er hat mir geschworen, dass das nie passieren wird.«

»Oh, das glaube ich.« Jack stand auf, ging wieder hin und her und schrieb dabei die Gleichung in die Luft. »Ich bin Stefan Frei. Klug, aber faul. Ich bin es leid, in Diebners Schatten zu stehen. Ich will nicht mehr nur als Playboy wahrgenommen werden. Und dann entdecke ich unten in meinem Keller eine Frau, mit deren Hilfe ich dastehe wie ein erstklassiger Wissenschaftler. Ich stehle ihre Ideen, arbeite mit ihr zusammen, aber immer heimlich. Um mich ihrer Ergebenheit zu vergewissern, erzähle ich ihr, ich hätte mich in sie verliebt. Ich überzeuge sie davon, dass meine öffentliche Gefolgschaftstreue zu den Nazis nur ein Trick ist. Ich gebe vor, ihrer Familie bei der Flucht zu helfen, und dann helfe ich ihr zu fliehen. Ich behaupte sogar, ich wäre derjenige, der in Gefahr geriete, wenn ich sie in die Welt hinausschicke wie ein Virus. Ich weiß, dass andere sie genauso benutzen wollen wie ich. Fermi, Bohr, Peierls, irgendein anderer. Schließlich landet sie genau dort, wo ich sie brauche. Ich überzeuge sie, mir Geheimnisse zu schicken. Nichts Großes. Die wichtigsten Konzepte hat Diebner erfasst. Nein, ich brauche nur genügend fehlgeschlagene Experimente, um die Leerstellen zu füllen, damit ich mir die Sackgassen erspare und zweimal so schnell bin, denn Zeit … Zeit ist alles.«

»Sie täuschen sich.« Hannah konnte kaum stillhalten; ein heftiges Zittern hatte sich ihrer bemächtigt. »Sie täuschen sich. Sie täuschen sich.«

»Dann kommt der wirklich brillante Teil. Bei diesem Wettrennen gibt es keinen zweiten Platz. Wer dieses Rennen gewinnt, regiert die Welt. Also gebe ich die Bombe nicht Hitler. Das wäre verrückt. Dafür bin ich zu klug. Ich gebe die Bombe den Russen.«

»Hören Sie eigentlich, was Sie da reden?«, spottete Hannah. »Sie und Collier … Sie sehen hinter jedem Baum einen Kommunisten.«

»Woher hat er gewusst, dass die Alliierten das Kaiser-Wilhelm-Institut bombardieren würden?«, fragte Jack. »Wenn er keinen Tipp bekam, woher wusste er dann, dass Diebner und er rausmussten?«

»Und seinen Vater und unsere ganzen Kollegen hat er zurückgelassen? Dazu wäre er niemals in der Lage.«

»Sie haben selbst gesagt, dass Stefan Frei nie mit jemandem

zusammengearbeitet hat. Er suchte sich immer nur Menschen, die er benutzen konnte. Das haben Sie selbst gesagt. Ich kann Ihnen das Band vorspielen, wenn Sie den genauen Wortlaut hören wollen.«

»Ich habe gelogen. Um ihn zu schützen. Er liebt mich. Das ist die Wahrheit.«

»Liefern Sie mir einen einzigen Beweis dafür, dass er Sie geliebt hat, dass er auch nur für eine Sekunde an Sie gedacht hat! Und zwar nicht nur dann, wenn die Postkarten mit den neuen Geheimnissen kamen, die er verwenden konnte.«

»Sie haben den Beweis gesehen.«

»Was … das hier?« Jack löste den diamantenbesetzten Kamm aus Hannahs Haar und warf ihn auf den Tisch. »Das hat ihm nichts bedeutet. Sie klammern sich bloß daran. Schließlich können Sie nur glauben, dass Sabine noch lebt, wenn sie an seine Liebe zu Ihnen glauben.«

»Sie haben das Zeitungsfoto gesehen. Sie wissen, dass er ihr das Leben gerettet hat.«

»Hat er das wirklich, Hannah?«

Jack kramte in den Unterlagen nach einem dunklen Autopsiefoto und legte es ihr hin. Angesichts der grausigen Aufnahme zuckte Hannah zurück. Das Foto zeigte eine Frauenleiche, entstellt und verwest. Hannah zwang sich, das Foto mit wissenschaftlichem Blick zu studieren, bevor sie triumphierend zu Jack herumfuhr.

»Netter Versuch.« Hannah warf ihm das Foto ins Gesicht. »Das ist nicht Sabine.«

»Nein«, sagte Jack. »Das ist Lotte Scheer.«

»Sie lügen.«

»Ich bin Stefan. Ich muss für Hannah eine gute Show abziehen, also sorge ich für einen öffentlichen Beweis, dass alles so passiert ist, wie ich es gesagt habe. Aber ich erledige auch alles so, dass es mir nicht irgendwann um die Ohren fliegt.« Jack legte eine Reihe von Passagierlisten auf den Tisch. »Die *SS St. Louis* bekam nie die Erlaubnis, in Kuba anzulegen. Sie durchquerte die Floridastraße in der Hoffnung, in Miami anlegen zu dürfen. Fehlanzeige. FDR schickte sie nach Europa zurück, wo sie in den Niederlanden und Frankreich einige Passagiere absetzte. Die übrigen Menschen an Bord wurden in die Länder zurückgebracht, aus denen sie hatten fliehen wollen. Lotte Scheers Leiche wurde aus der Seine gefischt. Sie war gefoltert worden. Verstümmelt. Die Überreste von Gisella Proust wurden nicht gefunden, doch das ändert nichts an der Tatsache, dass ihre Leiche in diesem Fluss liegt, Hannah, in einem flachen Grab oder in der Asche, die sich mit der von Tausenden anderen am Boden eines Krematoriums vermischt.«

»Lügner!« Hannah schlug Jack mit aller Kraft ins Gesicht. Er packte ihr Handgelenk und hielt ihr das Foto noch einmal vor das Gesicht.

»Begreifen Sie, was man ihr angetan hat, Hannah? Das ist Stefans Werk, denn er hat sie an die Gestapo ausgeliefert. Das ist Ihr Werk, denn Sie haben Sabine an ihn ausgeliefert, bevor Sie mit ihm gingen und sich von ihm bumsen ließen. Dabei haben Sie alles und jeden verraten, den Sie je geliebt haben.«

»Hören Sie auf, bitte! Ich bin so müde, ich kann nicht mehr denken.« Sie schlug sich die Hände vor den Mund, um das kehlige Winseln zu ersticken, das tief aus ihrem Innern aufstieg. Sie sank auf ihrem Stuhl zusammen, wehklagte Sabines Namen, stieß heisere Schluchzer aus. Jack setzte sich neben sie und strich ihr über das Haar, flüsterte so verhalten, dass die Mikrofone, die überall im Zimmer versteckt waren, es nicht aufnehmen konnten.

»Ich wünschte, es gäbe einen Ausweg, Hannah. Ich wünschte, es wäre nicht so gekommen.«

»Ich will nur, dass es aufhört.« Betend, weinend drückte Hannah die Fäuste in den Schoß. »Ich hoffe, sie bringen mich von hier weg und töten mich. Sagen Sie ihnen, sie sollen mich töten, Jack. Lassen Sie nicht zu, dass sie mich an diesen Ort bringen. Sagen Sie ihnen, sie sollen mir in den Kopf schießen.«

»Hören Sie mir zu!« Jack hielt ihr Gesicht zwischen seinen Händen und zwang sie, ihm in die Augen zu sehen. »Hannah? *Hören Sie mir zu!* Sie müssen jetzt stark sein. Sie müssen durchhalten. Ich weiß noch nicht, wie ich Ihnen helfen kann, aber ich schwöre Ihnen, ich werde es versuchen. Vertrauen Sie mir?«

Sie schüttelte den Kopf, ohne Hoffnung. »Was würde das schon ändern?«

»Ich weiß, dass das alles gegen Ihren Willen geschieht«, sagte er. »Ich kann Einwände gegen die Todesstrafe geltend machen. Wenn ich es schaffe, beschütze ich Sie.«

Für zwei oder drei abgehackte Atemzüge schloss Hannah die Augen, während Jack ihre nassen Wangen und Lippen küsste. In der kurzen Stille danach hörte Jack den Klang eines verstimmten Klaviers von nebenan.

»Sehen Sie?«, sagte sie wie ein Kind, das sich nach Anerkennung sehnt. »Ich habe Ihnen gesagt, dass ich als Letztes vor dem Einschlafen das Klavier höre. Ich habe nicht die ganze Zeit gelogen, Jack. Nicht bei allem.«

Er lehnte die Stirn an Hannahs Kopf, seine breiten Hände an ihrem schlanken Rücken, und so verharrten sie, während die traurige Melodie zu Ende gespielt wurde.

»Jitgadal vejitkadasch sch'mei rabah. B'allma di v'ra …« Seit dem Tag, an dem seine Mutter beerdigt worden war, hatte Jack das Kaddisch nicht mehr gehört, doch er versuchte, es mitzusprechen. Hannah flüsterte es mit ihm zusammen, umfasste

seine Hände mit dem verzweifelten Griff eines Menschen, der an einer Klippe hängt, und so stammelten sie weiter bis zum Ende des traditionellen Totengebets … für Sabine, für Lotte, für die vielen verlorenen Seelen im Kaiser-Wilhelm-Institut, für alle Männer und Jungen, die Jack getötet, und jene, deren Tod er mit angesehen hatte.

»*Je heih schlahmah rabbah min schmajah, ve chjim aleinu ve al kol jisroel v'imru: Amein*. Fülle des Friedens und Leben möge vom Himmel herab uns und ganz Israel zuteilwerden, sprechet: Amen!«

Hannah ließ den Kopf auf die Armbeuge sinken, und Jack saß eine Weile bei ihr, beruhigte sie und strich ihr die wilden Locken von den nassen Wangen. Als ihre abgehackten Atemstöße zu einem erschöpften, aber gleichmäßigen Rhythmus geworden waren, spürte Jack, wie das Adrenalin aus seinen Adern sickerte, abgelöst durch Taubheit, Trauer und Selbstverachtung. Leise stand er auf, ging nach draußen und schloss mit einem leisen Klicken die Tür. Epstein schritt aus dem Bodennebel auf ihn zu. Sie trafen sich am Rand der unbefestigten Schotterstraße.

»Sie haben zugehört?«

»Ja, Sir. Falls Sie die Bänder noch einmal anhören wollen, bevor sie …«

»Das ist nicht nötig«, erwiderte Jack und hoffte, dass sich seine Worte bewahrheiteten. »Kümmern Sie sich um die Überstellung! Sorgen Sie dafür, dass es Leute sind, bei denen wir uns darauf verlassen können, dass sie …« Er stockte, doch Epstein nickte und wusste, was Jack meinte.

»Wird gemacht.« Epstein reichte Jack einen dicken Umschlag. »Die Geheimdienstinformationen, um die Sie gebeten haben.«

»Fassen Sie den Inhalt kurz für mich zusammen!«

»Genau, wie Sie erwartet haben.«

»Danke, Aaron.« Jack steckte den Umschlag in die Brusttasche seines Mantels und bezog neben den beiden Militärpolizisten vor Hannahs Tür Posten. Er wandte sich von ihnen ab und zündete sich eine Zigarette an. Sie sollten nicht sehen, dass seine Hände zitterten.

Nach einer kurzen Ewigkeit war Epstein mit dem Transporter zurück. Groves und Collier rollten an, als die Militärpolizisten gerade die gepanzerte Tür des Gefängniswagens öffneten. Jack hoffte, dass sie so viel Mitgefühl besaßen und auf Distanz blieben oder wenigstens zu faul waren, um aus ihrem Jeep auszusteigen.

»Ich hole sie«, sagte Jack zu den Militärpolizisten. »Geben Sie mir eine Minute!«

Er ging hinein. Mit trockenen Augen saß Hannah aufrecht in der gruseligen Stille und betrachtete die diamantenbesetzten Motten vor sich auf dem Tisch.

»Es liegt in meiner Natur, empirische Beweise zu sammeln«, erklärte sie. »Vor Stefan war ich mit zwei, beinahe mit drei Männern zusammen, doch da fuhr gnädigerweise die Physiologie dazwischen. Alles Wissenschaftler. Keiner unsensibel oder leidenschaftslos. Alle diese Männer haben sich anerkennenswert viel Mühe gegeben. Ich wäre froh gewesen, wenn mein eigenes Begehren den Situationen entsprochen hätte, aber ...« Sie machte eine wegwerfende Handbewegung. »Am Ende hatte ich das Gefühl, ich hätte die Zeit besser mit einem guten Buch in der Badewanne verbracht.«

Jack räusperte sich unbehaglich. »Hannah, wir müssen gehen.«

»Stefan war anders. Genauer gesagt ... ich war anders, wenn ich mit ihm zusammen war. Es war der Unterschied zwischen nackt sein und nichts anhaben.«

»Hannah, bitte!«

»Jack.« Sie hielt einen Finger hoch. »Das ist wichtig. Sie haben mir eine Frage gestellt. Jetzt kenne ich die Antwort.«

»Welche Frage?«

»Sie haben mich gefragt: Wie kann jemand, der so klug ist, so dumm sein? Die Antwort lautet: Das kann ich nicht.« Hannah stand auf, ruhig und gewiss. Ein beunruhigendes Lächeln zuckte um ihre Lippen. »Ich bin keine Närrin. Ich bin kein naives, liebesbedürftiges Mädchen, das für einen forschen Schürzenjäger die Beine breitgemacht hat. Stefan ist ein guter Mann, und er liebt mich. Das weiß ich mit jeder Faser meines Seins. Er hat mir immer die Wahrheit gesagt.«

Jack zwang sich, den Blick von ihrem Gesicht zu lösen. »Hannah, wie schön wäre es, wenn Ihre Vermutung zuträfe. Sie trifft aber nicht zu. Und jetzt müssen wir gehen.«

»Deutschland hat die Bombe nicht, Jack. Stefan hat mir geschworen, dass wir das zusammen verhindern würden. Das ist die Wahrheit. Die Deutschen haben nichts. Nicht einmal genug Material für einen atomaren Testaufbau.«

Jack wappnete sich und öffnete den Militärpolizisten die Tür. Hannahs Puls ging schnell und flach. Sie hatte Angst, doch da war immer noch dieses beunruhigende Lächeln, strahlend hell und abgeklärt. Er nahm den diamantenbesetzten Kamm vom Tisch, fasste sie am Arm und führte sie nach draußen zum Gefangenenwagen. Dabei sprach er ihr leise ins Ohr.

»Es wird hart. Bleiben Sie stark, lassen Sie nicht los!« Er half ihr die Eisenstufen zum Transportfahrzeug hinauf und befestigte die Handschellen an einem Ringbolzen in der Sitzbank. »Wenn ich es schaffe, beschütze ich Sie.«

»Nein«, widersprach Hannah eindringlich und entschlossen mit einem kurzen Blick über die Schulter auf Groves. »Beschützen Sie Stefan! Jetzt hängt alles von ihm ab.«

»*Ihn* beschützen? Wie soll ich denn …«

»Jakob, schwören Sie mir, dass Sie die Beweise benutzen und ihn schützen, wenn ich Ihnen sage, wo Sie diese finden.«

»Welche Beweise?«

»Sie finden sie im *Faust*. Versprechen Sie es mir! Suchen Sie so lange, bis Sie sie finden!«

Die Militärpolizisten schlossen die gepanzerte Tür und drückten einen dicken Bolzen durch die Öse an der Überfalle, damit sich diese nicht öffnen ließ.

»Also, das war verdammt knapp.« Groves schlug Jack auf den Rücken. »Noch siebzehn Minuten übrig. Ich schätze, Sie hatten Spaß mit der Kleinen. Donovan erwartete Sie in Washington. Also nehme ich an, dass Sie unverzüglich verschwinden.«

»Ja, Sir«, sagte Jack. »Ich will nur sichergehen, dass ich alles geklärt habe.«

Als der Gefangenenwagen davonrumpelte, merkte Jack, dass er Hannahs Kamm mit der Faust umklammert hielt. Als er die Hand öffnete, waren Abdrücke der zackigen Flügel in seinem Handteller, und es blutete, als hätten ihn die giftigen kleinen Biester gestochen.

42

Feldnotiz
Vertraulich
28.April 1945
Betreff: Dringendes Ersuchen um Anschluss an Alsos in Deutschland
An: Donovan
Von: Delaney
Zusammenfassung: Wie in vorherigen Kommuniqués bereits erklärt, ersuchen Agenten dieser Abteilung dringend um die Erlaubnis, sich dem Alsos-Team in Deutschland anzuschließen. Hannah Weiss, Wissenschaftlerin auf Site Y, hat nützliche Geheimdienstinformationen bezüglich des Aufenthaltsortes der deutschen Atomforschungsgruppe, darunter Frei, S., und Diebner, K. Frei ist gefährlich manipulativ und besitzt Informationen, die das Zünglein an der Waage sein könnten, ob die Sowjets in Zukunft die Nase vorn haben.
Empfehlungen: (1) Die Hinrichtung von Dr.Weiss aussetzen, bis der Nutzen ihrer fortgeführten Kooperation eingeschätzt werden kann. (2) Bill, geben Sie mir die Gelegenheit, die Sache sauber abzuschließen. Gestatten Sie mir, mich dem Alsos-Einsatz im Schwarzwald anzuschließen. Ziel: Stefan Frei finden, vernehmen und ausschalten.

43

Die Straße dröhnt unter meinen Füßen. Der Gefangenentransporter ist eine stählerne Echokammer, durch die jede matschige Furche und jeder auffliegende Stein nachhallen. Wind pfeift durch die winzigen Löcher, die frische Luft hereinlassen, aber wenig Licht. Ab und zu höre ich das Kratzen von Salbeisträuchern und Bärentrauben. Wir haben den vertrauten Grund der Laboratorien verlassen, wo meine Kollegen, ihre Familien und die Einheimischen, die für sie kochen und putzen, schlafen oder spät in der Nacht noch arbeiten. Wo helle Sterne am endlosen, weiten Himmel tanzen, klein, blinzelnd, silbern, und andere glühen wie winzige Sonnen, als hätte der Himmel seinen tiefschwarzen Mantel geöffnet und ließe verlockend ein wenig Gold aufblitzen.

Ich werde aus dem Schlaf gerissen, im Mund den bitteren Geschmack der Angst. Die Stahltüren öffnen sich schnarrend, und mein Blick fällt auf Felder, die kobaltblau im Mondschein liegen. Ich sehe einen Militärpolizisten, der sich am Straßenrand erleichtert. Sein Kollege schiebt mir einen Eimer hin.

»Madam«, knurrt er und schließt die Tür zur Hälfte, um meiner Schamhaftigkeit Genüge zu tun. In Kriegszeiten gilt so etwas als Barmherzigkeit, und ich bin dankbar dafür. Haben die deutschen Offiziere meinem Onkel Barmherzigkeit erwiesen, als sie ihn in einen Viehwaggon getrieben haben? Das bezweifle ich.

Nach ewig langer, kalter Dunkelheit, gefolgt von stundenlanger, drückender Hitze, erreichen wir das Gefängnis. Sie lösen meine Fesseln, und ich stehe da und falte mich auseinander wie ein eingerostetes Gatter. Stolz und mit geradem Rücken bewege ich mich unter dem grellen Licht der Suchscheinwerfer, die durch die Dunkelheit der Nacht streichen und mich mit ihrem unbarmherzigen Licht aufspießen. Die kalten Mauern von Leavenworth ragen erbarmungslos vor mir auf. Ich blicke den Wächtern, die mich ausziehen, unverwandt in die Augen. Ich bemühe mich, nicht zu zucken, als das Rasiermesser über meinen Schädel streicht und mit den braunen Locken auch ein Stück Kopfhaut abschneidet. Blut tropft mir von der Stirn ins Auge. Eine eiskalte Dusche spült das Rot in eine schwarze Abflussrinne.

In einen steifen, grauen Gefängniskittel gekleidet, folgt der Spießrutenlauf den betonierten Gang hinunter in meine Zelle. Ich begegne den starren Blicken sämtlicher Gefangener, die an die Gitter ihrer Zellen schlagen und »Verräterin!«, »Deutsche Verräterin!«, »Verräterische Itzig!« höhnen. Dreißig Zellen auf jeder Seite, zwei Gefangene in jeder Zelle, einhundertzwanzig Augen voll grellem Hass. Wir bleiben stehen, als der Wachmann am Ende des Zellenblocks eine massive Holztür aufschließt. »Verräterin!« Die Schreie grollen jetzt, Schreie von Brüdern, die Brüder verloren haben, von Vätern, die Söhne verloren haben, Soldaten, die Kameraden verloren haben. Sie wollen Rache für ihre Verluste. Ich möchte ihnen sagen, dass meine Arbeit und die Arbeit meiner Kollegen Tausenden – vielleicht sogar Hunderttausenden – das Leben retten könnte. Sie würden es nicht hören. Sie werden mich verurteilen, wie die Geschichte mich verurteilt … als verräterische deutsche Spionin.

Ich spüre, dass etwas meinen Arm trifft, meine Schläfe. Kein Matsch, wie ich erkenne. Die Klumpen sind warm, wenn sie mich treffen. Menschliche Exkremente.

Ich zähle die Schritte … einundsiebzig … zweiundsiebzig. Meine Einzelzelle liegt zehn Meter unter der Erde, in den harten Boden gegraben, kalt und feucht. Die Wärter werfen mir eine dünne Decke hin, dann schlagen sie die schwere Tür zu. In dem schrecklichen, nachhallenden Dröhnen liegt eine Endgültigkeit. Nie wieder werde ich das Licht sehen. Ich werde mit den Trümmern meiner Ära untergehen. Wenn meine Geschichte – die vielen Gleichungen und Divisionen, die mich hierhergeführt haben – im Dunkeln bleibt, wird sich dann je jemand fragen, ob sie anders hätte enden können?

Die Gesetze der Physik sind endlich und unbeugsam. Es gab eine Zeit, da zog ich daraus großen Trost. Ich dachte, ich könne das Ergebnis kontrollieren, indem ich den Weg der Kettenreaktion korrekt vorhersagte. Der naive Glaube, ich hätte alles unter Kontrolle, war eine müßige Fantasie. Sobald eine Kettenreaktion in Gang gesetzt wurde, gibt es keine Änderung mehr, gibt es kein Entrinnen.

44

Als Jack endlich die erforderliche Erlaubnis hatte, fuhr er nach Jornada del Muerto, um sich zu verabschieden. Nur die kleinen Hütten, die in der sengenden Sonne brieten, warfen lange, schmale Schatten nach Osten. In der Wüste, in der zügig das Trinity-Testgelände entstand, herrschte hektisches Treiben. Überall in der Wüstensteppe lagen kilometerlange Kabel und Leitungen. Männer mit nackten Oberkörpern, die Rücken braun gebrannt und glänzend vor Schweiß, spannten in der Höhe Drähte. Sie trugen dicke Segeltuchhandschuhe, um sich vor Stromstößen zu schützen, sowie Schutzbrillen gegen Kies und Sand, die der Wind überallhin fegte. Stahlbetonbunker wurden gebaut. Das Gelände lag in einer weiten Senke, deren ferne Ränder, die Oscura Mountains, zu weit entfernt waren, um mehr zu sein als ein Rundgemälde für die Hauptattraktion, den dreißig Meter hohen Turm, der eine bedrohliche und doch bestaunenswerte Aura ausstrahlte.

Groves, Oppenheimer und Reichl standen am Rand und überwachten die Operation. Groves wirkte so selbstzufrieden wie ein Kartengeber, der ein manipuliertes Deck vor sich hat. Mit Sicherheit hatte er den Geheimdienstbericht gelesen, der jetzt in Jacks Tasche steckte. Oppenheimer wirkte wie immer undurchschaubar, doch Jack war überzeugt, dass niemand in Reichls Sicherheitsstufe oder darunter darüber informiert worden war, was er wusste. Nachdem er zwei Wochen lang vergeblich an Bill Donovans Tür geklopft hatte, hatte Jack endlich den Schlüssel. Jetzt musste er nur noch Groves an Bord holen. Er war überzeugt, dass alle besser dran waren, wenn Jack vor Ort in Deutschland war, sobald die Nachricht um die Welt ging.

»Sie machen also immer noch weiter mit dem Gadget!«, rief Jack Groves zu, denn er wusste, dass Oppenheimer und Reichl ebenfalls in Hörweite waren. »Obwohl es keine zuverlässigen Geheimdienstinformationen gibt, dass die Nazis in Kürze über die Bombe verfügen?«

»Es gibt auch keine zuverlässigen Informationen, dass sie nicht darüber verfügen«, wandte Groves ein.

»Welche Rolle spielt das jetzt noch?« Jack hielt ihm den Bericht aus seiner Tasche hin. »Hitler ist tot.«

Die Information fiel wie ein Stein in einen Teich, ohne ein Echo hervorzurufen. Die Gravitationswellen kräuselten sich in Richtung der Berge, wo der Schock in absoluter Stille gedämpft und verschluckt wurde. Jack hörte seine eigenen Körpergeräusche, seinen Herzschlag, das Pulsieren des Bluts in seinen Adern. Schließlich durchbrach Reichls zitternde Stimme die Stille.

»Hitler ist tot? *Hitler ist tot?*«

»Ding-Dong«, sagte Jack. »Der Führer hat sich in seinem unterirdischen Bunker versteckt und eine Zyanidkapsel geschluckt, die zuvor an seinem geliebten Hund Blondi auf ihre Wirksamkeit getestet worden war. Dann hat er sich sicherheitshalber noch in den Kopf geschossen, während sein Tausendjähriges Reich über ihm zusammenbrach.«

»O Gott, danke!« Reichl schlug die Hände über dem Kopf

zusammen und beugte sich vor wie zum Gebet, die Hände auf den Knien. »*Endlich sind wir aus seinen bösen Klauen befreit worden!* O Gott, es ist vorbei! Es ist vorbei!«

»Noch nicht ganz«, sagte Jack. »Oder, General?«

Jack richtete den Blick auf General Groves, der ihn wütend anstarrte, um ihn zum Schweigen zu bringen. Jack lächelte sanft, während alle Reichls erleichtertem Gebrabbel lauschten.

»Nun, die Japaner, natürlich«, sagte Reichl. »Aber die pfeifen aus dem letzten Loch. Ohne die Nazis ist die Achse dauerhaft angeschlagen. Es ist nicht notwendig, die Waffe zur Explosion zu bringen. Wenn wir eine Vorführung veranstalten, die japanischen Generäle in die Wüste einladen – meinetwegen auch die Russen, wenn Sie sich dann besser fühlen –, können wir ihnen zeigen, dass jeder Krieg künftig überflüssig ist.«

Reichl beobachtete Oppenheimer und heischte um Unterstützung, doch Oppie hatte das Kinn vorgeschoben. Sämtliche Spuren von Mitgefühl waren aus seinem Gesicht gewischt. Jack hatte fast Mitleid mit Oppenheimer. Sein Zauberkunststück in der Wüste fand in einem Hagelsturm unstrittiger Fakten sein unvermeidliches Ende. Der gute Doktor, der seine Karten so dicht an die Weste gehalten hatte, musste die Karten am Ende doch auf den Tisch legen. Mitgefühl, Versprechen oder gar Neutralität konnte Jack sich nicht mehr leisten, er hatte eine Mission zu erfüllen.

»Was ist, wenn der Zündmechanismus versagt?«, fragte Oppenheimer barsch und wandte sich an Reichl. »Was, wenn das Plutonium zerfällt? Was, wenn die Bombe nicht funktioniert? Unsere Feinde würden sich durch unseren Fehlschlag nur ermutigt fühlen.«

»Aber … aber … aber die Petition, Oppie! Sie haben zugestimmt«, stotterte Reichl. »Wir sprechen hier über Menschen.

Tausende, womöglich Millionen von Menschen, *ausgelöscht*. Wie kann man so etwas rechtfertigen?«

Oppenheimers Augen wurden kalt wie Blei. »Wir alle haben gewusst, woran wir arbeiten.«

Die entrüstete Rechtschaffenheit, mit der Reichl sich aufgebläht hatte, sickerte aus ihm heraus wie die Luft aus einem Ballon.

»Wir sollten diese Waffe nicht haben«, wimmerte Reichl in die Luft. »Niemand sollte diese Waffe haben.«

»Es ist zu spät, Peter.« Mit grimmiger Miene nickte Oppenheimer in Groves' Richtung. »Sie haben sie bereits. Sie gehört ihnen, und wir haben sie ihnen gegeben.« Die schonungslose Endgültigkeit dieser Aussage, dieser Tatsache, verstörte Reichl vollends, und er verstummte.

Groves erkannte seine Bresche und zögerte nicht, die Kontrolle über die Situation zu übernehmen. »In den zwei Minuten, die wir hier stehen und über Moral diskutieren, sind Hunderte von unseren Jungs im Pazifik gefallen. Inzwischen sitzt Truman mit Churchill und Stalin in Potsdam und macht sich daran, Deutschland aufzuteilen. Wir haben nicht vier Jahre und vierzigtausend Männer geopfert, um Europa aus den Händen eines Diktators zu befreien und einem anderen zu übergeben. Die Roten müssen wissen, dass wir die Bombe haben.«

»Aber es reicht Ihnen nicht, dass sie dies wissen«, beharrte Jack. »Sie sollen auch wissen, dass Sie keine Skrupel haben, die Bombe einzusetzen.«

»Zur Abschreckung, Major.«

Dies, so begriff Jack, war die Rechtfertigung, die Groves benutzt hatte, eine Phrase, die er immer und immer wieder wiederholt hatte, um das Gewissen *seiner* Wissenschaftler zu beruhigen und sie an der Arbeit zu halten. *Zur Abschreckung.*

Jack musterte Groves mit frisch gewonnenem Respekt. Seine verbissene Konzentration auf die Mission, auf den Bau seiner Bombe, folgte einem ursprünglich animalischen Instinkt, wie ein Hund, der sein Territorium markiert. Sie war notwendig gewesen, um die wissenschaftliche Fantasie von einer Bombe Wirklichkeit werden zu lassen, die sie bald auf diesem Gelände testen würden. Groves hatte mit seiner Armee von Nobelpreisträgern und exzentrischen Genies genau das geschaffen und in Gang gehalten, was er gebraucht hatte: eine klare, unmissverständliche Vision.

»Ich wüsste zu gern, was Sie von diesen Geheimdienstinformationen halten, General.« Jack holte die bittere Frucht von Epsteins fleißigem Graben heraus, ein Kommuniqué, das auch eine Einschätzung von General Curtis LeMay enthielt.

Er faltete es auseinander und las es laut vor. »*Strategisches Bombardement von Japan fast vollständig. Vorhandensein künftiger Ziele könnte ein Problem darstellen.* Mir scheint, General, als wäre, wenn Sie Ihr Gadget nicht bald fertig haben, in Japan nichts mehr übrig, was man zerstören kann. Deswegen ist Hiroshima bislang unversehrt geblieben.«

Als Jack dem General das Kommuniqué reichte, griff dieser hastig danach. Er starrte auf die Worte, ohne sie zu sehen, ohne sie zu verstehen. Eine Weile schwieg sogar Groves. Als Einziges war in der Stille das tiefe Stöhnen der Bombenhülle zu hören, die im Wind schwang.

»Sie brauchen ein makelloses Ziel«, sagte Jack, »einen perfekten Ort, um der Welt zu demonstrieren, zu welch vollständiger Zerstörung diese Waffe fähig ist. Doch wenn Ihre Wissenschaftler die Wahrheit herausfinden – nämlich dass sie seit Monaten nicht gegen Hitler gekämpft haben –, was wird dann aus Ihrem kostbaren Gadget?«

»Bringen Sie die Situation unter Kontrolle!« Oppenheimer

wandte sich gespenstisch an Groves und zischte, als spräche er mit einem Untergebenen. »Jede Sekunde ist entscheidend. Ich kann es mir nicht leisten, dass meine Wissenschaftler an ihrem Tun zweifeln. Reichls Petition für die ethische Kontrolle der Operation hat schon Hunderte von Unterzeichnern.«

Oppenheimer musterte Reichl, der immer noch reglos dastand, den Bericht in den Händen.

»Herr Doktor Oppenheimer, wie werden die anderen Wissenschaftler reagieren«, fragte Jack, »wenn sie herausfinden, dass sie von Ihnen und dem General bewusst angelogen wurden, damit sie weiterarbeiten?«

»General«, sagte Oppenheimer, »geben Sie ihm, was er will!«

»Nicht, wenn er diese Frau will.« Groves verschränkte die Arme über dem Bauch.

»Ich will Stefan Frei«, sagte Jack. »Er ist immer noch auf freiem Fuß – mit unseren Geheimnissen und ihren. Sorgen Sie dafür, dass ich ihn finde, bevor er den Russen in die Hände fällt. Frau Doktor Weiss ist auf dem Weg nach Leavenworth, und wir alle wissen, was sie dort erwartet. Ich lasse nicht zu, dass sie gehängt wird, während dieser deutsche Mistkerl ungestraft bleibt. Frei gehört vor ein Erschießungskommando!«

»Niemand weiß, wo sich Frei aufhält«, sagte Groves, »oder ob er überhaupt noch lebt.«

»Wenn er lebt, stöbere ich ihn auf.«

»Was soll ich Donovan sagen?«

»Sagen Sie ihm, wir Itzigs halten zusammen.« Jack ging auf Oppenheimer zu, der mit eingefallenem, gequältem Gesicht zu Boden blickte.

Jack spähte an dem Turm hinauf, der die Silhouette einer schwarzen Guillotine vor einem zornigen weißen Himmel bildete. »Herr Doktor, ich weiß, dass es für eine solche Frage schon ein wenig zu spät am Tag ist. Aber bitte, seien Sie so nett! Wie soll dieses verdammte Ding funktionieren?«

Als läse er einem pflichtvergessenen Schüler, der es wahrscheinlich nicht verstehen würde, auswendig aus einem Schulbuch vor, begann Oppenheimer mit seiner Erklärung. »Innerhalb dieser Hülle werden wir einen kleinen Kern aus spaltbarem Plutonium platzieren und ihn mit Sprengstoff umhüllen. Der Sprengstoff wird Stoßwellen von unterschiedlicher Geschwindigkeit auslösen. Von Neumann hat eine Anordnung errechnet, bei der die Stoßwellen nach innen fokussiert werden und den Plutoniumkern schnell zusammenpressen.«

»Und der Kern, wie groß ist der?«

Mit den Händen deutete Oppenheimer eine kleine Kugel an. »So groß wie ein Baseball. Ungefähr neun Zentimeter im Durchmesser.«

»Und die Zerstörung wird …«

»Wir haben keine Ahnung, ehrlich. Meine Kollegen geben Wetten auf den Detonationswert ab. Enrico Fermi wettet, dass er den ganzen Staat New Mexico in Brand setzt.«

»Wenn dieser Baseball Plutonium nicht explodiert …«

»Dann möge uns Gott beistehen.«

»Und wenn er explodiert?«

»Dann möge Gott uns beistehen.«

»Und warum dann?« Peter Reichl, der vor Wut fauchte, ging mit großen Schritten auf Oppenheimer zu und fuchtelte ihm mit dem LeMay-Bericht vor dem Gesicht herum. »Warum machen Sie es denn dann?«

»Warum haben Sie mitgemacht, Peter? Warum haben Sie nicht auf dem Absatz kehrtgemacht und sind gegangen?« Oppenheimers unbarmherziger Blick richtete sich auf den Horizont. »Ich sage Ihnen, warum. Kein echter Wissenschaftler würde die Möglichkeit ausschlagen, die Energie der Materie selbst freizusetzen, wortwörtlich die Zusammensetzung der Dinge zu verändern. Sie sind genau wie wir alle. Unsere Neugier ist maßlos. Unsere Moral folgt der Bequemlichkeit.«

45

Nachdem er neun Stunden im Frachtraum einer Flying Fortress auf einer Eisenbank gesessen hatte, eingezwängt zwischen einem Bagger und einer Palette mit Gasflaschen, verabscheute Jack den *Faust* mit dem weiß glühenden Hass eines Schülers der elften Klasse. Er las den Band, den Epstein aus Hannahs Zimmer mitgenommen hatte, von vorn nach hinten und von hinten nach vorn. Jede Seite hielt er vor eine nackte Glühbirne. Er versuchte, Buchstaben und Zahlen, die sich auf die Passagen auf den Postkarten bezogen und die er auf einem behelfsmäßigen Sperrholztisch ausgelegt hatte, zu isolieren und nebeneinanderzustellen. Mit den Händen strich er darüber, als wären sie die zerkratzten Elfenbeintasten eines alten Klaviers.

»Sie finden sie im *Faust*«, hatte sie gesagt, doch Jack hatte keine Ahnung, wonach er eigentlich suchte. Vielleicht nach dem Verschlüsselungscode. Oder nach einem Hinweis auf den Verbleib der akribischen Labornotizen aus dem Sommerhaus. Es musste irgendeine Art von Journal geben, doch Epstein und er hatten Hannas Zimmer auseinandergenommen, nachdem man sie fortgebracht hatte. Sie hatten nichts gefunden, was Jacks Vermutung bekräftigte, dass Stefan Frei das kostbare Objekt nicht aus den Händen gegeben hatte.

»Hören wir etwas vom Boden?«, fragte Jack. »Haben sie die Wissenschaftler ausfindig gemacht?«

»Keine Spur«, erwiderte Epstein. »Pash steht kurz davor, dass ihm eine Ader platzt, während er von Basel bis Saarbrücken Gerüchten nachjagt. Er hat nicht die Absicht, Onkel Joe zu erlauben, die Wissenschaftler stürmisch in die Arme zu schließen.« Epstein rollte eine Karte auf dem Tisch aus. »Die Suche konzentriert sich hier, auf den Schwarzwald.«

Wie eine kühle Brise im Nacken überkam Jack ein Schauder. »Dann weiß ich, wo sie sind.«

Einige Stunden später rollten die Alliierten in einer endlosen Kolonne von Panzern, Lastwagen und Panzerwagen in Haigerloch ein. Als sie in das pittoreske Städtchen hineinfuhren, wurden Fensterläden und Halbtüren aufgerissen, Besenstiele mit weißen Geschirrtüchern und Kopfkissenbezügen tauchten auf. Colonel Pash starrte mit unbeugsamem Blick aus dem Turm des ersten Panzers, flankiert von Sergeant Rhodes, der die Szene durch einen Armeefeldstecher beobachtete. In dem gepanzerten Auto dahinter knisterte Pashs Stimme aus dem Funkgerät.

»Sie bewegen sich auf dünnem Eis, Delaney. Dies ist ein verdammtes Bauernkaff. Hier ist kein Platz, um ein Labor zu verstecken.«

Wie aufs Stichwort wehte eine langsame, feierliche Kadenz von Glockenschlägen von dem alten Kirchturm hoch oben auf dem Steilhang, jeder lange Ton gefolgt von seinem etwas leiseren Echo.

Jack drückte auf den Knopf am Handfunkgerät. »Nach links abbiegen«, erklärte er Pash.

Am Rand des verschlafenen Städtchens hockte eine alte Kirche hart an der Kante eines fünfundzwanzig Meter hohen Steilhangs. Pashs Panzer und Jacks gepanzerter Wagen lösten sich von der Kolonne, um die enge, kurvenreiche Kopfsteinpflasterstraße zu erklimmen. Als der Panzer vor dem reich verzierten Kirchenportal rumpelnd zum Halten kam, drückte Jack noch einmal den Knopf am Funkgerät. »Bevor Sie irgendetwas unternehmen …«

Der Panzer ruckte mit einem einzigen hämmernden Satz – teils Rülpser, teils Blitzschlag – nach vorn, und die Front des Gebäudes ging in einem Hagelschauer aus Buntglas und Steinen zu Bruch.

»So kann man's auch machen«, kommentierte Jack trocken.

Mit gezückten Waffen folgten Epstein und er Pashs kleinem Trupp in das zerstörte Kirchenschiff, traten über Scherben von Buntglasheiligen und Bruchstücken zerstörter Engel. Jack näherte sich einer schmalen Tür hinter dem Altar. Er deutete darauf und legte einen Finger an die Lippen. »Denken Sie daran, wir brauchen Frei lebendig!«

»Wir brauchen ihn auf unserer Seite oder tot«, knurrte Pash. »Öffnen!«

Zwei Unteroffiziere durchsiebten die Tür mit Maschinengewehrfeuer. Als sich Rauch und Staub legten, wurde ein dumpfig feuchter Tunnel sichtbar, der tief in den Fels hineinführte. Rhodes ging voran, die Waffe in der einen, eine Taschenlampe in der anderen Hand, gefolgt von Pash und seinen Männern. Jack und Epstein bildeten die Nachhut, blieben stehen, um sich Feldbetten, Stühle und Tische anzusehen, auf denen kürzlich benutztes Geschirr stand. Der Tunnel öffnete sich schließlich zu einem Lagerraum, und dahinter befand sich eine primitive Werkstatt mit behelfsmäßigen Tischen und Tafeln.

Unvermittelt blieb Rhodes stehen und richtete den Lichtstrahl auf einen Labortisch, hinter dem mehrere Männer kauerten. Sie schraken zurück, als schwere Waffen auf Schulterhöhe gehoben wurden.

»Out! Now!«, bellte Pash.

»Rauskommen!«, setzte Jack hinzu. *»Jetzt!«* Zögernd erhoben sich die Männer.

»Sagen Sie ihnen, sie sollen die Hände so halten, dass wir sie sehen können!«

»Hände über den Kopf! Wo ist Stefan Frei?« Als die Wissenschaftler schweigend vor sich hin starrten, hob Jack seinen Revolver an den Wangenknochen des Mannes, der ihm am nächsten stand. *»Wo ist Stefan Frei?«,* bellte er.

Der Wissenschaftler beugte sich nach vorn und übergab sich auf den Boden, worüber Pash so lachen musste, dass sein ganzer Bauch wackelte. Ein eleganter, onkelhafter grauhaariger Mann trat vor und legte seinem verängstigten Kollegen eine Hand auf die Schulter.

»Sie sind Diebner«, stellte Jack fest.

Der Mann nickte. *»Frei ist weg«,* sagte er. *»Frei ist tot. Er wurde vor Wochen getötet.«*

»Delaney?«, fragte Pash.

»Er sagt, Frei ist tot. Vor Wochen getötet.«

Pash packte Diebner am Mantel und riss ihn nach vorn. »Wie heißt das Krautwort für *Bullshit?*«, fragte er Jack.

»Bullenscheiße.«

»Sehr hilfreich.« Pash bedeutete seinem Mann, Diebner nach draußen zu bringen, und Jack folgte ihnen den Tunnel hinauf ans Tageslicht. Pashs Männer schoben Kurt Diebner in den Panzerwagen. Jack und Epstein stiegen ebenfalls ein.

»Bringen Sie uns zum Bahnhof!«, befahl Jack. »Ich glaube, von dort aus kenne ich den Weg.«

Wie ein fleißiger Mistkäfer kroch der Panzerwagen weiter den Hügel hinauf und hielt auf der Kuppe an. Jack stieg aus, blickte kurz zum Sommerhaus hinüber und reichte Epstein das Fernglas.

»Ich nehme die Abkürzung«, sagte er. »Warten Sie, bis ich ein paar Minuten im Haus bin, dann kommen Sie die Straße hinunter. Wenn ich ihn dort aufstöbere, bin ich entweder tot oder habe ihn an den Eiern.«

Er stieg durch das Gebüsch nach unten und verstand endlich ganz die Geschichte, die Hannah ihm erzählt hatte. Warum sie sich so viel Zeit genommen hatte, den Baum zu beschreiben, der sie an ein Schiffswrack erinnert hatte, das Wäldchen, wo sich die Schmetterlinge versammelten, die uralte Steinmauer, in der sieben Steine fehlten. Die Geschichte war von Anfang an eine von Hannah sorgfältig mit unsichtbarer Tinte detailliert in seine Erinnerung eingezeichnete Karte gewesen. Sie hatte die ganze Zeit gewusst, dass er die Geschichte nur sähe, wenn er sie so sehr liebte, dass er ihr zuhörte.

Geduckt lief Jack quer über die Wiese und näherte sich der Veranda. Über das Murmeln des fernen Flusses und das schrille Vogelzwitschern hinweg hörte er Klaviermusik. Er drückte sich mit dem Rücken an die Hauswand und verharrte, zog seine Waffe und trat dann in die offene Haustür. Er ließ sich von der Musik durch die Halle in das geräumige Wohnzimmer leiten, wo Stefan Frei am Flügel saß und mit einigem Talent Bachs Präludium in h-Moll spielte.

Das Innere des Hauses war fast genauso, wie Hannah es ihm beschrieben hatte, obwohl inzwischen sieben Jahre vergangen waren und es viel von seinem einstigen Glanz verloren hatte. Jack spürte diesen Augenblick von Hannahs Geschichte in diesen Räumen. Der Erinnerung daran auszuweichen, wie sie ihm davon erzählt hatte, war ihm unmöglich, wie ihre Haut lebendig geworden war vor Energie, die auf einzigartige Weise ihre war – sinnlich, intellektuell und verstohlen. Den Gedanken an ihren Körper konnte er nicht auslöschen, während Frei die Arme für Bachs weites Glissando öffnete, die

Schultern breit und muskulös, die Hände geschickt und kundig. Etwas Ätzendes floss Jack über den Rücken, er hob den Revolver – die linke Hand stützte die rechte, ruhig, trotz der quälenden Schmerzen unter dem Schulterblatt – und zielte auf Freis Kopf.

Die Musik wurde schwermütig, und Jack spürte auch den Teil von Hannahs Geschichte, der nie erzählt werden würde, alles, was er nicht verhindern konnte, die Einzelheiten, bei denen zu verweilen er sich nicht erlaubt hatte. Es stand ihm jetzt so klar vor Augen, als würde sie es ihm ins Ohr flüstern.

46

Dass wir am Sabbat zwei Kerzen anzünden, hat einen Grund. Mein Onkel hat es mir so erklärt: »Die Thora spricht auf verschiedene Weise über den Sabbat. Im Buch Exodus werden wir ermahnt, zu gedenken, *sachor,* und den Tag zu heiligen. In Dewarim heißt es, zu halten, *schamor,* und den Tag zu heiligen. Sachor spricht das Positive an, Brot, Wein, Gebet und Gesang – alles, was wir feiern, essen und trinken und woran wir uns erfreuen. Schamor spricht das Negative an – das, was verboten ist, die Arbeit und das Spiel, das wir zur Seite legen, die Vergnügungen, derer wir uns enthalten. Das heißt nicht, dass diese Dinge gut oder schlecht sind, Hannah. Es geht nicht um Richtig oder Falsch. Mehr wie Einatmen und Ausatmen. Das, was wir behalten, und das, was wir loslassen – beides ist heilig.«

47

Stefan Frei ließ die letzten Töne von Bachs Präludium in der Luft schweben, wo sie sich mit winzigen Staubkörnchen vermischten, und legte die Hände in den Schoß. Ohne sich von den Tasten abzuwenden, sagte er: »Danke, dass Sie mir erlaubt haben, zu Ende zu spielen. Jetzt können Sie schießen.«

Jack hörte aus der Türöffnung hinter sich Epsteins Stimme, gemessen und ruhig. »Major Delaney, möchten Sie Herrn Doktor Frei hier oder in der Küche vernehmen?«

»Drehen Sie sich um. Langsam«, sagte Jack.

Frei wandte sich ihm zu. Sein Betragen war entspannt und umgänglich, doch sein Gesicht war hager. Statt verwegenem Charme lag in seinen Augen derselbe quälende Schmerz, den er auch bei Hannah bemerkt hatte.

»Wir sollten Englisch sprechen«, sagte Frei. »Leichter für die Sekretärin. Und ehrlich gesagt, geht mir Ihr deutscher Akzent auf die Nerven.«

»Weil ich Deutsch spreche wie ein Jude?«

Frei zuckte die Achseln, und sie starrten sich schweigend an, während Epstein das Aufnahmegerät auspackte, die Batterie anschloss und ein sperriges Mikrofon neben eine Archivkiste mit Beweisen auf einen Beistelltisch stellte.

»Ich werde Ihnen einige Fragen stellen«, setzte Jack an.

»Und wenn ich mich weigere?«

»Das Recht haben Sie. Die Alliierten bereiten ein Kriegsverbrechertribunal vor. Jede Hilfe, die Sie mir jetzt gewähren, wird Sie dort gewiss in einem vorteilhafteren Licht darstellen.«

Stefan wirkte unbeeindruckt, doch er sagte: »Schaden kann es nicht.«

Sie gingen zu dem Tisch und setzten sich gegenüber.

»Herr Doktor Stefan Frei«, sagte Jack, »sind Sie der Cheftheoretiker des deutschen Atomforschungsprojekts?«

»Ein hochtrabender Titel für das bisschen, was ich gemacht habe.«

Jack schlug eine Akte aus der Beweismittelkiste auf und legte ein dicht beschriebenes hellblaues Blatt Papier vor ihm aus. »Ist das eins Ihrer Experimente?«

»Kann sein.«

»Und diese?« Jack schob ein zweites und dann ein drittes Blatt über den Tisch.

»Wie sind Sie an unsere Experimente gelangt?«, fragte Stefan.

»Das sind wir nicht.«

»Und wie erklären Sie …«

»Das sind gar nicht Ihre Experimente, nicht wahr?«, sagte Jack. »Erzählen Sie mir von Frau Doktor Hannah Weiss!«

»Ich glaube, sie war Wissenschaftlerin am Kaiser-Wilhelm-Institut«, sagte Stefan.

»Und …«

»Und sie ist gegangen. Ich habe sie seit vielen Jahren nicht mehr gesehen.«

Jack legte den zerlesenen *Faust* auf den Tisch, und Stefan setzte ein steifes Lächeln auf. »Ah, Sie haben mich erwischt, Major! Dieses kleine Geheimnis habe ich vor meinen Kollegen gehütet, aus offensichtlichen Gründen. Es war eine unbedeutende Indiskretion, doch im Reich herrscht gemeinhin wenig Sinn für Humor.«

Jack legte die Postkarten aus wie eine Patience und beobachtete Frei, ob sein Gesicht eine Spur von Wiedererkennen oder Reue zeigte, doch er sah nichts als kühle Selbstbeherrschung, glatt wie die Oberfläche des schwarzen Teichs hinter den Wiesen.

»Wenn sie Ihnen so wenig bedeutet hat«, sagte Jack, »warum haben Sie dann solche Mühen auf sich genommen, mit ihr in Kontakt zu bleiben?«

»Täten Sie das nicht, um eine schöne Frau zappeln zu lassen?«

»Es hatte also nichts damit zu tun, dass sie eine Spionin ist und Sie sie dazu gebracht haben, heimlich sensible Informationen in einer streng geheimen Militäroperation zu sammeln?« Jack sah das erste Zittern von Unentschlossenheit in Stefans Augenwinkeln. »Kommen wir zum Punkt.«

»Das hätte Hannah niemals gesagt.«

»Sie wurde nach Leavenworth gebracht«, erklärte Jack. »Begreifen Sie, was man dort jetzt mit ihr macht?«

»Ah, verstehe.« Stefan legte die Spitzen seiner langen Finger aneinander, die Ellbogen auf den Tisch gestützt. »Sie sind hier, weil Ihnen etwas an ihr liegt. Ich begreife vollkommen, welche Anstrengungen ein Mann unternimmt, um sie zu bekommen, Major, doch sie wird Ihnen nichts nützen.«

»Sie wird vernommen.«

»Sie weiß nichts.«

»Gefoltert.«

»Ich sage Ihnen, sie ist nicht nützlich.«

»Sie wird hängen«, sagte Jack. »Für Sie. Für das, wozu Sie sie überredet haben.«

Stefan stand auf, wandte sich vom Tisch ab und ging einige Schritte auf und ab, bevor er mit der Faustkante gegen die Wand schlug. Im Putz tat sich ein staubiger Riss auf. Er kehrte zum Tisch zurück, setzte sich und zwang sich zur Beherrschung.

»Wenn Töten das Einzige ist, was Sie zufriedenstellt«, sagte er, »dann nehmen Sie mich. Ich unterwerfe mich bereitwillig jedem Urteil, welches Ihr Tribunal verkündet. Aber Doktor Weiss … Major, ich flehe Sie an, Doktor Weiss hat nichts falsch gemacht.«

»Dann erzählen Sie uns Ihre Version!«

»Gleichgültig, was ich sage, Sie werden mir nicht glauben.«

»Dann können Sie doch auch die Wahrheit sagen.« Jack schob das Mikrofon zu ihm hin. »Warum sind Sie mit ihr hierhergefahren? Um mit ihr zu arbeiten oder um mit ihr zu schlafen?«

»Beides.«

»Um sie zu manipulieren.«

»Dafür müsste man so klug sein wie sie.« Stefan wurde ernst, blickte durch das Wohnzimmerfenster auf das mit Raureif überzogene Feld, wo Pashs Männer eine Feldküche aufgebaut hatten und Kaffee kochten. »Sie werden es mir nicht glauben, aber ich habe sie geliebt. Lange bevor sie mich in ihr Labor ließ. Jahrelang habe ich versucht, sie zu ignorieren, Distanz zu halten. So wie sich die Dinge in diesem Land entwickelten – wie Obst, das auf einem Regal fault –, wusste ich, wie gefährlich es für sie wäre, wenn sie wüsste, wie sehr ich sie liebte.«

»Wenn Sie sie geliebt haben«, fragte Jack, »warum haben Sie sie nicht gehen lassen?«

»Ich habe es versucht.«

»Wenn Sie sie wirklich geliebt haben und tatsächlich nicht

die Absicht hatten, Hitler diese Massenvernichtungswaffe zu geben, warum haben Sie Hannah dann nicht das Labortagebuch gegeben und sie aus dem Land geschickt?«

»Aber genau das habe ich doch getan.«

»Und wo ist es dann? Wo ist das Labortagebuch? Denn ich bin mir sicher, dass es sich nicht in Los Alamos befindet.«

»Nein.« Stefan legte die Hand auf den ledergebundenen *Faust.* »Es ist hier.«

Ungeduldig öffnete Jack die Hände. »Zeigen Sie es mir!«

Stefan nahm ein Schweizer Taschenmesser aus der Tasche und wählte eine schmale Klinge. Er öffnete das Buch und trennte mit chirurgischer Präzision das Vorsatzpapier vom vorderen Buchdeckel, löste es vom geprägten Leder und zog es ab. Mehrere Dutzend fest gewickelte Rollen kamen zum Vorschein, jede so lang wie ein Notizbuch und halb so dick wie ein Bleistift. Er zog die zierlichen Rollen eine nach der anderen heraus und legte sie nebeneinander auf den Tisch. Mit großer Sorgfalt entrollte er die erste Seite, strich sie glatt und fuhr mit dem Finger über die Zeilen in Hannahs perfekter winziger Handschrift, verwoben mit seinen eigenen eckigen Kritzeleien.

»Sie hat es unsere Mesusa genannt«, sagte er.

Epstein stöhnte und ließ das Kinn auf die Brust sinken.

»Weil ihr Onkel immer gesagt hat, ein gutes Buch …«

»Ja, ja, schon verstanden«, sagte Epstein.

»Okay. Sie hatte das Tagebuch«, sagte Jack und versuchte es mit einem anderen Ansatz. »Deswegen konnten Sie sie nicht in Ruhe lassen. Deswegen haben Sie ihr nachgestellt und sie gezwungen, für Sie zu spionieren.«

»Ich habe ihr gesagt, sie soll das Tagebuch nehmen und nicht mehr zurückblicken.«

Jack richtete den Blick auf das Aufnahmegerät, denn er

wusste, dass Pash draußen war und jedes Wort mithörte. Zeit, seine Trumpfkarte auszuspielen. Er legte den diamantenbesetzten Kamm auf den Tisch. Die Motten zwinkerten im schräg hereinfallenden Licht. Stefan rang hörbar nach Luft.

»Herr Doktor Frei, es ist für sie unabdingbar, dass Sie sie jetzt gehen lassen. Es ist für sie unabdingbar, dass Sie uns die Wahrheit sagen.«

»Ich sage Ihnen die Wahrheit.«

»Nein. Die Wahrheit lautet, dass Sie sie gezwungen haben«, sagte Jack. »Sie haben sie hintergangen. Sie haben sie glauben lassen, Sie liebten sie und planten die Sabotage der …«

»Ich wollte mit ihr weglaufen, wollte mit ihr an einem ruhigen Ort leben. Sie hat darauf beharrt, dass eine entsetzliche Kraft nicht in die falschen Hände gelangen dürfe.«

»Und wie kommt es dann, dass wir hier sind, Herr Doktor Frei?«

»Diebner hat Speer versprochen, wir hätten einen wichtigen Beitrag für die Wehrmacht bei der Harnack-Haus-Konferenz in der Schweiz. Gregor Stern war dort. Er gab mir eine Postkarte.« Stefan trat an den Schreibtisch am Fenster und holte ein zusammengeschnürtes Päckchen mit Postkarten heraus, ähnlich jenen, die Jack in Hannahs Zimmer gefunden hatte. Er ging sie durch und zog eine Karte heraus, die er vor Jack auf den Tisch legte. »Die erste von vielen.«

Vielleicht braucht Gott ein bisschen menschliche Hilfe. Ich liebe dich – H.

»*Vielleicht braucht Gott ein bisschen menschliche Hilfe*«, las Jack laut vor und fuhr sich mit den Fingern durch die Haare, während er im Geist sortierte, was das bedeuten konnte. »Die Geheimnisse zu schicken … Sie behaupten, es war ihre Idee?«

Stefan nickt. »Ja.«

»Sie sind ein fast genauso guter Lügner wie sie.«

»Es ist die Wahrheit.«

»Sie hat wenigstens gelogen, um Sie zu schützen, und nicht, um die eigene Haut zu retten.« Jack, der mit leiser, sanfter Stimme sprach, beugte sich weit vor und flüsterte Stefan beinahe ins Ohr: »Sie haben sie zum Tod verurteilt. Sie haben sie auf dem Gewissen!«

Stefan rang nach Luft. »Wenn Sie es sagen ...«

Jack richtete das Visier des Revolvers zwischen Stefans Augen. »Noch ein Wort, und ich bringe Sie um.« Er drückte den Lauf gegen Freis Haut und sagte zu Epstein: »Sagen Sie Rhodes, er soll Diebner holen!«

Kurt Diebner, der von Rhodes und einem jüngeren Militärpolizisten ins Zimmer geführt wurde, sah ziemlich übel aus nach dem, was ihm draußen in dem Panzerwagen widerfahren war.

»Stefan«, sagte er, »bitte glaub mir! Ich habe ihnen nicht verraten, dass du hier bist.«

»Bleib ruhig!«, bat Stefan. »Es ist fast vorbei.«

»Herr Doktor Diebner«, fragte Jack und drückte ihn auf den Stuhl, der dem Aufnahmegerät am nächsten stand, »haben Sie an der Harnack-Haus-Konferenz teilgenommen?«

»Selbstverständlich. Ja. Warum?«

»Welchem Zweck diente diese Konferenz?«

Diebner richtete einen besorgten Blick auf Stefan, der nickte. »Sag ihnen die Wahrheit, Kurt! Rette dich!«

»Albert Speer wollte, dass wir – Doktor Frei und ich – über die Möglichkeiten neuer Waffen berichteten.«

»Insbesondere ...«, drängte Jack.

»Die Atombombe«, fuhr Diebner fort. »Es ist kein Verbrechen, das eigene Land zu verteidigen. Die Alliierten tun es doch auch. Wir haben verlässliche Geheimdienste, also tun Sie bloß nicht so!«

»Kann man behaupten«, fuhr Jack fort, »dass Herr Doktor Frei Speer gedrängt hat, Ihre Forschungen zu finanzieren?«

»Gewiss. Wir beide. Eine Apparatur dieser Größe ... die Kosten für Konstruktion, Produktion und Transport liegen natürlich deutlich über allem, was je unternommen wurde.«

»Dieser Größe?«

»Allein die schiere Größe des Dings war stets der größte Hinderungsgrund«, erklärte Diebner. »Oppenheimers Leute sind sicher zu demselben Ergebnis gekommen.«

Jack sah zu Stefan hinüber und wartete auf das zustimmende Nicken, mit dem er und Kurt rechneten. Stefan hatte den Blick abgewandt, konzentrierte sich voll und ganz auf etwas, das draußen vor dem Wohnzimmerfenster vor sich ging. Vielleicht eine Wolke, die langsam vorüberzog und einen kurzen Sonnenstrahl durchließ, oder das schnelle Flackern des Feuers in der Feldküche, als einer von Pashs Männern die Brennstoffzufuhr aufdrehte. In diesem kurzen Lichteinfall erhaschte Jack einen Blick auf das, worüber Hannah so oft gesprochen hatte, Stefan Freis unergründlichen Charme.

48

Hohe Marmorsäulen ragten in einen wolkenlosen Sommerhimmel und spiegelten sich in dem ruhigen See vor dem Harnack-Haus. Fahnen bauschten sich wie die Segel eines Großseglers, blutrot und geschmückt mit schwarzen Hakenkreuzen. Kurt Diebner war ganz in seinem Element, er brannte darauf, von einer Entdeckung zu berichten, die gewiss den Lauf der Geschichte verändern und ihm einen Nobelpreis einbringen würde. Er stand am Kopfende eines Tischs, an dem Vertreter des Militärs, Industrielle und die herausragendsten Wissenschaftler des Landes saßen.

»Wir können eine Waffe herstellen«, verkündete Diebner, »die London mit einer einzigen Explosion in Schutt und Asche legt.«

Aufregung breitete sich aus. Stefan sah sich am Tisch um und entdeckte kein einziges Augenpaar, das unbehaglich zu Boden gesenkt wurde, keine einzige Hand, die zögernd gehoben wurde. Albert Speer sprach die Frage aus, die alle beschäftigte: »Was wäre dafür notwendig? Wie bald können wir sie haben?«

»Unsere Experimente belegen, dass wir mindestens zwei Tonnen angereichertes Uran benötigen«, sagte Stefan.

»Zwei Tonnen?« Speer wandte sich an Scholl. »Ist das machbar?«

»Bei entsprechender Finanzierung«, erklärte der Kommandant, »könnten wir unsere Fabriken ausschließlich auf die Produktion konzentrieren.«

»Und die Luftwaffe muss ein Flugzeug entwerfen, das groß genug ist, um die Waffe zu transportieren«, sagte Stefan. »Die Bombe ist zu groß, um in unsere Heinkels oder Gothas zu passen.«

»Wie groß müsste die Bombe sein?«

»Ungefähr zwölf Meter im Durchmesser.« Stefan öffnete die Arme. »Stellen Sie sich eine Kugel vom Kronendurchmesser einer riesigen Eiche vor.«

Speer schnaubte skeptisch. »Herr Doktor Frei, falls Ihre Experimente irgendwann zum Erfolg führen und wir Milliarden in die Produktion von angereichertem Uran pumpen, wenn wir zusätzliche Ressourcen frei machen, um ein Flugzeug zu konstruieren und zu bauen, das groß genug ist, um dieses gigantische Konstruktion zu transportieren, dann ...« Er verharrte, als ein unsicheres Kichern zu lautem Hohngelächter anschwoll. »Dann können wir eine Atombombe haben.«

»Korrekt«, pflichtete Stefan ihm bei. »Es ist sicher die Anstrengungen des Reichs wert, eine Waffe zu bauen, die für den unvergleichlichen Sieg unseres Führers sorgen ...«

»Die Anstrengungen des Reichs anzuzweifeln«, fiel Speer ihm ins Wort, »ist nicht der richtige Weg, um zu bekommen, was Sie wollen, Herr Doktor Frei. Unsere Mittel werden in vollem Umfang dafür verwendet, unsere Männer im Feld zu unterstützen.«

Kurt Diebner versuchte die Präsentation zu retten. »Herr Doktor Speer, wir können uns doch wenigstens darauf einigen, dass es weitere Überlegungen rechtfertigt. Wir können uns mit dem Wissen trösten, dass unsere amerikanischen Gegner vor denselben Hindernissen stehen. Ihre Anstrengungen in diesem Krieg waren nie so groß wie unsere.«

49

»*Eine Kugel vom Kronendurchmesser einer riesigen Eiche*«, sagte Jack. »Sind Sie sicher, dass er das gesagt hat?«

Diebner nickte, kläglich und ausgebrannt.

»Eine riesige Eiche«, verkündete Jack.

Diebner wandte sich an Stefan und fragte auf Deutsch: »Mehr hat Amerika nicht zu bieten? Ein Wunder, dass es den Krieg gewonnen hat.«

Das Dröhnen schwerer Stiefel in der Halle kündigte Pash an, der mit seiner Geduld am Ende war. Epstein begrüßte ihn an der Tür.

»Er hat ihn«, sagte Pash. »Warum zum Teufel vergeuden wir unsere Zeit?«

Epstein reichte Pash eine rasch hingekritzelte Nachricht. »Sie müssen eine dringende Nachricht nach Leavenworth bewilligen.«

»Herr Doktor Diebner«, sagte Jack, »würden Sie bitte einen Blick auf das hier werfen und mir sagen, was es bedeutet?« Er rollte die letzte Seite der Labornotizen auf und wies auf die Gleichung am unteren Blattrand.

»Es scheint der Bericht über ein Experiment zu sein, das mein Kollege und … und Frau Doktor Weiss am zehnten

März achtunddreißig durchgeführt haben. Sie scheinen eine selbstständig ablaufende Kettenreaktion ausgelöst zu haben, unter Verwendung von angereichertem Uran im Umfang von … hier steht achtzig Mikrogramm.«

»Dann ist die riesige Eiche«, warf Jack ein, »wohl eher eine Eichel.«

»Nein. Das ist unmöglich.« Verdutzt richtete Kurt, dessen Augenlid ungläubig zuckte, den Blick auf Stefan.

»Wenn achtzig Mikrogramm zu diesem Ergebnis geführt haben«, sagte Jack, »wie viel angereichertes Uran würde man dann für die Zerstörung Londons in Wirklichkeit brauchen?« Er fand den metallenen Briefbeschwerer, genau, wie Hannah es beschrieben hatte, auf dem Flügel und warf ihn Stefan zu. »Möchten Sie es ihm sagen? Oder soll ich es tun?«

»Verräter!« Diebner stürzte sich auf Stefan, das Gesicht verzerrt vor Schmerz und Wut.

Jack hatte den Verdacht, dass für Diebner – dessen Egoismus weit größer war als sein Patriotismus – der Schlag in die Magengrube die Erkenntnis war, dass er sich in Bezug auf die Wissenschaft getäuscht hatte. Düpiert von einer Frau. Von einer Jüdin.

50

Feldnotiz
Vertraulich
Betreff: Abschlussbericht Mitarbeiter Site Y
An: Donovan
Von: Delaney
Zusammenfassung: Angehörige dieser Militäreinheit haben die Untersuchung der Mitarbeiter von Site Y abgeschlossen. In Übereinstimmung mit dem, was wir herausgefunden haben, haben Col. Pash und Gen. Groves das Folgende unterzeichnet: (a) Weder das Reich noch sowjetische nukleare Bemühungen haben sich als erfolgreich erwiesen oder auch nur annähernd etwas von den Ausmaßen des Manhattan-Projekts erreicht; (b) Dr.Hannah Weiss und Stefan Frei haben erfolgreich konspiriert, um die nuklearen Bemühungen des Reichs zu untergraben, womit sie dafür gesorgt haben, dass das US-Militär für absehbare Zeit die einzige Macht im Besitz einer Waffe bleiben wird, die zu Zerstörung von solchen Ausmaßen fähig ist. Pash hält Frei, Diebner und Mitarbeiter in Farm Hall, England, gefangen, bis das Tribunal zusammenkommt. Oppenheimer verlangt die sofortige Rückkehr von Dr.Weiss nach Site Y, wo ihre Anwesenheit für die letzten Vorbereitungen des Trinity-Tests, der für Mitte Juli angesetzt wurde, erforderlich ist.
Empfehlung: Gebt Oppie, was er will, bevor in seinem Adamsapfel noch eine Ader platzt.

51

Vom Fahrersitz des Buick aus beobachtete Jack, wie Gewitterwolken tief über die Tafelberge in Jornada des Muerto fegten, in denen feine Blitze aufzuckten und nur wenige Zentimeter vom Gadget entfernt in die Erde einschlugen. Ein Kran zog das Stahlgehäuse, das mit Isolierband zusammengehalten wurde, Zentimeter für Zentimeter in die Höhe, während eine uniformierte Mannschaft seinen Fortschritt mit Führungsdrähten lenkte. Unter dem Turm, genau dort, wo das Gadget hinfallen sollte, bemerkte Jack eine Wagenladung aufeinandergestapelter Matratzen. Das kam ihm fast so nützlich vor wie Watte um einen Gasbrenner herum. In scharfem Kontrast zu seinem letzten Besuch liefen Hunderte von Mitarbeitern nervös hin und her, bauten Spektrografkameras auf und sorgten für die Sicherheit auf den Aussichtsplattformen.

»Wie ist der Status?«, rief Groves.

»Wir müssen vielleicht verschieben!«, rief Oppenheimer zurück. »Die Blitze könnten eine verfrühte Detonation auslösen. Und Regen hat vielleicht erhöhte Strahlung und radioaktiven Niederschlag zur Folge.«

Eine Schar aufgeregter Wissenschaftler stand daneben, während zwei GIs die kabelumwickelte Kugel sicherten, die an drei langen Ketten schwang und sich im böigen Wind drehte und stöhnte. Es war ein beeindruckendes Objekt, doch bei Weitem nicht so eindrucksvoll wie der Bombenkern, den Diebner bei seiner Präsentation vor Speer beschrieben hatte. Es war sechs Wochen her, seit Jack Diebner an Pash übergeben hatte, doch die Erinnerung an Diebners langes Gesicht, als er auf Stefans und Hannahs Gleichung gestarrt hatte, zauberte noch immer ein grimmiges Lächeln auf Jacks trockene Lippen.

»Ah, Himmel, Sie schon wieder!« Groves kam näher und hielt eine Hand schützend vor die Augen, weil die glühende Nachmittagssonne kurz durch die Wolken brach. Er blinzelte zu einem weißen Zelt hinauf, das als Schutz für das Gadget und die Wissenschaftler aufgerichtet wurde, die daran arbeiteten.

»Ich freue mich auch, Sie zu sehen, General.«

»Wie war Deutschland?«

»Eine bunte Mischung.«

Groves entfuhr ein unschönes Schnauben. »Sie können mir später bei einer Flasche Champagner alles erzählen.«

»Ich weiß nicht, ob mir nach Feiern zumute ist«, entgegnete Jack.

»Dann halten Sie sich von mir fern!« Groves kletterte auf das Podest und überließ es Jack, ob er ihm folgen und einen genaueren Blick auf das Ganze werfen wollte. Vielleicht wollte er sich auch in den Erdbunker zurückziehen, acht Kilometer weiter weg, wo Oppenheimer und seine Leute das große Experiment und die hochmoderne Kamera vorbereiteten, die das Ereignis für die Nachwelt festhalten sollte. Irgendetwas dazwischen, beschloss er und fand eine hochkant gestellte Lattenkiste, auf der er sitzen und rauchen konnte, während er auf den Sonnenuntergang wartete. Hannah würde im Bunker sein, und Jack war sich nicht sicher, ob er sie schon wiedersehen wollte. Seit ihrer Entlassung aus Leavenworth hatte er sich durch einen diskreten Dunst aus Geplauder und kalten Geheimdienstberichten über sie auf dem Laufenden gehalten, fest entschlossen, Abstand zu wahren. Die Gerüchte über ein Raketenprogramm mehrten sich, die Möglichkeit, in ferner Zukunft ins All zu fliegen. Jack hatte Hannahs Namen auf einer Liste von Wissenschaftlern gesehen, die dafür einer Sicherheitsüberprüfung unterzogen wurden.

Die Nacht brach herein, und Jack fuhr durch die Wüste nach West 10 000, einen der vier Bunker in den vier Himmelsrichtungen, jeder genau drei Kilometer vom Detonationsnullpunkt entfernt. Auf der Fahrt kam er an Hunderten von Militärangehörigen vorbei, die hinter hohen Wällen aus Sandsäcken hockten. Ihre Gesichter waren mit Zinkpaste eingerieben und leuchteten gespenstisch weiß. Die Absurdität des Ganzen – ein wachsendes Gefühl der Sinnlosigkeit in Kombination mit zu viel Nikotin, Hunger und einem kräftigen Schluck Whiskey aus seinem silbernen Flachmann – bereiteten ihm Sodbrennen, das ihm vom Magen bitter aufstieß.

Während der Nacht wurden im Bunker die Vorbereitungen fortgesetzt. Kurz nach drei Uhr morgens drückte Jack seine letzte Zigarette aus und ging hinein. Hannah war mit Oppie und Reichl in ein Gespräch vertieft und sah ihn nicht hereinkommen. Jack fand eine dunkle Ecke, von wo aus er sie beobachten konnte, wie sie immer wieder Instrumente überprüfte und mit der kleinen Schar handverlesener Zeugen plauderte. Sie war in eine Kakihose und eine weiße Bluse gekleidet, deren kurze Ärmel bis zu den Schultern hochgekrempelt waren. Die Haare trug sie mittlerweile als kurz geschnittenen wuscheligen Lockenkopf. Sie hatte ein wenig Farbe und Substanz zurückgewonnen, doch sie sah genauso hundemüde aus wie ihre erschöpften Kollegen. Jemand bot ihr eine Tasse Kaffee an, und als sie sich umwandte, um sie entgegenzunehmen, fiel ihr Blick auf Jack. Gefühle huschten in rascher Folge über ihr Gesicht – Zärtlichkeit, Dankbarkeit und vielleicht noch etwas anderes. Jack war bereit, es zu erfahren. Quer durch den überfüllten Raum kam sie auf ihn zu.

»Frau Doktor Weiss.«

»Lieutenant Colonel Delaney.«

»Ich nenne mich jetzt Abramson.«

Hannah umarmte ihn und küsste ihn auf die Wange. »Oppie hat mir erzählt, dass Sie es geschafft haben, General Groves, Wild Bill Donovan und J. Edgar Hoover alle miteinander mit einem Streich auf die Palme zu bringen. Ein Kunststück!«

»Nun ja …« Jack tat es mit einem gespielt bescheidenen Achselzucken ab. »Und jetzt haben mich alle drei unabhängig voneinander gefragt, ob ich zu ihnen komme. Die Regierung hat großen Bedarf an Helfern, die die Kunst der Erpressung und des Austricksens so meisterlich beherrschen.«

»Sie haben es also endlich in den innersten Kreis geschafft.«

»Kann sein. Aber vielleicht finde ich noch eine bessere Verwendungsmöglichkeit für meine Talente.«

»Das bezweifle ich nicht.« Hannah legte ihre kühle Hand an Jacks Wange. »Sie haben einen Weg gefunden, mich zu schützen. Danke, Jakob.«

Jack legte ihr eine Hand auf den Arm und drehte den Kopf so, dass seine Lippen für die Dauer eines Herzschlags ihren Handteller berührten. »Eine letzte Frage?«

»Ich liebe ihn. Ich werde ihn immer lieben«, sagte Hannah. »Aber in einer anderen Zeit, an einem anderen Ort, wenn Hannah Jakob begegnet wäre …«

»Ich hätte …« Jacks bittersüßes Lächeln sagte ihr den Rest.

»Und ich hätte es zugelassen.«

Mitten in dem hektischen Getriebe und der Aufregung im Bunker drückte ihm Hannah die Hand. Jack genoss es als das, was es war – ihr unausgesprochener Abschied –, bevor er sich von allem abwandte, was er mit ihr hätte haben können. Zu seiner Überraschung lag keine Bitterkeit darin, denn im nächsten Augenblick merkte er, dass er noch etwas empfinden konnte, woran er schon seit langer Zeit nicht mehr geglaubt hatte.

Hannah kehrte zu Oppenheimer zurück und war sofort wieder vollkommen in ihre Arbeit vertieft. Kurz vor fünf Uhr morgens rieben sich Oppenheimer, Reichl und der Rest des Teams mit Sonnencreme ein. Jack tat es ihnen nach und suchte sich einen Platz, wo er ihnen nicht im Weg stand.

Auf einem Stahltisch mitten im Bunker öffnete Otto Frisch einen Metallkasten, in dem sich eine Reihe von Schaltern befand. Er schloss die Augen, atmete tief ein und langsam wieder aus. Dann legte er den ersten Schalter um, der die Bombe scharf stellte. Am Schaltkasten darüber ging ein rotes Licht an, und an der Außenseite des Turms in der Ferne zeigte sich ein entsprechendes rotes Licht. Von den Sandsäcken schoss eine Leuchtkugel nach oben. Die Männer setzten Gasmasken auf und legten sich auf den Boden, einer neben den anderen, dicht an dicht. In einer scheinbar endlosen Reihe erstreckten sie sich durch die Wüste. Die Wissenschaftler setzten eigens entwickelte Sonnenbrillen und Schutzbrillen auf, die Kameramänner hoben dicke Scheiben aus Schweißerglas hoch. Oppenheimer zog seine Schutzbrille an und trat schweigend und wortkarg an den mittleren Fensterschacht.

Es war nichts zu sehen, die Nacht war stockfinster, obwohl sich die späten Gewitterwolken im Wind aufgelöst hatten. Die Uhr in der Wand rückte auf null zu. Jack schloss die

Augen und erinnerte sich an das Gewicht des metallenen Briefbeschwerers in seiner Hand.

Das Innere des Bunkers wurde strahlend weiß erleuchtet, dann blutorangerot, dann lila, dann bernsteinfarben. Es gab ein heranrollendes langes Heulen, einen ohrenbetäubenden Chor des nahenden Schicksals, und der Bunker erzitterte unter einer ungeheuren Druckwelle. Oppenheimer taumelte nach hinten, das Gesicht verzerrt von der Wucht des Drucks. Ein dramatischer Kampf zwischen Teufeln und Engeln schien unter seiner Haut zu toben und ihm die dünne Haut vom Schädel zu reißen. Es schien kaum möglich, dass nach diesem Augenblick noch etwas übrig blieb, doch der nächste Augenblick kam und der nächste, und Jahre später würde Jack hören, wie Oppenheimer es vor einer Fernsehkamera erklärte.

»Wir wussten, die Welt würde nicht mehr dieselbe sein. Einige Leute lachten, einige Leute weinten, die meisten waren still. Ich erinnerte mich an eine Zeile aus der Hindu-Überlieferung, der Bhagavad Gita. Vishnu versucht, den Prinzen zu überzeugen, dass er seine Pflicht zu tun habe. Um ihn zu beeindrucken, nimmt er seine vielarmige Gestalt an und sagt: *Jetzt bin ich der Tod geworden, der Zerstörer von Welten.* Ich denke, auf die eine oder andere Weise dachten wir das alle.«

52

Der Himmel über Berlin, wie er gewesen sein könnte, eine Stadt voll gediegener Ideale und intakter Fensterscheiben. Unter den Kupfertürmen des Kaiser-Wilhelm-Instituts drehen sich Liebespaare im Ballsaal im Kreis: Gregor und Annalise, Ulrike und Lotte, Stefan und ich. Unter unseren leichten Füßen wartet Einsteins Labor, ein stiller Kokon, aus dem sich strahlend blaue Flügel entfalten werden, wie es das Schicksal bestimmt hat. Im Park spielt Onkel Josua Schach mit einem Nachbarn, der ihn nie zu hassen brauchte. Auf der Straße verteilen Sabine und ihr junger Mann Einladungen zu einer Vernissage.

Und dann wache ich auf in der Welt, wie sie ist.

Die Stadt selbst ist jetzt geteilt. »Baut eine Mauer«, sagen die kriegerischen wenigen zu den gehorsamen vielen, also bauen sie eine Mauer und überantworten es ihren Kindern, damit zu leben, ihr geteiltes Land zu beschützen. Im Westen hören wir Geschichten darüber, dass die Stasi sämtliche Facetten des Lebens in der von den Sowjets dominierten Deutschen Demokratischen Republik im Osten kontrolliert. Am Abend, zu einer heimlich verabredeten Zeit, putzen Hausfrauen auf der einen Seite der Mauer und Hausfrauen auf der anderen

Seite der Mauer jedoch alle gleichzeitig die Fenster, winken mit weißen Flaggen, die von den Wachtürmen aus zu sehen sind. Diese kleine, aber bedeutsame Geste schenkt mir die Hoffnung, dass Deutschland eines Tages wieder frei und ganz sein wird, auch wenn es vermutlich sehr lange dauern wird.

Stefan und ich kehrten 122 Tage nach Hiroshima – das weiß ich so genau, weil Hiroshima der Zeitstempel ist, von dem Stefan und ich alle Ereignisse datieren, bedeutende wie unbedeutende – nach Haigerloch zurück. Wir fanden das Haus aufgebrochen und geplündert, aber im Großen und Ganzen unversehrt. Ein zerstörter Giebel oben im Schlafzimmer hatte Regen, Schnee und die dicken Äste einer umgestürzten Kiefer sowie sämtliche Geschöpfe hereingelassen, die in dem Baum lebten. Wir trugen die bemooste Matratze hinaus und schliefen die erste Nacht auf einem Bett aus trockenem Laub. Es kam mir vor wie eine angemessene Form von Schiwe … ein Anerkennen dessen, dass der Verlust uns demütig gemacht hat, eine Verneigung vor der Hoheitsgewalt des Todes. Wir hielten einander umfangen, weinten um die verbrannte Welt und um unseren Anteil an dieser entsetzlichen Zeche. Am Morgen entfernten wir den Efeu, der die Fenster des Labors überwuchert hatte, und ließen Licht herein. Ich stand mitten auf dem sauber gefegten Boden und fragte: »Woran sollen wir zuerst arbeiten?«

»An einem Mädchen«, sagte Stefan. »Oder einem Jungen.«

Ich lächelte, gerührt, dass er so voller Hoffnung war. »Ich weiß nicht, ob ich genug Vertrauen in die Welt habe«, erwiderte ich.

Die Jahre vergingen, und keiner von uns sprach diese Möglichkeit noch einmal an, und ich war insgeheim erleichtert, als ich spürte, dass diese Tür sich in mir schloss. Unser Leben dreht sich um unsere gemeinsame Arbeit, die uns genauso verbindet wie gegenseitige respektvolle Zärtlichkeit. Ohne Familie haben wir auch keine Rollen, keine Religion, und das tut uns gut. Wir vergeben einander und kümmern uns umeinander, wie wir uns selbst nicht vergeben und uns um uns kümmern könnten. Wir werden beide verzehrt von Tikun Olam, der Arbeit, die Welt wieder aufzubauen, was – wie die Arbeit, das Haus in Haigerloch wieder aufzubauen – beängstigend ist und manchmal erfordert, dass man nicht zimperlich ist und Selbsterforschung betreibt.

Westdeutschland, die Bundesrepublik Deutschland, ist eine kapitalistische Demokratie. Ostdeutschland, die Deutsche Demokratische Republik, ist eine sozialistische Republik, die theoretisch auf den hehren Prinzipien aufgebaut ist, für die Sabine ihr Leben aufs Spiel gesetzt hat. Ich erinnere mich, wie sie Karl Marx zitiert hat: »Die Philosophen haben die Welt nur verschieden interpretiert; es kommt aber darauf an, sie zu verändern.« Stefan ist pragmatischer, er zitiert Sir Isaac Newton: »Ich kann die Bewegung der Himmelskörper berechnen, aber nicht das zuweilen abnorme Verhalten der Menschen.« Mir scheint, als steckte in diesen beiden Aussagen die Summe aller Politik, und es tröstet mich zu wissen, dass diese gegensätzlichen Weltanschauungen – zwei grundverschiedene Ansichten über unsere eine Welt – von den beiden Menschen verfochten werden, die ich liebe und die jeweils entgegengesetzte Seiten einnehmen, was die Liebe zum gemeinsamen Nenner macht.

Ich habe geliebt. Ich liebe. Ich werde immer lieben. Von meinem Leben hat sonst kaum etwas Leavenworth überlebt. Die meisten meiner Besitztümer wurden entsorgt, so sagte man mir jedenfalls, doch an einem Sommermorgen, 654 Tage nach Hiroshima, brachte ein Bote mir eine kleine silberne Schatulle. Ich brauchte einen Moment, um das angelaufene

Behältnis zu erkennen, doch als ich es öffnete und die diamantenbesetzten Motten entdeckte, war mir, als sähe ich einen alten Freund am Gartentor stehen. Stefan drehte mein Haar im Nacken zu einer Banane und steckte den Kamm hinein.

»Sie ist wieder da, wo sie hingehört«, sagte er. »Aber was ist das?«

In dem Samt unter dem Kamm lag ein kupferfarbenes kleines Objekt, etwa so groß wie der Anhänger eines Bettelarmbands. Es sah aus wie ein stummeliger Stiel, gekrönt von sich spreizenden zarten, eingerollten Blütenblättern.

»Ich glaube, es soll ein Pilz sein«, sagte ich und wog den seltsamen Gegenstand in der Hand. »Vielleicht auch eine Lilie.«

Stefan hielt das kleine Totem ins Licht und untersuchte ihn mit der angeborenen Neugier eines intelligenten Kindes.

»Das ist ein Geschoss«, sagte er. »Eins, das offensichtlich seinen Zweck erfüllt hat.«

53

Feldnotiz
Vertraulich
27. September 1949
Zusammenfassung: (1) Mossadagentin Gisella Proust berichtete mittels verschlüsselter Nachricht an CIA-Kontakt: Operation Edelweiß wurde entsprechend den in der ersten Einsatzbesprechung festgelegten Zielvorgaben eingeleitet. (2) Prousts Teilnahme ist abhängig von Ihrer persönlichen Garantie für das Folgende: (a) finanzielle und logistische Unterstützung für die Überstellung der Gebeine ihres Vaters Josua Weiss nach Israel; (b) dauerhafter Zugang zu der Wohnung in der Rue des Rosiers 29 in Paris; (c) fortgesetzter Under-Cover-Status.
Empfehlung: Jack, ich gehe davon aus, dass du das persönlich übernehmen willst.

Anmerkungen der Autorin

Bei einigen Charakteren in diesem Buch habe ich mich von historischen Figuren inspirieren lassen, doch ich möchte betonen, dass die Geschichte ebenso reine Fiktion ist wie die Porträts der Charaktere.

Hannah's War (dt. *Hannahs Geheimnis)* dreht sich im Kern um zwei fesselnde Fragen. Die erste fand sich in der Ausgabe der *New York Times* vom 7. August 1945, dem Tag, nach dem die Vereinigten Staaten die Atombombe über Hiroshima abgeworfen hatten. In ihrer Zusammenfassung der komplexen und geheimen Geschichte des Manhattan-Projekts in der *Times* sprang mir auf der letzten Seite folgender Satz entgegen:

Die entscheidende Komponente, die den Alliierten erlaubte, die Bombe zu entwickeln, wurde ihnen von einer Frau geliefert, einer Nichtarierin, einer Physikerin.

Wer war diese Frau, fragte ich mich, und warum hatte ich noch nie etwas von ihr gehört? So begann meine jahrelange Suche, um Licht auf die Geschichte von Dr. Lise Meitner zu werfen, der Frau, die die Kernspaltung entdeckte und die (wie so viele große Frauen) aus der Geschichte gelöscht wurde. Meitners Geschichte war der Impuls, tief in Recherchen über die Entwicklung der Atombombe und der Physik einzusteigen, die dafür erforderlich war.

Die zweite Frage blieb fünfundsiebzig Jahre lang unbeantwortet: Warum haben die Deutschen keine Atombombe entwickelt?

Verlockend ist die Annahme, dass es den siegreichen Vereinigten Staaten wegen der Beharrlichkeit, Erfindungsgabe und moralischen Instanz ihrer Bürger gelungen war, die Bombe zu entwickeln. Doch ich fand heraus, dass der ziemlich verrückte, fast verzweifelte Motor hinter dem Manhattan-Projekt die undenkbare Möglichkeit war, dass die Deutschen schneller sein könnten. Dass diese Waffe von unvorstellbarer Zerstörungskraft in die Hände von Hitler gelangen könnte, eines Mannes, der keinerlei Bedenken gehabt hätte, sie einzusetzen. Doch als die deutschen Wissenschaftler gefangen genommen wurden, hatten sie nichts, nicht einmal genug Material für einen atomaren Testaufbau. Warum? Es gab viele Erklärungsversuche, doch der einzige Mann, der diese Frage wirklich hätte beantworten können, Dr. Werner Heisenberg, der Leiter des deutschen Nuklearprogramms, nahm diese Information mit ins Grab.

Diese beiden Rätsel sind die Pole, zwischen die ich meine Geschichte gesponnen habe.

Ich habe mich beim Schreiben möglichst an die Chronologie und Geografie der Geschichte gehalten und mich bemüht, historische Details genau wiederzugeben, besonders bei realen Figuren wie J. Robert Oppenheimer und General Leslie Groves.

Die Fakten habe ich vielen bemerkenswerten Biografien, historischen Texten, Interviews, Dokumentarfilmen, Tagebüchern, Briefen und Archivaufnahmen entnommen. Die unten genannten Quellen waren sehr wichtig bei meinen Recherchen, und jeder, der mehr über die außergewöhnliche Zeit und ihre moralisch gefährdeten, tragischen Helden wissen will, findet darin faszinierende Lektüre.

Die Inspiration für *Hannahs Geheimnis* waren zwar zwei historische Charaktere – Dr. Lise Meitner und Dr. Werner Heisenberg –, doch alles andere ist Produkt meiner Fantasie.

Weiterführende Lektüre

Bird, Kai, and Martin Sherwin. American Prometheus: The Triumph and Tragedy of J. Robert Oppenheimer. New York: Alfred A. Knopf, 2005 (dt. J. Robert Oppenheimer: Die Biographie. Dt. von Klaus Binder. Berlin: Propyläen 2009).

Conant, Jennet. 109 East Palace: Robert Oppenheimer and the Secret City at Los Alamos. New York: Simon and Schuster, 2005.

Dyson, Freeman. Disturbing the Universe. New York: Harper and Row, 1979 (dt. Innenansichten. Erinnerungen an die Zukunft. Dt. von Jeannette Zehnder. Stuttgart: Birkhäuser, 1981).

Else, Jon H., dir. The Day After Trinity. Documentary. New York: PBS, 1981.

Frank, Charles. Operation Epsilon: The Farm Hall Transcripts. Berkeley: University of California Press, 1993.

Frankenberger, Stefan und Elizabeth Orth (hg.). Deine Lise – Die Physikerin Lise Meitner im Exil. Audiobuch mit Musik. Leipzig: Buchfunk Verlag, 2018.

Frayn, Michael. Copenhagen. London: Methuen Drama, 1998 (dt. Kopenhagen. Stück in zwei Akten. Göttingen, Wallstein, 2001).

Kelly, Cynthia C., ed. »Voices of the Manhattan Project« (website), April 11, 2018 http://www.atomicheritage.org.
Medawar, Jean, and David Pyke. Hitler's Gift: The True Story of the Scientists Expelled by the Nazi Regime. New York: Arcade, 2001.
Norris, Robert A. Racing for the Bomb: General Leslie R. Groves, the Manhattan Project's Indispensable Man. South Royalton, VT: Steerforth, 2002.
Powers, Thomas. Heisenberg's War: The Secret History of the German Bomb. Cambridge, MA: Da Capo, 2000.
Rhodes, Richard. The Making of the Atomic Bomb. New York: Simon and Schuster, 1986 (dt. Die Atombombe oder die Geschichte des 8. Schöpfungstages. Dt. von Peter Torberg, Berlin: Volk und Welt, 1990).
Sime, Ruth Lewin. Lise Meitner: A Life in Physics. Berkeley: University of California Press, 1996 (dt. Lise Meitner. Ein Leben für die Physik. Dt. von Doris Gerstner und Shankat Khan, Frankfurt am Main: Insel, 2001).

Dank

Hannahs Geheimnis (Originaltitel: *Hannah's War)* gäbe es nicht ohne die Frau, die die Kernspaltung entdeckte, Dr. Lise Meitner. Weil sie Jüdin war in einer von Männern dominierten Welt, wurde ihr Name ausradiert, selbst von ihrem Kollegen, dem für ihre gemeinsame Entdeckung der Nobelpreis verliehen wurde. Es war ihre Geschichte, vergraben in den letzten Seiten der *New York Times*, die mich inspirierte, diese Reise anzutreten. Ich hoffe, *Hannahs Geheimnis* wird Dr. Meitner gerecht und gewährt ihr etwas von der Anerkennung, die sie mehr als verdient hat.

Ruth Lewin Sime, Autorin von *Lise Meitner. Ein Leben für die Physik,* war mir eine außergewöhnliche Quelle und große Unterstützung. Sie verbrachte Stunden damit, Entwürfe zu lesen, auf meine Arbeit zu antworten sowie die physikalischen Einzelheiten und die historischen Sachverhalte zu überprüfen. Die Freiheiten, die sich der Roman nimmt, gehen auf mich zurück, der wahre Bericht über Meitners Leben findet sich in Ruths wunderbarem Buch.

Die genaue Lektüre der Stücke von Shakespeare, Brecht, Ibsen und der Griechen versorgte mich mit einem wunderbaren Fundament für die Struktur der Geschichte. Meinen Kollegen in der Yale Drama School – Ming Cho Lee, Robert Brustein, Andrei Belgrader, Stanley Kauffmann, Ben Cameron, Frances McDormand, John Madden, Doug Stein, Tony Shalhoub, John Turturro und Kathie Borowitz – danke ich dafür, dass sie einzigartige Mitarbeiter und Lehrer sind.

Meine Dankbarkeit gegenüber der fantastischen Dichterin und Lehrerin Ellen Bryant Voigt dafür, dass sie das MFA Program for Writers am Warren Wilson College gründete, kann ich gar nicht in Worte fassen. In den vier Jahren, die ich mit den Mentoren Charles Baxter, Joan Silber, Antonya Nelson und Mary Elsie Robertson dort arbeitete, war ich Teil einer Gemeinschaft, die sich ganz der Macht des geschriebenen Wortes verschrieben hatte. Als die Zeit kam, schenkten sie mir die Geduld und das Selbstvertrauen, mich dem leeren Blatt zu stellen und zu wissen, dass die richtigen Worte irgendwann kommen würden.

Großer Dank gilt meiner Managerin Ava Jamshidi bei Industry Entertainment, die die Romanautorin in der Regisseurin sah, dafür, dass sie die Weitsicht besaß, meine Arbeit der Literaturagentin Adriann Ranta Zurhellen bei Foundry vorzustellen. Vermutlich haben nur wenige Debütautoren so viel Glück wie ich, denn Adriann war überzeugt, wenn ich einen Roman schreiben könnte, könnte sie ihn auch verkaufen. Und sie hat ihr Wort gehalten.

Der englische Begriff *midwife* – Hebamme – geht auf die mittelenglischen Wörter *mid* und *wif* zurück: *mit Frau.* Im Deutschen wurde eine der Hebamme beispringende Helferin *Beifrau* genannt. Da Frauen anderen Frauen bei der Geburt stets beistanden, gibt es Hebammen schon so lange, wie Kinder das Licht der Welt erblicken. Es gab Zeiten, da bestand für Hebammen die Gefahr, der Hexerei beschuldigt zu werden. So gesehen, war Joni Rodgers die Hebamme von *Hannahs*

Geheimnis … und sie erinnert auch ein bisschen an eine Hexe. Sie schuf einen magischen Kokon am Meer, das Westport Lighthouse Writers Retreat, den idealen Ort, um dieses Buch zur Welt zu bringen. Joni war die Hebamme, die ich dabei an meiner Seite haben wollte und brauchte.

Meine wichtigsten Recherchequellen habe ich in den *Anmerkungen der Autorin* aufgelistet, doch zwei Menschen möchte ich noch herausgreifen und besonders erwähnen: Cynthia C. Kelly, die für die Atomic Heritage Foundation die *Voices of the Manhattan Project Archives* geschaffen hat, und Jerry Hanks, selbst ernannter Manhattan-Projekt-*Blag*. Jerry ließ mich an seinen Kindheitserinnerungen teilhaben. Er wuchs auf dem Hill in Los Alamos auf, während sein Vater, Ingenieur der Metallurgie, an der Entwicklung der Atombombe beteiligt war, die die B-29 Enola Gay über Hiroshima abwarf. Jerry ließ mich nicht nur großzügig an seinem eigenen Wissen teilhaben, sondern öffnete mir auch zahlreiche Türen und stellte mich wichtigen Menschen vor.

Frühe Leser, Freunde, Helden: Deborah Kampmeier, Deborah Stern, Linda Lichter, Rhonda Bloom, Sara Grace, Meghan Scibona, Amy Bloom, Paul Vidich, Martha Hall Kelly, Kate Quinn, Elinor Renfield, Ellen Gesmer, Amy Rosenthal, Maria Geise, Geoff Parkhurst, F.X. Feeney, Eva Aridjis, Catherine Dent, der Designer Adrian Kinloch, mein Bruder Peter und meine Schwester Kristin Eliasberg, meine Mutter Ann Pringle und mein Vater Jay Eliasberg, der stets daran glaubte, dass ich das kann, auch wenn er das Erscheinen des Buches nicht mehr erlebte.

Als ich das Manuskript abschloss, war mein wildester Traum, dass es veröffentlicht werden würde. Dass mein Buch von der einzigartigen Judy Clain lektoriert und von Little, Brown publiziert werden würde, lag jenseits meines Vorstellungsvermögens. Judys Anmerkungen waren klug und aufschlussreich, sie legten die Latte immer höher und inspirierten mich, das Buch mit jeder Überarbeitung besser zu machen. Judy stellte ein Dream-Team zusammen, um den Roman in die Welt zu schicken. Damit hat sie mich wahrscheinlich für den Rest meines Lebens verdorben. Lucy Kim entwarf einen so atemberaubenden Buchumschlag, dass ich hörbar nach Luft rang, als ich ihn das erste Mal sah. Nicole Dewey und Maggie Southard waren die reinsten PR-Genies, und Tracy Roe redigierte jeden Satz und jedes Wort noch einmal mit Leidenschaft und Sorgfalt.

Von der ersten Idee über besessene Recherchen bis hin zum letzten Entwurf benötigte *Hannahs Geheimnis* Jahre meiner Zeit und meines Herzens. Wenn meine Tochter Sariel Friedman meiner Romanheldin Hannah Weiss je grollte, weil ich ihretwegen geistesabwesend, launenhaft oder distanziert war, hat sie es mich nie spüren lassen. Sariel war meine lauteste Cheerleaderin, meine erste und beste Leserin, meine ehrlichste Kritikerin und meine wildeste Beschützerin. Ich habe *Hannahs Geheimnis* zum Teil auch geschrieben, um Sariel und ihren Freundinnen zu zeigen, dass die Geschichte voller bemerkenswerter Frauen ist, die unglaublich viel erreichten und moralisch integer waren. Wir müssen nur ein wenig über den Tellerrand schauen, um sie zu entdecken.

Ich schreibe, um ein Licht auf diese Frauen zu werfen, und hoffe, meine Arbeit wird für die Frauen in der Generation meiner Tochter und jünger zum Signalfeuer, das ihnen nicht nur hilft, voller Authentizität und Stolz zu leben, sondern auch mit der Unterstützung und Anerkennung der Welt.